月与蟹

[日] 道尾秀介 著

许倩 译

月と蟹

青岛出版集团 | 青岛出版社

『月と蟹』
TSUKI TO KANI by MICHIO Shusuke
Copyright © 2010 MICHIO Shusuke
All rights reserved.
Original Japanese edition published by Bungeishunju Ltd., in 2010.
Chinese (in simplified character only) translation rights in PRC
reserved by Qingdao Publishing House Co., Ltd., under the license
granted by MICHIO Shusuke, Japan arranged with Bungeishunju Ltd.,
Japan through Hanhe International (HK) Co., Ltd.

山东省版权局著作权合同登记号　图字：15-2020-241 号

图书在版编目（CIP）数据

月与蟹 /（日）道尾秀介著；许倩译 . — 青岛：青岛出版社，2024.7
ISBN 978-7-5736-2216-7

Ⅰ.①月… Ⅱ.①道… ②许… Ⅲ.①长篇小说–日本–现代 Ⅳ.① I313.45

中国国家版本馆 CIP 数据核字（2024）第 080754 号

		YUE YU XIE
书　　名		月与蟹
著　　者		[日]道尾秀介
译　　者		许　倩
出版发行		青岛出版社
社　　址		青岛市崂山区海尔路 182 号（266061）
本社网址		http://www.qdpub.com
邮购电话		0532-68068091
策　　划		杨成舜
责任编辑		刘　迅
封面设计		陈绮清
照　　排		青岛新华出版照排有限公司
印　　刷		青岛双星华信印刷有限公司
出版日期		2024 年 7 月第 1 版　2024 年 7 月第 1 次印刷
开　　本		32 开（880mm×1230mm）
印　　张		10
字　　数		186 千
印　　数		1—8000
书　　号		ISBN 978-7-5736-2216-7
定　　价		45.00 元

编校印装质量、盗版监督服务电话：4006532017　0532-68068050
本书建议陈列类别：外国文学　推理　畅销

月と蟹

目 录

第一章 / 1

第二章 / 50

第三章 / 89

第四章 / 153

第五章 / 198

尾声 / 295

第一章

（一）

"有句老话说,吃蟹不吃鳃。"

"什么?"

慎一一边问爷爷昭三,一边用筷子夹起味噌拌竹荚鱼泥,盖在米饭上。味噌拌鱼泥和米饭搭配在一起最好吃,这是昭三教给慎一的。然而,他本人在吃饭的时候却只喝酒,不吃米饭。他总是用筷子尖在盘子上擦一下,撮起一点点鱼泥,放入口中细细品味,然后端起酒杯,吸一小口清酒。

"就是说,我们可以吃蟹,但不能吃它的鳃。"

"我是问鳃是什么,鳃!"

慎一显得有些不耐烦,坐在矮桌对面的昭三皱起了半白的眉毛。

"你这孩子,是不是进入叛逆期了?"

"是你不好好说话吧!同样的话说两遍!"

"吃蟹不吃鳃!"

"三遍啦!"

昭三晃动着瘦削的肩膀笑了起来,像挂在衣架上的一件衬衫。他饶有兴致地等待着孙子的反应,而慎一却觉得鼻子里有股热气冲了上来。

"爷爷怎么老是逗我呀?"

慎一本来想控制住自己的情绪,可话说到一半就变成了喊。昭三的眼神变了,好像在看一个不认识的孩子。

昭三逗慎一,慎一笑着反驳,平时吃晚饭时都是如此。慎一喜欢这样的晚饭时光,也许昭三也是。慎一觉得很对不起爷爷,但他今天怎么也笑不出来。

"慎一,你在说什么?怎么了?"

母亲纯江拿着做菜用的公筷,从厨房走进起居室。

"都是你的错!"在慎一回头的瞬间,这句话几乎要从他的嘴里蹦出来,但他还是忍住了,只是吐了一下舌头。

"没什么。"

"你怎么那么大声跟爷爷说话?"

"没事,纯江,慎一也有心情不好的时候嘛!"

纯江轻轻地点了一下头,回到了厨房。刚才中断的摇晃平底锅的声音又响了起来。

"鳃啊,就是这个黑色的东西。你看,它像粘在螃蟹肚子上的香蕉,是有毒的。"

"行啦!"慎一头也不抬地说道。

昭三笑着叹了口气,把手里的蟹壳扔进了装蟹壳的盆里。他盯着慎一,眼神像划了湿火柴一样失落。纯江常用切成两半的螃蟹做味噌汤。螃蟹是渔民从附近的码头打上来的,这种巴掌大的小螃蟹被低价批发给超市,纯江买的就是这种小螃蟹。

"你是因为这处伤才不高兴的吗?"

昭三用下巴指了指慎一额头右侧的擦伤。

慎一不高兴确实有这方面的原因,但并不是完全像爷爷所想的那样。慎一无法回答,便沉默不语。一直开着的电视机里开始播放六点的新闻,电视机画面上是美空云雀[1]的复出演唱会,那好像是昨天在东京巨蛋[2]举办的。

"你在东京的时候去过那里吗?"

昭三用筷子指着电视机屏幕。

"后乐园球场[3]我倒是去过。"

"和你爸爸一起去的吗?"

提到一年前死去的儿子,昭三没有一点儿犹豫,他总是能轻易地说出口,而慎一还无法做到。每当提到父亲,慎一都要努力

---

[1] 日本著名女歌手。
[2] 位于东京文京区的体育馆。
[3] 位于东京文京区的棒球场,1937年建成,1987年拆除,被东京巨蛋取代。

撕破情感的薄膜。

"嗯。"

"你去看棒球比赛了吗?"

"嗯。"

"哪场比赛?"

"巨人队的比赛。"

"这还用说吗?在后乐园球场进行的比赛肯定是巨人队的比赛啊!"

"后乐园球场也有其他球队的比赛啊!"

"为什么?"

"就是有啊!"

昭三用鼻子"嗯"了一声,点了点头。他喝了一小口酒,咀嚼着嘴里的食物,耳朵轻轻地动着。

这座海边小城离镰仓很近,慎一是两年前开始在这里生活的,那是小学三年级的夏天。慎一的父亲政直本来在东京的一家商社工作,后来商社倒闭了,他们家不仅没了收入,还必须搬出公司宿舍。恰好那时的政直也厌倦了大城市里污浊的空气、拥挤的电车以及人们冷漠的面孔,于是他决定离开东京,搬到这座小城生活。此外,昭三的腿脚不便且独居,政直一直很担心他,据说,这也是他选择和昭三一起生活的原因之一。

大海波光粼粼,卷起一道道白色的浪花。慎一眺望着海面,走在前几天大人告诉他的上学路上。他感到既郁闷又兴奋。然而,生活在海边的同学们并没有热情地欢迎他,一方面可能是因为他很害羞,另一方面则是因为一个月前刚刚发售的电子游戏《模仿游戏》,班里的男生都在谈论这个游戏。在下课时和放学后,他们总是玩《模仿游戏》,玩得热火朝天,就算偶尔要玩别的游戏了,也总有人会蹦出"咒语""怪兽"之类的词儿,大家不知不觉中又说起了那个游戏的话题。慎一完全不知道那是一个什么样的游戏,他压根儿就没有电子游戏机。

政直本来说,慎一五月过生日时会给他买游戏机。可就在那之前,政直的公司倒闭了。父亲和母亲似乎忘记了生日礼物的事,慎一自己也假装忘记了。

那时距今已经有两年了,慎一直到现在也没有游戏机,和同学们的交往也不顺利。父母本来还说要在这附近盖一座新房子,但由于政直去世,这件事也就没有下文了。慎一和他的母亲纯江、爷爷昭三一起住在租来的房子里,这座房子是三座并排的出租屋中离马路最远的一座。

"纯江,你也坐下吃饭吧!别忙活啦!"昭三伸着脖子向厨房喊道,他脖子上的喉结动来动去的。

纯江好像说她正在做什么菜,继续摇晃着平底锅。昭三应该也没听清楚纯江说了些什么,不过他也没问,还是用筷子去夹味噌拌竹荚鱼泥。

"她白天工作那么忙,现在肯定累了,还在那里一直忙活。"

政直去世以后,纯江在附近的渔业协会找了一份文员的工作,每周从周一工作到周六。虽然纯江不是正式职员,工资不高,但这份收入加上昭三的退休金,再加上十年前船务公司支付的赔偿金,勉强可以维持他们三个人的生活。

"可能不全是工作。"

慎一不禁脱口而出。他很惊讶自己竟然把话说了出来。慎一抬起头,正好与昭三的视线相遇。

"这话是什么意思?"昭三问道。

"没什么。"

慎一慌乱地垂下眼睛。幸好昭三没有在意,他只是微微一笑,便看向电视。

"怎么问什么都是'没什么'啊?"

在慎一垂下的眼睛深处……

白天看到的那一幕又浮现出来。

那是他在海边偶然看到的情景,那个情景就像一只沾满沙子的粗糙的手,不断地摩挲着慎一的心,他现在想来,还是觉得厌恶不已。

放学路上,慎一和同班同学春也一起向礁石滩走去,他们要去礁石后面查看事先放置在那里的"黑洞"。这个所谓的"黑洞",其实是一个慎一设计的陷阱。他将一个容量为一点五升的可乐瓶,从靠近瓶口的位置用刀割开,翻转过来,再将割下来的部分插进瓶子的切口,这就做成了一个手工鱼篓。他们在鱼篓里放上压着它的石块和小鱼干,将其沉入礁石背阴处的海水中,过些时候再来看,瓶子里就会有小鱼、小虾和小螃蟹,运气好的时候,他们还能捕获鳀鱼等其他鱼类。

鳀鱼都是成群结队的,因此,若能捕获鳀鱼,那么其数量肯定不止一条,通常都是五条以上。捕获鳀鱼多的时候,他们甚至能看到十几条鳀鱼挤在狭小的陷阱里。他们捕捉这些猎物,既不是为了吃,也不是为了带回家去养。他们只是摸一摸、玩一玩它们,便将其放回大海。不过,这也给慎一带来了许多乐趣。在学校时,他一边上课,一边想象今天会有什么收获,这是他的一大乐事。另外,对那些刚来到世间不久就要被丢弃的可乐瓶,他想到了它们的这一种妙用,这也是一件让慎一暗自得意的事。

"还是只有寄居蟹啊!"

春也把牛仔裤的裤腿卷到膝盖上,拿起"黑洞",从下面观察。春也的老家在关西的海边小城,因此,他和慎一一样是转校生。

"鳀鱼正往这儿游呢,用不了多久,它们就会进来!"

慎一的身高不算高,但他比小个子的春也稍高一些,春也抬头看着的"黑洞",正好和慎一的视线齐平。泡软了的小鱼干上正趴着四只寄居蟹。

"小鱼干应该还能用!"

春也只取出寄居蟹,又把"黑洞"沉入同样的地方。

两个人走在光溜溜的石头上,为了避免滑倒,他们小心翼翼地向岸边走去。回到岸边后,他们穿上了袜子和运动鞋,弄湿了的手和脚被四月初的海风吹得冰凉。

"咱们烤寄居蟹吧!"

"你有打火机吗?"

春也从牛仔裤口袋里取出一个红色的廉价打火机,打着了火。在明亮的阳光下,火苗的颜色很淡,看不清楚。打火机上方的空气正纵向扭动着。

慎一和春也成为好朋友后,春也没过多久就告诉了慎一烤寄居蟹的方法——用火加热螺壳,寄居蟹就会受到惊吓,从壳里爬出来。春也第一次烤给慎一看时,慎一觉得非常恶心——寄居蟹"吧嗒"一声掉在地面上。寄居蟹以惊人的速度爬行,看起来很像蜘蛛。最让人恶心的是,它的身体左右不对称,样子十分瘆人。寄居蟹拖着软软的弯弯的肚子,在堤坝的混凝土路面上快速爬行。春也用手挡住它的去路,它立刻转弯,迅速跑开了。

春也在它的前面放了一个不知从哪里捡来的饮料瓶盖,它用八条腿快速确认了一番,想要倒退着钻进瓶盖里。可是,瓶盖不太好钻,它急得团团转,那动作看起来格外恶心。最后,它终于放弃了,又一次跑开了。春也拾起它,随意地丢进海里。

"去'加多加多'的后面吧?"

"加多加多"是马路对面的一个废弃的小酒馆。有一次,他们在礁石滩那里玩打火机,被恰巧路过的爱管闲事的大叔制止,从那以后,他们想做什么不能被别人看见的事,就去"加多加多"

的后面。

春也率先爬上了平缓的礁石斜坡。越往上走,能看到的礁石就越少,而沙子的面积渐渐变大,最后完全变成了沙滩。沙滩一直延伸到混凝土墙边,上面就是马路和护栏。

"春也,咱们的包呢?"

"你去拿过来吧!"

慎一背着两个运动包向他的好友追去。转校前他所在的那所小学要求学生,从一年级到六年级都要背双肩书包,而他现在所在的这所小学的要求却宽松许多,从四年级开始,学生就可以背任何类型的包了。没有人告诉慎一这件事,因此,四年级的开学典礼那天,他是背着双肩书包去学校的。那天,全班只有慎一和春也两个人背着双肩书包去学校。第二天,春也就提着流行款的运动包来上学了。而慎一现在用的阿迪达斯牌的运动包,是昭三在开学三个月后给他买的,那是在暑假前夕,昭三替纯江去课堂参观之后的事。

"'加多加多'关门了,以后这里还会开新的店吗?"

慎一跟在春也的后面走上台阶。这段台阶是很早以前两个人一起用金属罐和旧轮胎搭出来的。他们跨过护栏,来到了马路上。

"我也不知道。不过我爸说,他希望这里能再开一家小酒馆。"

春也的父亲做着沿街售卖化妆品的工作,生意好的月份和生意不好的月份收入相差很大。听说,生意好的时候,发工资的那天,他常常彻夜不归。天亮的时候,春也会听到开门的声音,冰箱门打开又关上的声音,杯子胡乱扔进水槽里的声音,母亲的说话声,父亲那音量更大的说话声,接着又是母亲的说话声,然后便是父亲为了盖过母亲的声音的大吼声,接下来就是摔东西的声音。春也被哪个声音吵醒,取决于当时的情况,但每次推拉门外面传来的各种声音的顺序总是类似的。

"这里根本不需要什么小酒馆,对吧?"慎一一边往"加多加多"走,一边说道。

春也没有回答。

他们环顾四周,确认没有人之后,便走进了这家店前面的停车场。停车场入口有用木桩和铁丝组成的防护栏,以防车辆进入,但人可以轻松进入。停车场里的路面杂草丛生,杂草像波浪一样随风起伏。慎一和春也跨过这片"波浪",穿过停车场,走进店的侧院,向后面走去。

这个昏暗而狭长的地方,是他们两个人的秘密基地。

站在马路上,看不见这里,这后面还有一个小山丘。围墙的另一边是一座破旧的平房,那里住着一对年迈的夫妇和一只瘦骨嶙峋且有些掉毛的狗。他们在这里玩的时候,尽量不发出很大的声音,因此,老夫妇可能并不知道他们在这里玩。老夫妇的房子和"加多加多"都是嵌在山脚边的,因此,这个秘密基地总是光线昏暗,地上堆积的落叶散发着苦涩的气味。

店的后面有一扇上了锁的门,门前有两层台阶,他们常常并肩坐在上面。台阶的旁边堆放着一些黄色的啤酒箱,这些箱子摞在一起,上面蒙了一层厚厚的沙尘。

"要是开一家游戏厅就好了。"

春也一边说,一边把寄居蟹零零散散地放在两个人之间的空地上。这次,慎一不说话了。

"开一家点心店也挺好啊,在店门口摆一台游戏机就行。听说,很久以前,在咱俩来之前,有人在这里开过这种店,店的位置就在政府大楼那边。"

当然,春也不是没发现慎一家比较拮据,但他从来不刻意避讳与花钱有关的话题,这是他的一个优点。

"这只应该是最大的了吧!刚才我看见它的蟹钳了!"

四只寄居蟹的螺壳都差不多大,春也挑了一个带有白色花纹和粉色花纹的尖尖的螺壳,然后从口袋里掏出打火机。慎一也把手伸进口袋里,掏出了家里的钥匙。为了避免烫到手,慎一捡起身边的两片落叶,包裹住钥匙的长柄,用手指捏着钥匙,将其伸了过去。春也把寄居蟹倒过来,把螺壳的尖头插进钥匙的四方孔里。

打火机"唰"地响了一声,火苗在这里的颜色比在阳光下的颜色要深许多。慎一拿着钥匙,春也用打火机从钥匙的下面烤寄居蟹的螺壳。十秒钟之后,底朝上的螺壳口里露出了惊慌的白色蟹钳。火苗继续烤着,寄居蟹的身体便一下子都出来了,不过,它又马上钻了回去。其他几只寄居蟹开始爬来爬去,但慎一和春也没有看它们。

"啊!"春也不禁轻轻地叫出了声,眼前的寄居蟹突然整个从螺壳里爬了出来。它掉到两个人之间的地上,然后立即开始逃跑。它朝慎一跑过来,在混凝土台阶上发出微小的敲击硬物的声音,它的许多条腿好像钢琴家的手指,仿佛正在弹一首快节奏的歌曲,它猛地奔向慎一。刹那间,慎一产生了一种错觉——那只寄居蟹正携带着剧毒向他发起最后的反击。慎一急忙躲开,不料,运动鞋的后跟被台阶的边缘绊了一下,他向后踩空了,他的后背受到了猛烈的撞击,紧接着,他的头顶上不断有啤酒箱掉落下来。

他一声都没吭。

等他反应过来时,他发现自己被埋在黄色的啤酒箱堆里,就像在泡澡一样,沙尘掠过他的脸颊,"哗啦哗啦"地往下掉。春也欠着身子,紧绷着嘴角,睁大双眼看着他,而慎一的脸上大概也是同样的表情。他们互相看着,谁都没有说话。

突然,两个人都大笑起来,笑得肚子疼。

"被人听见啦!被人听见啦!"

笑得上气不接下气的春也指了指墙的另一边。慎一用双手捂住了自己的嘴巴,但笑声还是从指缝中钻了出来,他的胸口不住地颤动着,双手更加用力地捂住嘴,可是,右手的食指却不小心插进了鼻孔。这下子,他们再也忍不住了,春也一边转身,一边抓住慎一的衬衫,拉着他往停车场跑去。他们的眼前突然出现一片大海,与此同时,两个人一起倒在地上放声大笑起来,笑得连经过的汽车的引擎声都听不见了。

"包……包落在那里了!"

春也突然想起两个人的包。他用衬衫的袖口使劲儿擦了擦笑出来的眼泪,然后往"加多加多"的后面走去。慎一也想一起去,但他还是笑个不停,便朝春也摆了摆手。

"没事,我去拿就行!"

慎一调整了一下呼吸,仰头望去。山上的植物茂盛,呈现出深浅不一的绿色,一棵形状酷似西蓝花的树伫立在山顶上。空中弥漫着薄雾,远处,一只飞鸟像打水漂的石子般横穿天际。慎一的心里涌起一阵兴奋,而他的胸膛和肩膀在大笑过后感到一丝疲乏。海风拂来,潮水的气味包裹了他的脸,他被这气味吸引,转头望向大海。

突然,他的视野中出现了这样的一幕……

在道路左侧大约二十米的地方,有一个按键式的红绿灯。一个老奶奶和一条狗从临海的那边慢悠悠地向这边走来,正在过马路。那是住在"加多加多"旁边的老奶奶。不过,慎一的视线并没有停留在她的身上,而是停留在人行横道前的一辆商务车上。那是一辆灰色的商务车,车顶装有行李架。

车身打了蜡,锃光瓦亮,左边的后视镜反射着阳光。道路向右微微转弯,因此,这辆车的车尾正对着慎一。透过微微发黑的后车窗玻璃,他可以看见驾驶座和副驾驶座。驾驶座上坐着一个短发男人,而副驾驶座上坐的是……

他的母亲?

慎一呆立在停车场上,望着那个长发女人的身影。

驾驶座上的男人一边说着什么,一边将身体向副驾驶座靠近。慎一可以清楚地看到他们嘴唇的开合和鼻子的形状,就像看电影一样。那个男人是谁?慎一觉得自己好像在哪里见过他,但一时想不起来。副驾驶座上的女人把脸转向他,她看起来真的很像慎一的母亲。两个人的侧脸之间,是那个盯着地面过马路的老奶奶。

坐在驾驶座上的男人似乎在等她走过去,老奶奶的身影在前车窗玻璃上消失之后,男人的嘴唇又动了起来。副驾驶座上的女人轻轻地摇了摇头,像是在否定什么,或是在拒绝什么。男人用力探出上身,将脸靠近女人。这时,女人说了些什么,把脸转向前方,男人的脸也突然转向同样的方向。

接着,汽车开动,渐渐远去。

红绿灯变绿了。

十岁的孩子对什么事情也都大致知道一些了。刚才那一幕深深地刻在慎一的眼睛里,他的胸口就像被一根坚硬的棍棒压住一样,他感到呼吸困难。

"怎么了?"

慎一的目光追着那辆开走的商务车,春也站在他的身边,也伸长脖子张望着。商务车已经变得像小指的指甲那么大了。

"没什么。"

是的,没什么。

"那只寄居蟹怎么样了?"慎一接过春也递给他的运动包问道。

春也把紧握的右手松开了一点儿,给慎一看。裸露在外的寄居蟹在他的手指上警觉地动来动去。

"怎么办?咱们把它放在沙滩上也行吧?"

慎一还在想着那辆开走的商务车的事。

"哎,咱们把它放在沙滩上,行吗?"春也又问了一遍。

慎一这才转过脸来:

"行啊,扔在那里就行!"

春也的脸不自觉地抽动了一下。

最后,春也独自过了马路,刚走到护栏边,就把寄居蟹扔到了沙滩上。慎一看不见寄居蟹,只看见了春也扔它的动作。

"要是淡了,可以加点儿酱油啊!"

纯江端来了一盘金枪鱼的边角料炒卷心菜,将其放到矮桌上,又返回厨房,拿来自己的米饭和味噌汤,坐在慎一旁边。

"哎,你的工作……"

慎一尽量发出和平时一样的声音,但并不顺利。纯江扬起眉毛,像是要问什么,慎一移开了视线,往自己的杯子里加了些大麦茶。

"是一直在办公室里面吗？"

"有时也会出去办事，去邮局、银行之类的地方。"

"走路去吗？"

"是啊，我又没有驾照，"母亲有些诧异地笑着说道，"着急的时候，我就骑办公室同事们公用的自行车去，怎么了？"

"没什么。"慎一用说过很多遍的话回答道。

"云雀真是太坚强了啊！"昭三看着电视自言自语地说道。

他的睡衣布料因磨损而变薄了，他挠着左腿的膝盖。他的左腿只到那里。膝盖以下是一只假腿，发黑的树脂脚后跟有些脏了，光溜溜地映照着天花板上的荧光灯。

（二）

当天晚上，慎一从家里溜了出来。他趁纯江在厨房里洗东西，轻轻地打开玄关的拉门，溜了出来，来到黑乎乎的小路上。

他想从起居室外面横穿过去，往海边走。

"纯江，这个螃蟹啊……"

屋里传出昭三的说话声，昭三喝酒后，说话声变得很大。

"就算掉了一条腿，还有九条，还能继续工作，真好啊！"

母亲好像说了些什么，但她的声音被水声淹没了，他没听清楚。

十年前的冬天,昭三失去了下半条左腿。那是一个大雾弥漫的清晨,昭三正在捕小沙丁鱼,他的渔船和一艘小型渡轮相撞,他和船上其他人都掉进了海里,昭三的左腿被船的螺旋桨切断了。

捕捞小沙丁鱼的方法叫"补丁捕鱼法",这是一种使用两条船拉动一张大网来围捕鱼群的方法。那天,昭三的船正与另一条渔船进行协同作业。落水后,他们被另一艘渔船救起,受了重伤的昭三和同船的其他几个年轻渔民都保住了性命,然而,当时船上还有一个女人,大家在翻覆的渔船下找到她的时候,她已经失去了意识。听说她是省里一所大学的学者,在那天早晨上了昭三的渔船,她本来是打算去研究小沙丁鱼的体色变化的。她被立即送往医院,但最后还是没能抢救过来。

运营渡轮的船务公司支付了赔偿金。因为过失比例是双方各半,而且昭三的收入本来就很少,所以根据这些计算出来的赔偿金并不多,而付给那个女人家属的赔偿金似乎比给昭三的高出了许多。

慎一的奶奶在那次事故前七八年因病去世了,因此,在慎一他们搬来之前,装了假腿的慎一的爷爷都是独自在这里生活的。周末的时候,政直和纯江会过来看望他——用昭三的话说,是过来陪他聊天儿,有时,慎一也会跟他们一起来。

虽然慎一现在已经和爷爷一起生活了,但他对爷爷的印象却始终未变。他喜欢喝清酒,喜欢吃当季的新鲜鱼,还喜欢逗孙子。每当月夜降临,他总是对着月亮双手合十。慎一曾好奇地询问其原因,他苦笑着回答:"就是这么决定的。"这话让人摸不着头脑。或许,他这么做是他的习惯使然。他会在吃早饭时拔眉毛,并数一数一次拔下来了几根。电视上的新闻主播鞠躬时,他也会礼貌地低头还礼……昭三有许多奇怪的习惯。

慎一在昏暗的路灯下向海边走去,途中穿过一条狭窄的小河。慎一曾用昭三的鱼竿在淡水和海水交汇的地方钓过鱼,竹荚鱼和鲇鱼都钓上来过。慎一的胸口抵着栏杆,俯身向下看去。河水仿佛正在低声自语,一片细长的树叶在水面上滴溜溜地旋转着,顺流而去。

"利根慎一!"

突然,有人喊他的名字。

偷偷溜出来的慎一不禁吓了一跳。他回头看去,对方似乎也因为他的反应而吓了一跳。那个人走了过来,停下脚步,挺直身子。

"你为什么瞪着我?"

来的这个人是他的同班同学叶山鸣海。

"你刚才吓了我一跳!"

"你是出来玩的吗?"

"我在散步,你呢?"

"我要去自行车店取车,我的自行车前几天送去修理了,店家说现在修好了。"

两年前,慎一刚搬来时,班里第一个跟慎一说话的同学就是鸣海。当时她问慎一现在住在哪里,以前住在哪里,还说:"班主任岩槻老师很少发火,这样很好吧?"说完,她还笑了起来。在东京的那所小学里,男生和女生通常不怎么聊天儿,因此,慎一感到很惊讶。那天下午,当听到班里的男生直接叫她的名字"鸣海"时,慎一也很惊讶。而这好像只是因为和她同姓的人在这一带太多了。班里只有三十九名同学,姓"叶山"的同学就有三个。

"那辆细细的吗?"

"什么?"

"自行车。"

"是啊!"鸣海笑着点了点头,"嗯,是那辆车架细细的自行车。我前两天不是告诉过你吗?那叫公路自行车!"

在放学后或节假日里,慎一经常看到鸣海在海边骑着那辆车架纤细且车轮很大的自行车。听说这是她的一个受她的父亲的影响、从去年开始的兴趣爱好。她骑的是一辆儿童专用车,据说,她的父亲骑的那辆自行车功能更加齐备,速度也更快。从同学口中听到"兴趣爱好"这个词儿,慎一刚开始觉得很难为情,后来他发现,那只是因为自己没有任何称得上是"兴趣爱好"的事。他不知道他和春也玩的那个"黑洞"游戏算不算是"兴趣爱好"。

海风吹来,吹起了鸣海的齐肩短发。那气味像刚刚洗过的衣服,混合着海水的香气,拂过他的鼻尖。

"这么晚了,你打算自己去取吗?"

"自行车不在家,我总觉得不放心!"

"你爸爸不会生气吗?"

"他还没下班呢,没事!"

鸣海开始往前走,慎一也不自觉地跟她一起走。慎一忽然觉得有些难为情,但现在再找理由回去也不太自然。他瞥了一眼鸣海,她那白皙的侧脸在黑暗之中隐约可见。

"你经常在外面骑自行车,不会晒黑吗?"

"我每天都涂防晒霜。"

因为慎一从没听说过"防晒霜"这个词儿,所以他一开始想象出来的是类似水泥的东西。

"晒黑了可就糟了。"

"为什么?"

鸣海沉默了几秒。

"因为那样很难看啊!"

鸣海的回答很敷衍。她的脸正好和自动售货机的灯光重合,慎一看不清她的表情。一只飞虫好像是被那灯光吸引,掠过慎一的鼻尖,飞向鸣海,她轻轻地叫了一声。

最后,慎一和鸣海一起走到了自行车店。

"啊,是变速器的问题吗?"

头发花白的店主用一连串慎一听不懂的术语解释修理自行车的过程,然后,鸣海也用慎一听不懂的术语回应他。

慎一实在听不下去了,便从店里走了出去。

鸣海推着自行车从店里出来,已经是十分钟之后的事了。她看到慎一还在外面,很是惊讶。

"你还在等我啊!我以为你早就回去了呢!"

他怎么可能突然回去呢?

"自行车修好了吗?"慎一问道。

鸣海轻轻地舒了一口气,高兴地点了点头。

两个人再次并肩走在夜路上。慎一突然想,也许鸣海更希望骑着刚修好的自行车回去,自己妨碍她了。然而,鸣海似乎比来的时候更开心,话也更多了。

"下次,我要和我爸爸一起去江之岛①骑车。"

"可以骑自行车去江之岛吗?"

"开汽车去呀!把自行车放在汽车顶上。我家汽车的车顶上是有行李架的,可以放自行车。有时候,我会和我爸爸一起去江之岛或材木座海滩②。老是在这附近骑车是很无聊的!"

她说的话听起来不像是同龄人说的话。

班里的同学都知道鸣海家很有钱。她总是穿着与众不同的衣服,现在她推着的这辆公路自行车估计也价格不菲。慎一也有一辆自行车,是从东京带过来的,车座很高,和鸣海这辆自行

---

① 位于日本神奈川县藤泽市境内的岛屿。
② 位于日本神奈川县镰仓市东部的海滩。

车比起来，根本不像是同一种交通工具。而鸣海从来不摆富家小姐的架子，也从不掩饰自己很有钱，因此，她在班里非常受欢迎，大家都不会说她的坏话。

"和我一起骑车的时候，我爸必须蹬得很慢，他应该觉得很无聊吧！"

鸣海的笑声很小，但因为此时是晚上，所以慎一听得很清楚。路边是一排暖黄色的窗户，它们像一幅幅长方形的剪影画。不知从哪扇窗户里传来了把锅摞在一起的声音。

鸣海极少像这样和慎一聊关于家人的事。她十分开朗，是个很爱说话的女孩儿，然而她以前从来没有跟慎一聊过她的家人。或许她跟别的同学聊过，但从来没有和慎一聊过。

这是有原因的。

至少，慎一觉得是这样。

十年前的冬天，乘坐昭三驾驶的渔船出海后落海而死的那个女人，正是鸣海的母亲。在慎一转校的第一天上学之前，昭三就把这件事告诉了慎一。好像是知道此事的班主任岩槻老师事先联系了昭三，告诉他，在那次事故中死掉的女人的女儿也在慎一的班里。后来慎一听后得知，当时岩槻老师的语气并不重，他是用一种闲谈的语气将此事告诉昭三的。岩槻老师并非觉得这件事对他们同班有什么影响，只是觉得孩子们知道这件事要比不知道好一些。

慎一曾经问过鸣海，她在教室里第一次跟他说话时，知不知道他是昭三的孙子。鸣海回答,她知道。

"正因为如此,我才先跟你说话的,我觉得你不太可能先跟我说话。"

直到现在,每当慎一想起此事,都十分佩服鸣海,因为那时她做了一件自己无论如何也做不到的事。

那次事故,全班同学都知道。他们至今仍与慎一保持着一定的距离,避免和慎一有过多的接触,这或许是因为他们都很喜欢鸣海,而慎一是让鸣海的母亲遭遇事故的那个渔民的家人。在事故中失去母亲的鸣海把他当朋友,而其他同学对他依然非常冷淡,这使慎一常常感到烦躁。他觉得他感到烦躁是自己不对,但让他烦躁的那些同学也没有道理。慎一的情绪无处发泄,正因为如此,这种情绪才这么根深蒂固。

路灯下,鸣海发现了慎一额头上的擦伤,并问他是怎么受伤的。

"被啤酒箱砸的。"慎一回答道。

"你怎么会被啤酒箱砸到呢?"

"我走路时没注意,撞倒了堆放在路边的啤酒箱。"

走在推着公路自行车的她的旁边,说寄居蟹的事,显得太幼稚了,慎一没有说出口。

"我还以为你和富永春也打架了呢!我今天看见你们一起走出了学校。"

"我才不会和春也打架呢!"

"你们经常一起回家啊!"

听到这句话,慎一感到有些难为情。

"倒不是经常一起回家。"

"你不觉得他有点儿吓人吗?"

"谁?春也?"

他哪里吓人呢?

"因为他说关西话吗?"

"倒不是因为这个……不知道为什么。"

慎一在桥头和鸣海告别。

那辆自行车离慎一越来越远,照在路面上的车灯的白光很快就转过了弯,消失不见了。

慎一从家里溜出来的时候,纯江的鞋是对着家门整齐地摆放着的。他回来时,鞋子却凌乱地放在水泥地上,其中一只鞋子像死鱼一样,肚皮一样的鞋底朝上。

"纯江,不良少年回来啦!"慎一悄悄脱鞋时,起居室里传来昭三的声音。

接着,厨房里传来脚步声,越来越近。走廊的门帘被猛地掀开了。

"这么晚了,你怎么突然出去了?我们到处找你!"

纯江向慎一走来,她的脸上不仅有怒气,似乎还有某种别的情绪。她来到慎一面前,站在那里,遮住了背后起居室的灯光。

"你去干什么了?"

"没什么,就是出去走走。"

"怎么了?"

"没怎么,就是想出去走走。"

慎一只说了这些,便走进他和母亲共用的房间里。他躺倒在凹凸不平的榻榻米上。不一会儿,母亲轻轻地走了进来。

"她白天工作那么忙,现在肯定累了,还在那里一直忙活。"

"可能不全是工作。"

那些话在慎一的脑海中响起。

"慎一,你跟爷爷说什么了吗?"

纯江在榻榻米上跪坐了一会儿。她看到慎一没有要回答的意思,便又像进来时一样,轻轻地走出去了。走廊那边传来她和昭三的说话声,声音很小,他听不清楚。

(三)

权,权,权,权,权,权,权,权,权,权……春也在本子上写了许多相同的字。

"沙沙沙沙,沙沙沙沙……"

慎一站在春也的旁边看了一会儿,发现他的笔尖几乎以相同的节奏移动着,便问了一个显而易见的问题。

"你在干什么呢?"

春也头也不抬地说：

"'权'这个字，像不像一个要逃跑的人，被别人用绳子捆着？你看，木字旁像一个人，'又'字像绳子，绳子从他的脖子开始绕啊绕，紧紧地捆着他。"

"沙沙沙沙，沙沙沙沙……"

春也还在写。

慎一想：啊，还真是这样！

"你为什么要写那么多呢？"慎一又问道。

"为什么呢？就是乱写，没什么意义，反正课间休息也没什么事干。"

这次课间休息马上就要结束了。第三节课是科学课，科学课的两名课代表正在黑板上用磁铁固定教学用的挂图。左边是一张巨大的种子挂图，右边是印有"种子发芽的条件"的挂图。今年的新班主任吉川老师上课时总是喜欢用挂图。她是一位瘦削的中年女老师，说话声音特别像男人，她常常将脑后的马尾辫绑得很紧，因此，她的眼角也被吊得更高了。

"你真的很喜欢乱写乱画啊！"

春也的桌子上还放着社会课的课本，慎一翻看了一下。在解释"梯田"一词的配图上，有一个正在弯腰劳作的男人，他的背后有一个华丽的光环，额头上浮现出粗粗的血管。慎一又看了看其他页，几乎所有图片里的人物都被春也涂抹过：有的狂喷鼻血，有的双目圆睁，有的腋毛丛生……许多空白的地方写着：

"权,权,权,权,权……"

"那又怎样?"春也停下笔,抬头问道。

"啊?"

"你平时在课间休息时一般不来找我啊!"

确实如此,慎一在学校里很少和春也在一起。

班里除了鸣海,只有春也和慎一的关系还不错。一是因为他们都是转校生,二是因为转学来的春也对那次事故并不在意。那次事故,全班同学都知道,正因为如此,慎一才不想在教室里表现出他和春也关系很好的样子。慎一不愿意让同学们以为他只有春也一个朋友,尽管这是事实,但他也不愿意承认。

"下周,你去镰仓祭吗?"

"周日的那个?"

"嗯,我要和我爷爷一起去八幡宫①,你要是有空的话,咱们就一起去吧!"

"好啊!"春也毫不犹豫地说道。

说完,他又开始在本子上写"权"字。过了一阵子,他写腻了。他扔下笔,转动脖子。

"这是我第一次去镰仓祭呢!"

"我也是!"

去年由于政直病情恶化,他不能出去游玩。

---

① 指鹤冈八幡宫,是一座位于日本神奈川县镰仓市的神社。

"八幡宫很远吧？"

"乘坐'江之电'^①很快就到了。"

春也搬来这么久了，连这个都不知道，慎一感到很惊讶。节假日里，他哪里都不去吗？说起来，慎一从未听他说过自己去了哪里游玩。

慎一邀请春也一起去，是因为他早上收到了一封信。

那封信是慎一来之前就被人偷偷放进他的课桌抽屉里的。那是一张从笔记本上随意撕下来的纸，折叠了四次，上面的字看起来像是男生写的字，信的内容是嘲笑他和鸣海"晚上的约会"。

第一节课和第二节课，慎一都是强忍着愤怒和羞耻上完的。到底是谁把这种东西塞进自己课桌抽屉里的呢？班上的同学们比以前更像他的敌人了，就连鸣海也是如此。一想到她是让自己遭到如此对待的原因之一，他便觉得自己也讨厌她了。

慎一想去和春也说话，想邀请他一起去镰仓祭，都是因为这封信。

---

① 江之岛电铁的简称。

(四)

"镰仓幕府是 1192 年建立的,这段历史你也不知道吗?"①

"我们还没学这段历史啊!"

"哎呀,就算学校还没教,你总该知道镰仓幕府建立的年份吧? 毕竟咱们离镰仓时期这么近!"

周日的天空万里无云。三个人在镰仓站下了"江之电",沿着通往鹤冈八幡宫的若宫大路②前行。他们的额头很快就渗出了汗珠。

"那你肯定也不知道建长寺③吧?"

"那不是个寺院吗?"

"是,不过那是个空寺院。"

"哈哈!"昭三大笑着,低头看了看春也的脸。他每走一步,拐杖就像要插进地里似的拄在地上,他那瘦削的身体左右摇晃着。

---

① 镰仓幕府是日本历史上第一个幕府,它的成立标志着武士阶层在政治上的崛起和对国家事务的控制。关于镰仓幕府的确切建立时间,学界有多种说法,有人认为是 1185 年(文治元年),源赖朝在日本各地设立守护、地头,标志其掌握了地方军政权力。此外,也有学者认为应该是 1192 年,他们将源赖朝就任征夷大将军的时间作为镰仓幕府开始的时间。镰仓幕府在日本历史上持续了约 149 年,直到 1333 年(正庆二年,元弘三年)才最终灭亡。

② 从鹤冈八幡宫直达海岸的一条大道。

③ 建长寺属于日本最早的一批禅宗寺院,创建于 1253 年,属于临济宗建长寺派总寺院,位于神奈川县镰仓市。

尽管昭三和春也是第一次见面,但他们刚认识就很聊得来。春也是否真的和昭三熟了起来,慎一并不确定,但至少昭三跟春也说话的时候,语气和跟慎一说话时一模一样,昭三也不时地逗逗春也。

"那是一座很大的寺院哦!它就是日本最早的禅寺。"

"我又不知道禅寺是什么。"

"爷爷,你以前住在建长寺附近吧?"

慎一觉得自己被冷落在一边,赶紧插了句嘴。

"啊?哦,一直到我爷爷那代,家里人都是住在山之内的。从这里过了八幡宫,再过了建长寺,再走一点儿就到了。我那时比你们还小,一到傍晚,我就能听到建长寺的钟声,很可怕呢!"

"钟声很可怕吗?"

"嗯,很可怕!"

昭三抹了一把被晒成红褐色的额头,仰头望向天空。太阳直射在他的额头上。他不当渔民已经十年了,但这种日照造成的颜色像是渗进了皮肤里,没有任何变化。

"人们都说建长寺的钟声很像人的哭声,因此称那座钟为'夜哭钟'。那座寺院的山顶曾经是刑场,是犯人被斩首的地方。大家都说,那些犯人死后,他们的哭声变成了钟声,这太可怕了!没有风的傍晚,附近的居民在家里都能清清楚楚地听到那种声音。"

"那种声音真的很像哭声吗?"

昭三还是仰望着天空,沉默不语,只是动了动喉结。过了一会儿,他苦笑着轻轻地摇了摇头。

"那只是普通的寺院的钟声。"

"什么啊,原来只是人们的心理作用啊!"春也失望地嘟哝道。

"因为你没听过,所以这么说吧!"

"就算听过,那不也是一种普通的钟声嘛!"

"是普通的钟声呀……"

昭三眯起眼睛,望着远处天空中的积雨云。

"普通的钟声有时候听起来也会很有特点。"

三个人沉默地在笔直的若宫大路上走了一会儿。每走一步,他们的脚下就会升起一阵白色的尘土。他们的头上的樱花枝叶交错,花瓣透过阳光翩翩起舞,周围的游客熙熙攘攘。

"不过……有风的时候更可怕!"

在慎一已经忘记这个话题的时候,昭三又提起了这个话题。这次昭三的声音是从其喉咙里传出来的,听起来像更加年迈的老人在说话。

"在建长寺的后山上,有一块巨大的岩石,叫'十王岩'。那块岩石上有三尊并排而立的佛像,人们不知道它们是谁雕刻出来的。上小学以后,我就再也没去看过它们。不过,那时候,由于风吹雨打,佛像的脸、手和脚都已经看不清楚了。据说,人们雕刻这些佛像,是想抚慰那些在刑场上被斩首的人的亡灵。有风的时候,十王岩边就……"

昭三抬起右手,放在耳边,像是在侧耳细听。

"能听到有人在放声大哭呢!这种声音和建长寺的钟声不一样,听起来真的很像人的哭声。不对,那不是哭声,而是痛苦的呻吟声。以前,一到晚上,这种呻吟声就会传到山这边来,现在可能是因为建筑太多了,听不到了。"

"如果咱们现在去岩石旁边的话,也能听到那种声音吗?"慎一问道。

爷爷点了点头。

"不管过去多长时间,岩石的形状是不会变的啊!"

前方,八幡宫的巨大鸟居[1]刚好映入眼帘。穿过鸟居,右边是源氏池,左边是平家池,连接两个水池的水路上,架着一座太鼓桥。慎一第一次看见这座驼背拱桥时,昭三跟他说,这座桥本来是普通的桥的形状,关东大地震时,由于地面震动,才拱成这样的。慎一相信了。在东京上学的时候,慎一跟班里的同学说了这座桥的事,结果全班同学都信了。从那以后,慎一再也没有跟班里的同学说过桥的事,就这样一直到慎一转学。现在,大家是否已经知道了这是骗人的呢?

"哎,咱们去看看吧!"在走过鸟居之前,春也突然说道。

"看什么?"

---

[1] 指类似牌坊的日本神社的附属建筑,代表"神域"的入口。

"看看那块十王岩。那里离这里很近吧？"

其实，慎一一直在期待春也说出这句话。昭三刚讲完，他就产生了"去看看"的想法。

"爷爷，建长寺离这里很近吧？"

"嗯，步行十五分钟就到了。"

"那么，怎么去十王岩呢？"

"那块岩石啊……我们要先经过建长寺的院落，再穿过半僧坊，然后沿着山顶走一会儿就到了。"

"不过……"昭三还想说什么，但慎一的声音把他的声音盖住了。

"现在是几点？"

"十二点……啊……十二点多了。"

昭三从裤兜里取出一个只剩一半表带的手表，看了一眼。

"那个什么舞蹈几点开始来着？"

"那叫'静之舞'，三点开始。"

静之舞是在八幡宫上演的镰仓祭的主打节目，昭三非常想让慎一他们看看这个节目。

"在那之前，咱们能赶回来吧？"

"能！"

"去吧，去吧！啊，可是，爷爷的腿脚不太方便……"

昭三抬起下巴想了一会儿，然后长出了一口气，低头看着慎一。

"你们两个去怎么样？"

"啊,可以吗？"

"有想去的地方就去！孩子就应该这样！"

昭三说他在八幡宫等他们。

"我正好歇一会儿。老年人休息的时候,让孩子在旁边陪着也不好。你们去吧！我在舞殿附近等你们。你们知道建长寺在哪里吧？"

"不记得了。"

"沿着这条岔路一直走。"

在政直还活着的时候,他曾带着慎一去过一次建长寺。但是慎一已经忘记了去寺院的路,以及他们当时看到的景象。他只是隐约记得他们曾经进行过一次大规模的扫墓。

昭三用拐杖尖在干燥的地面上画了图,告诉他们去十王岩的路——他们应该如何穿过建长寺的院落,建长寺后山上的半僧坊在哪里,以及从那里进山的路怎么走。

"但是,你们必须在三点前回来啊！"

两个人匆忙地应了一声,就走上了岔路。"钱！钱！"背后传来昭三的喊声,他们停下脚步,连忙跑回来,从昭三手里接过进入建长寺的门票费。

(五)

"你的鞋全白了!"

"你的鞋也是!"

"啊,真的呢!"

他们穿过建长寺的大门,在接待处付了门票费,领到一个细长的小册子,不过,两个人都没看小册子,直接将其揣进裤子的后兜里,然后就在寺内的砂石路上走了起来。他们刚才经过的若宫大路上尘土飞扬,他们的运动鞋都变白了。

"刚才你爷爷说的'禅寺'是什么呀?"

"那是什么呢?我也不太清楚。"

难得来一趟,他们决定在寺内稍微参观一下。于是,他们选了一个游客众多、看起来相当有名的地方游览。春也看到佛殿里供奉的地藏菩萨如此气派,便说:"这座地藏菩萨像看起来好厉害呀!"周围的游客都笑了起来。他们又来到一座建筑附近,看到告示牌上写着"法堂"两个字,字的旁边标注了日语罗马音的读音。

"原来这两个字读'hattou'啊!"

"不是'houdou'啊!"

法堂的天花板上画着一条栩栩如生的巨龙,无论站在哪里,参观者都能感觉到它在盯着自己,令人胆寒。巨龙下边有一幅画像,画像上的人瘦骨嶙峋,腹部深深地凹陷下去。他们看了一下说明文字,虽然跳过了许多不认识的字,但是也大概知道了这幅画像描绘的内容,这好像是释迦牟尼断食时的样子。

在没有大人陪伴的情况下,这样仔细地参观寺院和佛像,慎一还是第一次。他刻意做出认真思考的表情,对着说明文字频频点头。慎一觉得自己仿佛变成了一个研究佛教的学者,他想象着未来的自己手里拿着笔记本、钢笔以及一些复杂的器具,和春也一起研究某座寺院的情形。想到这里,他的心激动起来。

"他是那样修行的啊!真是不容易啊!"

"谁知道呢!"

春也既没看释迦牟尼的画像,也没看说明文字,只是面无表情地看着出口,阳光从那个长方形的门里照射进来。

"咱们快去看那块岩石吧!"

春也一边说,一边向明亮的室外走去。慎一追了上去,心里有种被春也背叛了的感觉。

在寺院里流淌的小河上方,小蚊虫像烟雾一样成群飞舞着。沿着小河一直走,就到了一条两侧连绵着樱花的路。站在石头建造的鸟居前面,可以看见非常陡的石头台阶。他们看了看告示牌,发现半僧坊好像就在这段石阶上面。也许是因为很少有小孩子自己来这里,一个头缠毛巾、手拿扫帚的老人眯着湿润的双眼,抬头看着他们。

石阶比从远处看更加陡峭,刚踏上去,他们就觉得双腿沉重。慎一穿着半袖T恤衫,春也穿的是带领子的长袖衬衫。慎一看到他皱着眉头,卷起袖子,单手解开衣领下面的纽扣,觉得这个动作很帅,后悔自己没穿一件这样的衬衫来。

不一会儿,他们就来到了半僧坊。这里很像一座小型的寺庙,里面非常安静,看起来好像一个人也没有。他们停下脚步,一阵风吹过大汗淋漓的肩膀和脖颈,让人感到舒爽惬意。

"咱们从那段窄窄的石阶爬上去,就到十王岩了吧?"

"只有那一条路,应该没错!"

他们开始攀登隐藏在树叶后面的石阶。纯净的青草味和黏稠的树胶味混合在一起,每次呼吸仿佛都能感觉到身体被山的气息所浸染。他们爬完石阶,发现前面没有路了。不,路是有的,但它已经不能被称为路了,它只是一条隐藏在树木和杂草之间的空隙。春也走在前面,在那空隙里穿行。偶尔有山樱的花瓣飘落下来,轻轻地落在黑土之上。

他们走了一会儿,突然有几条像大蛇一样的粗壮树根挡住了前路,慎一在跨过这些树根的时候,又觉得自己变成了植物学家。现在,他和春也一起来到这深山险林之中,正在寻找一种谁也没见过的神秘花朵。

"哎……"

从半僧坊出来后一直沉默的春也突然回过头来,汗珠从他长长的刘海儿上滴下来,落在地上。

"前几天,你在教室里收到一封信,是吧?那是什么信?"

"那不是什么信,就是一个恶作剧!"

"什么恶作剧?"

春也问完,又继续迎着斜坡走起来。不过,他被汗水浸湿的后背仿佛在等待着慎一的回答。慎一无法一直保持沉默,只好把这件事告诉了春也。过了好久,春也终于说话了。

"那就是真的了?"

"什么啊?"

一阵风吹过,他们头顶上的树叶"哗哗"作响,这声音打断了他们的对话。树叶安静下来后,春也特意用一种爽朗的语调说出了班里两个男生的名字。

"我听见他们说了这件事,他们说你和鸣海晚上走在一起。"

"我们是碰巧遇见的!我出去散步,正好遇到了她……啊,是他们俩往我的课桌抽屉里塞的信,是吗?"

"我不知道,不一定是他们。听他们说话的语气,好像全班同学都知道这件事了!"

看到那封信时的懊恼,连同这几天已经忘记的那种不快,再一次涌上心头,慎一感到格外气愤。刚才周围景色散发出来的神秘色彩,现在突然全都消失了。

"那里有字!"

慎一闻声抬头看去,在岔路口有一个木头路牌。路牌上有用油漆写的字,经过风吹雨打,那些字已经看不太清楚了,但能隐约看出那是"十王岩"三个字,一个细细的像白色蘑菇似的箭头指向前方。

"就快到了!"

他们加快脚步走过去,在左边看见了一块巨大的岩石。岩石被人凿开了一个长方形的大洞,像一个房间,里面黑乎乎的,看不清楚。

"哎,那是佛像吗?"

"在哪里?"

"在洞里啊!有很多雕像排列在里面。"

洞里有些暗,慎一眯起眼睛往洞里看去。确实,在洞的左右两侧和里面的石壁上,好像排列着佛像。

"它们好像都没有头啊!"

春也向洞口走去,慎一跟在他后面。

佛像真的没有头。十几尊佛像排成一排,它们全都没有头。

"这就是十王岩吗?"

"可是,这跟爷爷说的不太一样啊!他不是说佛像是在岩石上雕刻出来的吗?"

"是啊,他是这么说的。"

他们从洞里出来,向这条路的前方看过去,在树与树的空隙中能看见一块灰色的圆润的岩石。

"他说的十王岩是那个吧?看,那上面雕刻了一些东西!"

"啊,是的!这下子不会错了!"

两个人的身体互相碰撞着,向前方走去。

"哇,岩石上面真的刻着佛像呢!"

在这块被稀疏的青苔覆盖着的岩石上,刻着三尊佛像。

昭三说得没错,三尊佛像都看不出原貌了。它们就像用绷带缠起来的木乃伊一样,已经看不出身上的线条了,它们只剩下基本的轮廓。它们的脸上已经没有鼻子和嘴巴了,只剩下两只眼睛,而眼睛也只是裂开的孔而已。尽管如此,慎一仍然觉得那三尊佛像一直注视着他们,其眼睛比刚才法堂天花板上那条龙的眼睛还要逼真。

"它们有点儿像《鬼影》[①]那部电影里的幽灵啊!"

慎一也觉得很像,但是他太害怕了,便没有应声,而眼前这三尊佛像看起来更像幽灵了。

"过一会儿会不会有风呢?"

他们等了一会儿,但只等到了一点儿微风。春也似乎有些不耐烦了,他眉头紧锁,仰望天空。

汗水变凉以后,慎一觉得越来越冷了。回去得太晚对昭三不太好,他们只好依依不舍地离开了十王岩。两个人回到山路上,又来到了刚才那个有长方形洞穴的岩石前面,他们不由自主地看向那些无头佛像。

"这些佛像真吓人啊!"

"是啊,它们全都没有头!"

"哪怕只有一个有头的也行啊!"

---

① 一部泰国惊悚电影。

这时,突然起风了。

慎一还以为这次的风是刚才的那种微风,但很快发现并不是。

这次吹来的是惊人的狂风,就像突然打开了风的开关一样,周围的树叶一齐"哗哗"作响。慎一觉得自己的身体仿佛要被风吹走了,赶紧努力站稳。树叶在他的眼前飞过,被吹乱的头发打在脸上。春也用双手捂着脸,说了句什么,但慎一完全听不清楚。慎一说了一句"你说什么",似乎也没有传到春也的耳朵里。风更大了。慎一和春也只能用两只手护着脸,硬撑着身子站在那里。

过了一会儿,狂风突然停了。

所有的声音都消失了,所有的东西都停止了摇动,只有几片枯叶无力地飘落下来,落在地面上。

慎一看向春也。

春也也看向慎一。

"哎,刚才……"

慎一在春也说完之前就点了点头。

"听到了。"

他们听到了从身后的十王岩传来的呻吟声。

（六）

　　静之舞的表演马上就要开始了，八幡宫院内人头攒动。慎一和春也沿着参道①走到舞殿附近，看到连接主殿的台阶变成了临时的观众席，许多人都坐在这里。昭三在哪里呢？慎一环顾四周，听见旁边的春也低声惊叫了一下。

　　"你看见她了吗？"

　　春也没有回答。慎一顺着春也的视线望去，看到舞殿旁边聚集着一些穿着白色和服的女孩儿。慎一不知道她们在干什么。她们大概有十五个人，其中有年纪较小的女孩儿，也有高中生模样的女学生。在她们之中，有的人拿着在神社祈神消灾时用的币帛，有的人拿着大号扇子。她们做了统一的发型——只有刘海儿和耳边的头发垂下来，其他头发都拢到了头顶上，挽成了两个发髻。

　　"啊？"

　　慎一十分惊讶，他竟然在那群女孩儿中看到了鸣海。她的打扮和大家的一样，手里拿着像玉米一样的铃铛，脸上好像还化了妆。

　　"慎一！"有人在慎一的背后叫道。

　　慎一回头一看，昭三正拄着拐杖向这边走来。

---

① 行人参拜观光用的道路。

"你们看到十王岩了吗?"

"看到了。"

慎一应答后,目光立即回到身穿白色和服的女孩儿们那里。鸣海的身影被游客们挡住,已经看不见了。那真的是鸣海吗?

"春也,刚才那个女孩儿是不是鸣海?"

"不知道。"春也轻轻地歪着头,似乎对此不感兴趣。

"嘘!"

昭三在嘴前竖起一根手指。

从舞殿旁边的音响里传出女广播员的声音,她开始流利地讲解静之舞的由来。慎一想跟春也说话,但被昭三用干枯的手捂住了嘴,只好作罢。

女广播员还在继续讲解。

慎一被昭三捂着嘴,他就这样听着广播。

"那是在镰仓时代,距今已有八百年历史……"

源义经被兄长源赖朝追捕,逃到了奥州①。源义经的爱妾静御前只能独自留在京都。源赖朝抓住了静御前,将其带到镰仓,逼问她源义经的去向,静御前没有供出他的去向。不久,源赖朝得知静御前是名满京城的"白拍子"②……

"爷爷,'白拍子'是什么?"慎一将手放在爷爷干枯的手掌

---

① 指陆奥国,日本古代的令制国之一,属东山道,又称奥州。
② 在音乐上指雅乐及声音清晰的拍子,也指日本平安末期的歌舞和表演歌舞的女人。

中问道。

昭三用浅显易懂的语言低声解释说,"白拍子"通常指一类美貌的女人,她们会穿着男装的和服裤裙,腰间佩剑,边唱边跳。

源赖朝要求静御前在八幡宫前献舞,静御前再三拒绝。在源赖朝的妻子政子的劝说下,静御前终于开始跳舞。令人惊讶的是,她在源赖朝面前表演的歌舞,竟然都是表达对源义经的思念的歌舞。

> 与君诀别吉野峰,
> 踏雪离去隐山中。
> 从此再无君相伴,
> 空对足迹诉痴情。

> 静,静,静,
> 忆君声声唤妾名。
> 正如麻线团团绕,
> 何时与君再相逢。

这就是静之舞的由来。

当时,十七岁的静御前,腹中已经怀了义经的孩子。同年七月,静御前为义经诞下一子。因为那孩子是男孩儿,源赖朝害怕孩子长大后找他复仇,所以下令将其遗弃在由比滨海滩[1]。据说,孩子被遗弃后,静御前悲痛万分地回到了京都,后来便不知所终了。

"开始啦!"

舞殿上,手持小鼓和梆子的演奏者们登场了。"呦!呦!"他们的口中发出奇怪的喊声,他们又在莫名其妙的时候击打小鼓,敲响梆子,慎一也听不出这种音乐到底有没有节奏。在这奇怪的音乐声中,静御前的扮演者终于从舞台深处走出来了。舞殿前拥挤的人群有些骚动,随即爆发出波涛般汹涌的掌声。

静御前的扮演者头戴金色长帽,腰间佩戴长剑,身穿红白两色的华丽和服,手持一把闪闪发光的折扇。慎一他们离她很远,看不清她的脸,但她的穿着和动作使她看起来无比惊艳,慎一不禁挺直了腰杆儿。

静御前的扮演者的舞姿是如此哀切落寞,凄清悲凉。她俯首低眉之时,那白皙的脸上竟然流下了泪滴。"呦!呦!"这奇怪的喊声,以及在莫名其妙的时候发出的鼓声和梆子声,都和静御前的扮演者的舞姿完美地融合在一起。这使慎一看得出神儿。

然而,没过多久,他就看腻了。

"好长啊!"

静之舞终究是给大人看的表演。慎一刚才还被它感动,但

---

[1] 日本神奈川县镰仓市的一处海滩。

是只过了十分钟,他就觉得这场表演只是一个美丽的人在舞台上动来动去而已。站在旁边的春也也是这么想的,从刚才开始,他就开始东张西望,现在他正看向那些身穿白色和服的女孩儿。

"爷爷,那些穿着白色和服的人是干什么的?"

"啊,她们是表演热场节目的吧。她们刚才好像在旁边跳舞了呢!"昭三入迷地看着舞台上的表演,心不在焉地回答道。

鸣海也跳舞了吗?

静之舞结束后,他们决定在参道的小摊上买些苹果糖,然后回去。慎一催促昭三绕过舞殿,往鸣海那里走去。慎一只想确认一下刚才看到的那个女孩儿是不是鸣海。他穿过人群来到女孩儿聚集处,和鸣海打了个照面,两个人的目光相遇了。

"利根慎一……"

鸣海的表情有些不悦,她快速回头看了一眼那些和她一样身穿和服的人。慎一虽然不知道她为什么如此装扮,但通过她刚才的动作,慎一明白了,她并不想让同学看到她现在的样子。她穿着红色木屐和白袜,白袜蒙上了一层薄薄的尘土。她的银色腰带上绣着一棵松树。她的胸口有很多层布料,布料呈Y字形状重叠在一起。

"你刚才看到了?"

"啊,没看到。我看了跳舞。"

"你看了啊!"

"没看到啊！我看的是静之舞。"

"你好。"昭三在他们的背后温和地打了声招呼。鸣海低头鞠躬时，插在头发上的银色发饰上的三只铃铛发出清脆悦耳的声音。

"我是和爷爷、春也一起来的。"

"富永春也也来了？"

"嗯……啊？"

慎一回过头去，发现春也不见了。他去哪里了呢？

"他刚才还在这里呢！"

慎一又看向鸣海。慎一的目光不禁在她的服装、发型以及她的手里拿着的东西上游走。

"这身装扮……"

鸣海只能主动解释。她说，这件事她没跟朋友们提过，她在舞踊①培训班学习日本舞踊已经好几年了。今天，她所在的培训班的学员在这里表演。

"今年表演静之舞的人，是我们老师的朋友。因为有这层关系，所以我们被安排在这里表演热场节目。"

慎一想起那天鸣海说过自己不能晒黑，可能就是因为这件事吧。

"跳得真好啊！"

---

① 一种日本传统舞蹈。

昭三刚才并没有好好看她们的表演,这明显只是一句随意的夸奖。鸣海轻轻地鞠躬道谢,她头上的铃铛声再次响起,微微飘动的刘海儿下,化了淡妆的脸上露出羞涩的微笑。

"好久不见啊,鸣海!"

慎一非常惊讶,爷爷是怎么认识鸣海的?但他马上就想起来了。他实在是太粗心了,竟然忘记了那次事故。虽然慎一不太了解当时的细节和他们的心情,但他们肯定不希望见到彼此吧!他不该带爷爷来鸣海这里!

"爷爷,咱们得去找春也,他跟咱们走散了!"慎一脱口而出。

慎一拽着昭三的裤子,拉着他往人群里走去。昭三一边说着什么,一边跟在慎一的后面。慎一回头看了鸣海一眼,轻轻地低了一下头。

春也就在附近。

"你在干什么呢?"

"苆冈在那边!"

"啊,在哪里?"

春也用下巴指了指往参道上流动的人群。同班同学苆冈跟另外两个人一起走着,那两个人好像是他的父母。慎一看到苆冈那肥胖而呆滞的侧脸,突然心生愤怒。刚才春也在山里说的两个人的名字中的一个就是苆冈。苆冈走远了,慎一瞪着他卷曲的短发想:刚才自己和鸣海说话,不知有没有被苆冈看见。

"鸣海!"

旁边传来爽朗的声音,慎一转头看去,一个中年男人举起一只手,向舞踊培训班的女孩儿们走去,他的个子很高,穿着牛仔裤和网球衫。

"爸爸!"鸣海开心地回应着。

那个人……

"啊……我得去跟义文打个招呼。慎一,你在这里等我,好吗?"

昭三摇晃着身体离开了。

"她爸爸好帅!"春也感叹道。

是他!

这张脸就是那天慎一在海边的路上透过车窗看到的那张脸!他就是让母亲坐在副驾驶座上的那个男人!

鸣海、鸣海的父亲以及昭三,都被往来的行人挡住,看不见了。

第二章

（一）

那个声音是春也先听到的。

"啊！"

春也突然抬头向山上看去,他说了一句什么,但慎一没听清。慎一露出疑惑的表情,春也不耐烦地重复了一遍。

"我说,这种声音很像十王岩发出的那种声音啊！"

"什么声音？"

"就是现在的这种声音啊！"

春也说着站了起来,朝山的方向伸长脖子,侧耳细听。慎一也站在旁边,侧耳细听。山上的树叶沙沙作响,有时,风越刮越大,空气在树枝之间飞驰而过,发出刺耳的声音。在灰色的天空下,树木繁茂的陡坡仿佛要往这边压过来似的。

"我什么也没听到!"

"嘘!"

慎一将耳朵竖起来,集中注意力,仔细听了一会儿,他只听到了风声、远处的波浪声和一刻也不停的树叶的"哗哗"声。

一阵更大的风从海上吹来,它一口气跑上了山坡,树叶颤抖着露出了背面。就在这波颤抖到达远方山顶的那一瞬间……

慎一听到了一阵低沉的呻吟声。

从镰仓祭回来的第二天,慎一又收到了一封信。午休时,他去校园的一角看学校饲养的矮脚鸡,回来时,他在课桌抽屉里看到了这封信。信的内容是嘲笑慎一和鸣海"约好"在八幡宫见面的事。

"这种事,生气也没用啊……啊,还是只有寄居蟹啊!"

春也看着"黑洞",咂了一下嘴。

信可能还是莳冈写的吧。不过,除了莳冈,昨天好像还有几个同学去了八幡宫。从今天早上开始,教室里的同学都在谈论镰仓祭的事。

愤怒尚可忍耐,悲哀却无法抑制。让慎一陷入悲哀之中的,并不是嘲笑他和鸣海的那些文字,而是加在那些文字后面的一句话。那句话嘲笑了慎一爷爷的腿,说他像一个稻草人。同学们陆续回到教室,慎一看着信上的字,脸上滚烫,心里冰冷。

"真是傻瓜,居然写这种东西!你别把它放在心上!"

春也把"黑洞"放回礁石后面,弄出了很大的声音。一阵大风吹来,两个人的衬衫领子都被吹得"啪啪"地响。今天阴天,双脚泡在水里,即使穿着长袖的衣服,也觉得很冷。昨天夜里好像下了雨,今天的天空看起来挺阴沉。

从学校来这里的路上,慎一把收到信的事告诉了春也。然后,春也便一直安慰慎一。慎一十分惊讶,春也平时很少这么关心他。

"有五只呢!啊,烤寄居蟹已经玩腻了,我们要怎么处置这些小东西呢?"

春也把寄居蟹放在掌心里,不时地用手指去捅捅它们。他似乎没有想出什么绝妙的玩法,于是把它们放进了衬衫口袋里。

"啊!好像出水了!"

春也往岸边走去,他皱着眉头,揪起衬衫的口袋,使衣服不贴着皮肤。慎一跟在春也的后面,他穿上了袜子和运动鞋,看到了一团被冲到礁石滩的像头发一样的海藻,把它一脚踢开,苍蝇立刻飞舞起来,发出令人讨厌的嗡嗡声。

慎一把视线转移到了海边的路上。慎一来到这里之后,已经往这条路上看了很多次。鸣海的父亲义文的车会不会经过这里呢?自己的母亲会不会坐在副驾驶座上呢?

"你妈妈做饭很好吃啊!我妈妈可不会做那些菜。我家吃鱼,要么生吃,要么煎着吃,就这两种吃法。昨天我在你家吃的那道菜叫什么来着?"

"法式黄油烤鱼？"

"它是叫这个名字吗？"

虽然这道菜的名字听起来相当高级，但它其实就是将裹上面粉的鱼肉块用平底锅煎一下。每个季节都会有一些便宜的鱼，纯江经常买这样的鱼回来，并尝试用不同的烹饪方法将其做成美味佳肴。春也这样夸赞慎一的母亲，大概也是他关心慎一的一种表现吧。不过，这也可能是因为春也的母亲真的不擅长烹饪。也许经济条件较差的家庭往往会在烹饪上投入更多精力。但是，慎一回想起父亲还没生病的时候，母亲也常常将冷冻食品加热一下就端上餐桌。

昨天从镰仓祭回来之后，春也在慎一家吃完晚饭才回家，是昭三邀请他去吃饭的。被海风吹得褪了色的屋顶，玻璃缝上贴着胶带的推拉门，表面生出苔藓的外墙……慎一本来不想让春也看到这些，但一想到回家看见母亲后，自己肯定会忍不住提起鸣海的父亲，所以，慎一也和昭三一起邀请春也来家里吃晚饭。春也只点点头说了一句"那好吧"，便跟着他们去了。

昭三让春也联系一下家里人，告诉他们春也吃完晚饭再回去。春也毫不在意地笑着说"没事"，他说自己跟家里人说过今天会晚点儿回去。虽然春也跟慎一同龄，但慎一觉得他很成熟。

"今天的风好大，如果我们去十王岩，那么应该能听到连续不断的呻吟声吧！"

春也仰着瘦弱的脖子，望着天空。云流动得很快。

"从左边起,那些雕像分别是观音菩萨、地藏菩萨和阎罗王吧?是哪个雕像在叫呢?"

那些刻在岩石上的雕像的名字,是昭三在吃晚饭时告诉他们的。

"整块岩石都在叫呢!"

"洞穴坟墓不叫吗?跟十王岩相比,洞穴坟墓才更应该叫呀!因为那个洞穴是放尸体的地方啊!我总觉得那个洞穴应该'呜呜'地叫才对!"

"洞穴坟墓"这个词及其用途,是昭三告诉他们的。十王岩附近那个像房间一样的长方形洞穴,实际上是过去的一种坟墓,据说犯人在刑场上被处决后,他们的尸体会被扔到那里,让鸟兽吃掉。

"洞穴坟墓里的佛像为什么都没有头呢?"

"是因为时间太久,风蚀后掉落的吧。"

"所有佛像的头都是风蚀后掉落的吗?"春也疑惑地扬起一边的眉毛,歪着头说道。

慎一离开春也,在坚硬的礁石上走着。他的衬衫随风飘舞,耳中风声呼啸。他探头看了看被礁石围住的潮水坑。风吹来时,水面出现了类似等高线的波纹,水中的石花菜轻轻摇曳。乍一看,那汪水里似乎空无一物,但若是屏气凝神地细细观察,就能看到水底的沙砾会偶尔动一下,仿佛藏着什么东西。不一会儿,眼睛适应了,他能看到青鳉鱼大小的黑色虾虎鱼忽然一闪,也能看到礁石下的小小蟹腿,还有混在沙砾中的寄居蟹的螺壳。

粉色的海葵紧紧地贴在礁石上,随着水面的晃动,时而浸入水中,时而又露出水面。慎一伸出手,让海葵吸他的食指。海葵的口立即缩紧,软软地捕住指尖。手指拿开后,海葵的口中"噗"地吐出一股海水。海葵应该是没有体温的,可它吐出的那股海水溅到手腕上时,竟然能让人感到一点点温热。

那天,母亲坐着鸣海的父亲的车去了哪里呢?慎一那天碰到的情况是第一次发生吗?母亲打算忘了父亲吗?或许,她已经把父亲忘了,只是在慎一和爷爷面前装作还记得吧。

慎一低头看着潮水坑,回忆起一个月前看到的电视节目。那天,习惯早睡的昭三已经睡了,慎一和母亲一起看新闻,那是一期报道癌症最新研究成果的特别节目。节目里的人说了一些"疗法""治疗"等慎一听不懂的词儿,然后出现了一名身穿白大褂的研究人员。那名研究人员说,癌症的英文单词是"cancer"[①],与"螃蟹"的英文单词是一样的,这是因为,侵犯人体的癌组织看起来很像螃蟹。

在父亲瘦削的身体里,在他的皮肤下面,有螃蟹在爬来爬去……从那以后,这个画面便深深地印在慎一的脑海中,挥之不去。母亲和慎一看的明明是同一个节目,可她为什么毫不在意

---

① 螃蟹的英文单词为 crab,而 cancer 这个词在拉丁语中原本的意思是螃蟹,在现代医学中,它被用来表示癌症。

呢？因为她毫不在意，所以她才能面无表情地把螃蟹放在砧板上敲碎吧。

慎一和春也不约而同地往"加多加多"的后面走去。

当他们来到山脚下那个细长的秘密基地时，风声突然停止了。

"我为什么要把它们放在这里呢？好凉啊！我真是个傻瓜！"

春也坐在后门的台阶上，从衬衫口袋里掏出寄居蟹，将它们零零散散地放在屁股旁边。他拉着被寄居蟹弄湿的衬衫口袋，看起来有些郁闷。这时，慎一突然看到了春也的胸口。

"你那里怎么了？"

"哪里？"

"那块淤青。"

慎一隐约看见，在春也的衬衫里，他的左侧锁骨下面有一块颜色很深的淤青，那淤青的颜色很像青花鱼[①]背部的颜色，它那样明显地浮现在春也苍白的皮肤上。

"啊……我昨天被揍了一顿。"春也苦笑着回答道。

他用衬衫挡住了那块淤青。

"什么？"

"就是这样。"春也一边说，一边握紧拳头朝另一只手掌用

---

① 即日本鲭。

力打了两三下。然后,他似乎想搪塞过去,便抓起身旁的那些寄居蟹,像捏饭团一样,把它们握在手中,毫无意义地揉搓着,发出"嘎吱、嘎吱"的声音。他没有看慎一。

"你为什么被揍了?"

"我昨天在你家吃饭,没跟家里人说,所以……"

"你不是说没事吗?"

春也点了点头,沉默了几秒。

"可是,我爸是个喜怒无常的人,"春也面无表情地说道,然后他又用同样的语调加上了一句,"我妈也是。"

慎一想起一件事,那是四年级的第三个学期。上体育课前,大家在教室里换运动服。慎一看到春也的肚子瘦得厉害,吓了一跳。那天,春也在午餐时竟然加了三次饭。他端着的盘子里盛满了菜。他一边往座位那里走,一边用格外爽朗的声音说:

"我早上睡过头了,没吃早饭。"

可是,只是没吃一顿早饭,肚子会瘦成那样吗?

"要烤吗?"

春也从五只寄居蟹里挑出了一只,取出打火机。慎一将手伸进裤子口袋里,摸出家门的钥匙。

两个人像往常一样开始烤寄居蟹。他们只烤了十秒左右,寄居蟹的蟹钳就从螺壳里战战兢兢地露了出来,但又立即缩了回去,不再出来。

"寄居蟹为什么要待在螺壳里呢?"

"它们大概是为了躲避天敌吧。"

"嗯,可能是吧。"

寄居蟹还在螺壳里不出来。它是不是被烤熟了?就在慎一这样想的时候,寄居蟹终于露出了上半身。可是,它仍然没有完全出来。春也可能是烫到指尖了,他咂了一下嘴,扔掉打火机。打火机落在两个人之间的地上,发出硬物落地的声音。春也伸出右手,抓住寄居蟹的身体,然而,寄居蟹还是没有放开螺壳。

"哎呀,拽断了!"

春也拽出来的寄居蟹没有肚子。它的肚子应该是断在螺壳里了。它的胸部流出深灰色的鼻涕似的液体,它不再动弹了。慎一看到这一幕,不知为何,心里突然涌出些许悲伤。随后,他又莫名其妙地想起了今天的那封信,想起了在海边的路上看到的母亲的侧脸,想起了爷爷那光溜溜的反射着灯光的假腿,想起了春也胸口那块让人心疼的淤青,想起了在建长寺的法堂里,从瘦骨嶙峋的释迦牟尼画像上移开视线的春也……

远处的大海波涛汹涌,狂风呼啸。

"啊!"

春也突然抬起头,向山上望去。

(二)

"哇,风景真好啊!"走在前面的春也回过头,张大嘴巴惊叹道。

他们应该已经爬了一半了,两个人都气喘吁吁的。慎一也回头向身后望去,每次回头远望,海面都变得更加辽阔。狂风在山坡上奔跑着,吹响了眼前的树叶,还偶尔掠过慎一和春也的鼻尖。风继续向上飞奔,很快,山顶上便传来那种呻吟声,那声音仿佛是从一个巨大妖怪的口中发出的。

"走吧!"

总想得到一些新鲜的东西,慎一是这样的。也许,春也亦是如此。

这条山路比建长寺后山的路还要陡。路本身就非常陡,有的地方几乎如悬崖一般陡峭,他们只能紧紧抓住两侧伸出来的树枝向上攀登。他们确认着每一步的落脚处,向上,向上,向上……风不断从背后吹来,这次他们感觉不到爬建长寺后山时那种清新的草木气息了,连泥土的气味也没有。即使如此,慎一还是一边移动双脚,一边全身心地感受着山的呼吸。

"是什么在叫呢?"

慎一没有回答,只是更加努力地向上攀登。春也似乎感觉到了他们之间的距离在缩短,也加快了速度。狂风在两个人的身后托着他们的身体。慎一觉得脚仿佛被吹得离开了地面,他绷紧四肢,用力抵抗着狂风。转眼间,狂风就向山顶飞去了。

"又叫了!"

他们又听到了那种声音,是什么在低声呻吟呢?

"离我们很近啊!很近!"

春也的语气听起来不像是在跟慎一说话。他的衬衫被风吹得变了形,后背处鼓了起来,简直像一个后背长着大瘤子的妖怪。慎一自己可能也是这副模样吧。慎一现在有一种错觉,他和春也好像变成了某种怪兽,正在一个陌生国度的山坡上攀爬。这样一想,慎一就觉得自己仿佛在用四条腿在土路和岩石上爬,速度比在平地上奔跑还要快,转眼就能飞奔到山顶。

"这里好像是台阶啊!"

春也在快到山顶的地方回头喊了一声。

"不过,这和人造的台阶不太一样啊!"

这些台阶是由树根组成的。

横穿山路的粗壮树根之间,积存了一些土,正好形成了台阶的形状。两个人拾级而上。就算不回头,慎一也能感觉到,背后那灰色的海和灰色的天空在向远方无限延伸。现在,风变小了,树叶安静了,他们可以清楚地听见自己的脚步声。

"这是什么地方呢?"

树根台阶的坡度刚一变缓,他们的视野就突然开阔了起来。说是开阔,其实这里和"加多加多"后面的那块空地差不多大。湿润的地面上,许多蜿蜒起伏的树根四处横穿,比他们刚才看到的树根还要粗得多。它们就像一条条巨蛇,一半身体埋在土里,向左右两边爬行着。在这些"巨蛇"之间,零零星星地点缀着一些不知名的植物,它们的形状很奇特——从茎伸出四片叶子,呈十字形,叶子中间开着白色的小花。

"慎一!"

春也好像发现了什么,但他似乎并不想离开那里,只是把后背往慎一的方向靠近了一些。他的头正好挡住了慎一的视线,慎一看不到他发现的是什么。慎一感到一阵兴奋,向旁边走了一步。

前面有许多歪歪扭扭的树,好像是举着双手跳舞的人。那些树之间,有一块巨大的岩石。

"那块岩石像不像一个人?"春也喘着粗气问道,"它像一个盘腿坐着的人。"

而慎一联想到的和春也联想到的不同。他觉得那块岩石像一张很大的脸,一张灰色的巨人的脸,其脖子以下埋在土里。

"啊,这是雨水吗?"

岩石与地面相接的部分向前突出,那里有一些浑浊的水。"巨人"使劲儿往前伸"下巴",在"尖牙"的内侧积存了一些水。慎一突然想起刚才在海边观察潮水坑时的感觉。他抬起头,发现风已经停了,四周一片寂静,连鸟儿的叫声也听不到了。可是,慎一强烈地感觉到,似乎有什么东西隐藏在暗处,这里也有,那里也有。

慎一视野边缘的树枝突然动了一下,身后仿佛有微小的喘息声,混在自己和春也的呼吸声里。一瞬间,慎一陷入了自己的幻想中——足足有树干那么粗的蟹腿从暗处伸出来,蟹腿的尖端扎在湿润的泥土中……慎一回过头去。然而,什么也没有,暗处没有藏着任何东西。

"哎,这块岩石……"

春也正想说什么,却突然被一阵猛烈的树叶响声盖住了。慎一缩起脖子,全身用力站稳,狂风随即从他的两腿间狂暴地穿过。他能看见自己那被狂风吹得瑟瑟发抖的头发。褐色的树叶和绿色的树叶混杂在一起,匆匆向前飞去……岩石在呻吟。

不,发出呻吟的真的是岩石吗?慎一觉得四周的一切都在呻吟,那空虚而低沉的声音仿佛是从地底下发出的。那声音从地面传出来,穿过鞋底,传给贴紧地面的双脚,在他的小腹中像波浪一样回响着。慎一还有一种感觉,这不是耳朵听到的声音,不是从外部听到的声音,而是自己与这里融为一体后,从自己的身体里发出的呻吟声。

风停了。

慎一和春也都没有看向对方。他们凝视着眼前的岩石,陷入了沉默。

过了一会儿,春也迈步向前,静静地观察那块岩石上的凹坑。随后,慎一也走到他的旁边观察起来。被狂风吹过的水面一片狼藉。慎一摸了摸岩石,那岩石粗糙且冰冷,他的鼻子闻到一种坚硬的矿物的气味。

"哎……"春也看着岩石的凹坑说道,"咱们把这里也当成一个秘密基地吧!"

慎一不知道他想干什么,便没有说话。

"我想在这干点儿什么……"春也用极其平静的声音继续说道,"干什么都行。"

(三)

第二天,"黑洞"里收获了三只寄居蟹、一只半个巴掌大小的螃蟹,还有一只小虾虎鱼。

"不错啊!今天这些水族成员真不错!"

春也看着塑料瓶,十分满意。

"水怎么办?"

"怎么办呢?那家店能不能给咱们一个塑料袋呢?我去问问。"

春也把"黑洞"递给慎一,光着脚踩在礁石上,轻快地走开了。他在岸边穿上鞋,走到马路上,向"加多加多"右边的一家很远的渔具店跑去。慎一举起"黑洞"观察起来——小螃蟹的蟹钳里还夹着小鱼干,小虾虎鱼不时地动一下,寄居蟹被这震动吓得躲在螺壳里不敢出来。它们作为他们在那个岩石上饲养的第一批水族成员,真是相当不错了,如果那里只有寄居蟹,就没意思了。

建立一个属于他们自己的"潮水坑",这是慎一的提议。

"你说什么?"

"'潮水坑'……我觉得那个岩石的凹坑里可以养点儿什么。"

午休时,他们聊起这件事。好不容易挨到下午放学,两个人一起走出了校门。

慎一看到春也独自站在渔具店的玻璃门前。他举起一只手,想给慎一看某样东西。慎一看得不太清楚,那看起来像是一个透明的塑料袋。他应该是顺利地要到了塑料袋。慎一抱着"黑洞"向岸边走去。春也回来了,他跨过护栏,从旧轮胎和金属罐搭起来的台阶上走下来。

"我觉得两个塑料袋就够了,他们给了我三个。"

"全都装满吧!"

慎一和春也分工合作,把三个塑料袋都装满了海水。他们把袋口扎好,春也拎着两个塑料袋,慎一拎着一个塑料袋和"黑洞",向"加多加多"的后面走去。

"那块岩石今天应该不会叫了吧?"

"是啊,今天没有风。"

他们带着水和水族成员,钻进树丛之间的空隙里。

慎一起初有些担心:他们带着这些重物能爬到山顶吗?然而,开始攀登后,慎一却觉得山坡似乎比昨天平缓了许多。他甚至感到惊讶,怀疑他们是否走了另一条路,他偶尔还能看到昨天见过的岩石和树,因此,他们走的应该还是同一条路。山路变得容易走了,冒险色彩便减少了几分,慎一移动着双腿,心里略感不满足。

"因为昨天有风,所以山路才那么不好走吧。"

走在前边的春也没有回话,他应该也是这么想的。

他们走过树根组成的台阶,到了昨天那个地方。

这里和昨天大不一样。温暖的阳光照射下来,树叶的光影像马赛克般洒落在干燥的地面上。目之所及之处,没有丝毫不寻常的地方。

春也一言不发地走向岩石。很奇怪,今天的岩石既不像埋在土里的巨人,也不像一个盘腿坐在地上的人。岩石两边那些虽静止却像是在跳舞的树,今天也在阳光的照耀下,失去了诡异的色彩。就连他们脚边的小白花,现在看起来也平平无奇。

"我们先把这里的水排出去吧!"

两个人把岩石凹坑里的雨水清理了出来。他们用两只手向外捧水,这项工作竟然很快就完成了。接着,他们把塑料袋里的海水倒入凹坑,只倒了两袋,凹坑就填满了。

"把那个拿来。"

"哪个?"

"就是那个'黑洞'嘛!"

慎一把"黑洞"递给春也。春也把倒着插进去的塑料瓶的前端拔了出来,把里面的水族成员倒进凹坑。倒出的水映照着阳光,像果冻一样顺滑。每当有寄居蟹、小螃蟹或者虾虎鱼掉落下来,水面就会溅起水花。

"嗯,不错。"

听起来,春也似乎并不是很满意。岩石的凹坑里,虾虎鱼来回乱窜,小螃蟹一动不动地窝在角落里,三只寄居蟹还是不愿意从螺壳里出来。

两个人都低着头,看着属于他们自己的"潮水坑",许久没有说话。他们为什么会觉得这种东西很好玩呢?他们对几个小时前的念头感到很不可思议。

两个人在那里一直待到了傍晚。他们聊了许多关于这个"潮水坑"的话题,比如,他们是否要经常给水族们换水,是否可以给它们喂小鱼干,等等。

(四)

第二天午休时,慎一又收到了一封信。

这次信里写的既不是鸣海的事,也不是昭三的事,而是慎一和春也的事,说没有朋友的两个人在一起玩,真是可怜。信的最后还有更难听、更具侮辱性的话,写信人用的字体和之前的信里的字体一样。慎一看完矮脚鸡后回到教室,在课桌抽屉里发现了这张从笔记本上撕下来的纸。那时,很多同学已经回到教室了,慎一故意谁也不看,猛地把信攥在手里,发出了声音。这个声音吸引了同学们的目光。

慎一没有理会这些目光,若无其事地上完了第五节课,他用这种方式竭尽全力地抵抗着。慎一第一次知道,掩饰悲伤是如此之难,需要极大的忍耐。如果是昨天,他一定不会在意这封信,昨天他正因新鲜的游戏而兴奋不已。可是,那个新游戏似乎并没有给他的世界带来任何改变。想到这里,慎一就觉得教室里变得更加阴暗了。

放学后,慎一和春也一起去了海边。他们按照昨天的约定,都从家里带来了塑料袋。将塑料袋装满海水后,他们带着塑料袋上了山。

他们看了看岩石的凹坑,发现小虾虎鱼和寄居蟹还在,而小螃蟹却不见了。

"它逃跑了吗?"

他们在岩石周围寻找了一番,但他们都没有认真找。

"咱们再抓一些新的水族成员放进来吧!"

"放那么多也没用啊!就这样吧。"

也许春也希望这个游戏早些结束,但提出想在这"干点儿什么"的人是他自己,因此他才不好开口吧。

"换水吧!"

"把水全排出来吗?"

"排出来一半就行了吧。"

说起来,春也真的想玩这个游戏吗?慎一一边用手从凹坑里捧出温热的水,一边如此想道。他是不是看到我没有朋友,很可怜,便在放学后和我一起玩呢?如果是这样的话,那还是饶了我吧。我可不想让春也可怜我,我也不是忍受不了孤单,他没有必要特意陪我一起玩。

慎一没有告诉春也那封信的事。慎一觉得,如果两个人一起玩的这个新游戏很有趣,他肯定会跟春也说,因为春也会一笑了之。而现在要是说起这件事,春也肯定不会一笑了之,他只会觉得慎一很可怜。而且,如果春也知道别人认为他和慎一一样可怜,他会感到很难受吧。

两个人盘腿坐在地上聊天儿。春也告诉了慎一,前些天开通的濑户大桥在哪里,他们还讨论了两个月前上新闻的"9字桌事件"。他们一起推理,寻找真相。"9字桌事件"是这样的:几名男子闯入某所中学,把保安绑了起来,然后在校园里搬出桌子,组成了一个巨大的"9"字。这件事成为一个神秘事件。

有人认为,这是外星人所为。也有人认为,这件事和麦田怪圈有关。而慎一认为,数字"9"与棒球之间存在着某种联系。春也认为,那其实不是数字"9",而是腹中胎儿的图案。慎一问春也,他们为什么要在校园里摆出这样的图案呢?春也回答,这是因为这些嫌疑人后悔来到了这个世界上。

过了一会儿,他们似乎没有新的话题了,太阳还没有落山,但两个人不约而同地站了起来。他们下了山,来到"加多加多"

的后面,然后象征性地笑了笑,各自回家了。

"前几天来家里吃饭的那个春也还好吗?"

慎一回到家时,昭三正盘着腿坐在起居室里喝酒。厨房里飘来炸天妇罗的香味。

"挺好啊……也就那样。"

"也就那样啊!"

昭三像听到了特别好笑的话一样,晃动着肩膀笑了起来。

"天安门啊,天安门!怎么连这个也不知道呢?"

昭三把目光转向电视正在播放的猜谜节目。慎一以为爷爷暂时不和自己说话了,便打算去厨房,但昭三又把头转过来了。

"你跟他说,下次我会带他去吃更好吃的东西。我会从私房钱里拿出一点儿钱,带他去吃美味的金枪鱼。"

"好。"

慎一敷衍地点点头,想起了春也胸口的那块淤青。他以后不能再邀请春也来家里了。

慎一来到厨房,从冰箱里取出大麦茶。纯江站在煤气灶前,手里举着做菜用的公筷,一动不动地看着灶上的天妇罗炸锅。可能是由于油烟机声音太大,纯江似乎还没注意到慎一回来了。她轻轻地闭着双唇,目光仿佛并没有停留在天妇罗炸锅里,而是在看什么别的东西。慎一从水槽上的沥水篮里拿了一个玻璃杯,纯江这才突然转过脸来。

"啊,慎一,你回来啦!"

慎一的脸上浮现出一丝假笑,就是那种在不想被人看见的时候被人发现了的假笑。

吃晚饭的时候,纯江说她明天晚上要晚一点儿回家。

"渔业协会的职员们要聚餐,我必须去。慎一,明天的晚饭,你和爷爷一起吃吧,我会提前做好的。"

"晚一点儿是几点?"

慎一并没有其他的意思,但纯江好像对这个问题感到很意外,她的眼神突然有些飘忽不定。

"应该不会太晚。对不起啊,慎一。爸,抱歉啊!"

"纯江,工作忙是好事啊!不管是聚餐还是其他的事……"

吃晚餐时,大家都比较沉默。

当慎一把吃完的盘子摞在一起时,起居室薄薄的玻璃窗突然开始"哗啦、哗啦"地响起来。正在小心翼翼地夹天妇罗的昭三抬起头,像感觉到某种异常的狗一样。

"明天……要刮大风啊!"

慎一和纯江都一声不响地看着玻璃窗。慎一觉得很不可思议,他仅凭玻璃的摇晃就能预测到明天要刮大风吗?

(五)

昭三说得没错,第二天果然狂风大作。

"慎一,寄居蟹不见了!"

他们拿着装着海水的塑料袋走到岩石边,最先发现寄居蟹不见了的人是春也。凹坑里只剩下一条虾虎鱼,寄居蟹已无影无踪。

"啊,那个角落里有一只寄居蟹!白色螺壳的那只!"

"啊,真的!可是另外两只去哪里了呢?"

为了盖过风声,他们必须用很大的声音说话。

"它们大概是逃走了吧,就像昨天逃走的那只小螃蟹一样。"

他们决定先换水。两个人蹲在岩石前面,开始捧出凹坑里的水。虽然和之前的操作一样,但由于大风正吹在他们的后背上,操作起来很不容易。他们的脚必须一直用力,否则一不小心,头就会撞到岩石。往外捧水的时候,小虾虎鱼在凹坑里到处乱撞,它那滑溜溜的后背碰到了慎一的手背好几次。

"啊!"

春也叫了一声,双腿跪在地上,蜷起身子。

"怎么了?"

"我不小心把虾虎鱼捞起来了!它去哪里了?"

"啊,在那里!"

"在哪儿?"

"在树根那里!"

虾虎鱼在岩石旁边的树根之间颤抖着,它看起来比在水里时还要小。春也连忙伸手去抓,可是它太滑了,很难抓住。失败了许多次之后,春也用右手的指腹去拨它,让它跳到左手上,这才终于成功抓到了它。然而,这时的虾虎鱼已经像是马上就要下锅的天妇罗,全身都裹上了白色的沙土,几乎不能动弹了。

"它已经不行了!"

"把它放回水里,它可能也活不了了!"

"那就这样吧,把它扔了吧!"

慎一点了点头,春也便把虾虎鱼扔进了灌木丛里。

凹坑里只剩下一只孤零零的寄居蟹。

"这家伙还真是淡定啊!"

凹坑里的水已经很少了,寄居蟹背着白色的螺壳,正仰视着他们。刚才无论他们怎么"哗啦啦"地捧水,这只寄居蟹都待在原地,既没有逃走,也没有躲进螺壳里。它只是不时地摇晃一下蟹钳,然后用它绷针似的小眼睛在水中静静地看着他们。

"它很虚弱吗?"

"可能是老了吧。"

慎一这么说,是因为他觉得这只寄居蟹的鳃两侧垂下的两只触角比一般的寄居蟹要长一些。慎一并不了解寄居蟹的生长过程,只是觉得这个长触角就是它已经老了的证据。此外,还有一个原因,它的触角是白色的,很像老人的白胡须。

春也把食指伸进凹坑的水里,轻轻地靠近寄居蟹,寄居蟹一动不动。春也的指尖碰到它时,它才终于退回螺壳里,动作非常迟缓。

"它可能真的老了。"春也说完,收回了手。

"咦?它又出来了!"

令人惊讶的是,寄居蟹很快又从螺壳里露出头,仰头看着他们。

春也再次把手指伸了过去。这次,他没有立即靠近寄居蟹,而是像要吊它胃口似的,在它的周围慢慢转圈。寄居蟹的两眼之间有两只很短的触角,比鳃两侧的触角还要短一些,这两只触角一直在追逐着春也的手指。

"我在京都的节日上见过这样的……"

"这样的什么?"

"这样的面孔。"

春也用手指去戳寄居蟹的鳃。寄居蟹稍微后退了一下,然后又立刻出来了。

"京都有个祭祀惠比寿神[①]的惠比寿祭,一些人扮成七福神[②]的样子,乘着宝船从八坂神社到街上巡游。在七福神里,有的神仙的面孔就是这样的。"

"像寄居蟹?"

"不是,像这样,从鼻子旁边垂下白色的胡子,有两个神仙是这样的。"

[①] 日本的财神、商业之神。
[②] 七位神仙,包括六位男神和一位女神,其来自不同的宗教派别,如神道教、佛教、道教以及婆罗门教等。

慎一想起来,七福神里好像是有两位老人模样的神仙。

"那条宝船经过我们身边时,我爸和我妈叫我拜一拜,可我觉得那个老爷爷的胡子太好笑了,就一直笑个不停,结果就被我爸拍了脑袋。"

春也看着凹坑底部,但他的目光仿佛投向了更遥远的地方。

"我爸虽然拍了我的脑袋,但那时他是笑着拍我的。他以前总是那样开心地笑着,轻轻地拍我的头,我一点儿也不觉得烦。"

春也慢慢地眨了一下眼睛。

慎一觉得有很多看不见的水突然"哗啦哗啦"地涌入他的心里。他想说些什么,但又不知说什么好,于是他便假装在观察凹坑。

过了一会儿,春也轻声笑了起来,把脸转向慎一。

"这不是寄居蟹,是'寄居蟹神'啊!"春也用开朗的声音说道。

慎一也用同样的声音回应:

"因为它像神仙吗?"

"对,因为它像神仙!"

春也又把脸转回凹坑,故意用认真的语调继续说:

"可能是因为咱们把它放到了这个岩石的凹坑里,所以它就变成了神仙。它昨天还是一只普通的寄居蟹,和别的寄居蟹一样,我们轻轻一碰它,它就吓得缩回壳里去了,是吧?"

"因为它变成神仙了,所以才这么淡定吗?"

"我觉得是。这块岩石果然有种神奇的力量啊!"

寄居蟹在水里缓缓摇晃着白色的触须。

"哎,咱俩把它烤出来吧!你也想让神仙出来,对吧?"

春也从裤兜里掏出打火机。

"可是风太大了。"

"打火机能不能打着火呢?"

春也按了一下打火机,想点燃它,但火苗刚刚出现就熄灭了。

"我们去岩石的后面吧,那里的风应该会小很多!"

"去试试吧!"

慎一把右手伸进凹坑的水里,捏住了寄居蟹的螺壳,寄居蟹一动不动。慎一将螺壳拿出水面后,它才慢吞吞地将身体退回螺壳里,但它还是没有完全退回去,那对斜眼儿和白色触角还在螺壳口处,它正观望着。

"这里不错啊!"

这是他们第一次去岩石的后面,岩石的后面有一个一张榻榻米大小的空间。再往前一点儿,地面就突然变得陡峭起来,像悬崖一样,他们尽量靠近岩石坐了下来。那些树依然"哗哗"作响,因为他们躲在岩石后面,所以几乎吹不到风。云朵就在他们的头上飞奔着。

慎一从口袋里取出家门的钥匙,用身边的落叶卷了一下,寄居蟹被放入了方形的钥匙孔中。白色的寄居蟹露着头,在那里一动不动地仰望着阴霾的天空。春也"嚓"地点燃了打火机。这里也不是完全没有风,因此,火苗被吹灭了两次。于是,春也用左手挡着风点火,这一次,火苗虽然有些摇晃,但总算没有熄灭。

"好啦!"

慎一把钥匙移到火苗正上方。寄居蟹还是只待在螺壳口,露着头,仰望天空。它那像是由许多短触角组成的嘴,正微微翕动着。

"神仙在说话呢!"

慎一有一种偷偷打开护身符时的那种奇妙的兴奋感。

"啊,出来了!"

这是一种迫不得已的动作。它的腿一条条地从螺壳里伸出来,看起来十分无奈。它先是露出了带着细小花纹的前胸,接着,好像化脓了似的柔软肚子出来了,最后,它"吧嗒"一声,掉在地上。

"不动了啊……"

它只是没有像普通的寄居蟹那样慌忙逃走而已。它的嘴巴仍在微微翕动,八条腿也蠢蠢欲动,好像在感受地面。那对木琴槌似的双眼,还是一动不动地仰视着慎一和春也。

"啪!啪!"春也双手合十,膜拜起来。

"这是神仙啊,快拜拜吧!"

春也的刘海儿随风飘动,他坏笑着闭上了眼睛。不过,他脸上的笑容仅停留了几秒钟,他便突然紧闭双唇,表情严肃起来。

慎一似乎被他感染了,也双手合十,闭上了眼睛。明亮的景色从眼前消失后,慎一觉得自己和春也仿佛正在某座深山寺庙里闭关修行。

"许个愿吧。"

春也的声音非常清楚,就像在狭小的房间里低声私语一样。

"许愿?"

慎一的声音也变得不太一样,像是胸膛里有另一个人在说话。

"难得遇到神仙嘛!"

"我没什么愿望啊!"

"肯定有吧!"

"那……"

在答案浮现出来之前,他花了一些时间思索。

"那么,我想要钱。"

"什么啊!"春也嘲笑道。

"因为我想不出什么愿望啊!"

"'寄居蟹神','寄居蟹神',请给慎一些钱吧!"

春也装模作样地说着,然后又"啪啪"地拍着手,拜了起来。慎一仍然闭着眼睛。春也拍完手后,停顿了一会儿,好像是在等慎一。于是,慎一也学着他的动作拍了两次手,双手合十,拜了起来。

"哎,它在动呢!"

听到春也说话,慎一睁开眼睛一看,裸露在外面的寄居蟹比刚才更靠近自己了。它拖着弯曲的肚子和左右不对称的身体,生硬地向前爬着。

"它要去哪里呢?"

"它是不是在找螺壳啊?"

说起来,它的螺壳到哪里去了呢?慎一看了看脚边,只有自己的钥匙孤零零地掉在地上。

"春也,它在那里!"

白色的螺壳在春也的右脚后面。它好像是被风吹到那里的。

"什么?"

"在那里!"

慎一用手指着螺壳。春也站了起来,回头看去,运动鞋的鞋跟碰到了螺壳。螺壳无声地弹了一下,便越过陡峭的地面边缘,消失不见了。慎一不禁站起来,探出身子,几乎同时,春也一把抓住他的衬衫后衣襟。

"你会掉下去的!"

"可是螺壳……"

"你管它干什么?你傻啊!"

周围的树叶"哗哗"地喧闹起来,慎一和春也条件反射般蹲了下来。随即,一阵大风狂暴地从两个人的头顶上方刮过。尘土"哗啦啦"地打在他们的皮肤上,衬衫领子拍打着他们的脸,他们背后的岩石发出了低沉的呻吟声。两个人趴在地上忍耐着,等待狂风过去。

"好危险啊……"

风停了。慎一觉得自己的身体像是盖上了一层柔软的被子,全身瘫软无力。他看了一眼寄居蟹,它还在原来的地方。

"螺壳掉了啊……"

"没事!那又不是必须要有的,把它放回水里就行了。"

"真的没事吗?"

"没事的!只是一个壳嘛!"

他们决定明天给它带一个新的螺壳来。最后,这只寄居蟹就这样被放回了凹坑里。它被捏起来放进水中后,就像宇航员一样缓缓降落,静静地在水底着陆了。

等他们注意到的时候,周围的景色已经暗下来了。他们不知道现在是几点,便决定赶紧下山。下山的路,慎一已经走习惯了。春也猛地拉住他的衬衫时的感觉还留在背上。慎一看着春也的背影,想着他会不会被石头或树根绊倒。现在,他们之间的距离比任何时候都近,慎一随时可以抓到春也的衬衫。

(六)

"你爸爸是做什么工作的?"第二天,在第一节课下课后,慎一问鸣海。

"他就是普通的上班族啊!怎么了?"鸣海浅笑着问道。

她不露痕迹地把女生之间玩的交换日记合上。

"啊……是春也想知道。"

"春也想知道？"

"啊，是这样，前几天，我们不是在八幡宫看见你爸爸了吗？当时春也说了一句：'鸣海的爸爸是做什么的呢？'"

这是慎一昨晚想出来的借口。慎一从未见过春也和鸣海在学校里说话，因此，他这样说肯定不会露馅儿。

"他问这个干什么？"

鸣海看了看春也的座位。春也可能是去上厕所了，现在不在教室里。

"他上班的公司在哪里呢？"

"就在附近。海边不是有一家餐厅吗？那家餐厅所在的大楼的一层是停车场，而餐厅好像是悬浮在半空中似的。沿着它旁边的路一直走，右边有一个很高的楼，他就在那里工作。"

鸣海流利地说着，把她父亲公司的名字也告诉了慎一。慎一也知道这家公司。那是一家全国知名的玻璃生产企业，慎一在电视上看到过许多次这家公司的广告，他们生产窗玻璃、玻璃杯和玻璃工艺品。听鸣海说话的时候，慎一一直没吭声，但脸上露出了知道这家公司的表情，鸣海的语调变得有些得意。

"我爸爸说他是部长。他的工作好像很忙，有时周日也要工作，但他休息的时候会和我一起骑自行车。"

"你上次说过这件事。"

"我说过吗?"鸣海歪着头问道。

那晚在桥上的偶遇,深深地印在慎一的心里,而鸣海却忘记了他们的对话,慎一感到很失落。

慎一沉默着,鸣海可能以为慎一在等自己说下去,便说起父亲的工作。他白天好像很少待在公司,他要经常坐车去外地的几家分公司,视察下属们的工作情况,或者接待其他公司的人,谈一些复杂的事情。鸣海说话时经常打手势,慎一听她讲的时候,一直看着她的手。

"他经常很晚才回家,我一个人很孤单呢!他昨天也很晚才回家。"

"昨天……"

慎一刚想问他是几点回家的,又慌忙把话咽了回去。

"一个人的时候,你也是独自吃晚饭吗?"

"嗯,不过有电视机陪我。"

铃声响起,两个人看了一眼墙上的时钟。

昨晚,纯江十点多才回家。昭三在起居室里打盹,慎一在房间里铺好了床铺,躺在被子里,看着黑黑的天花板。纯江进了家门之后,从拉门的缝隙里看了一眼房间,就赶紧走进起居室。昭三好像醒了,说了句什么。纯江的回应声很小,话也很少。慎一起身从拉门后面探出头,看到纯江在收拾桌子上的盘子。吃完晚饭,慎一把自己的盘子放进水槽里,但昭三还没吃完就开始打盹了,所以他的盘子还放在桌子上。

"我明天再洗这些盘子,可以吗?"

纯江的脸被印有牵牛花图案的门帘挡住了,慎一看不见。

"没事,纯江,我洗就行。"

盘子的碰撞声听起来仿佛非常遥远。

"我明天早上洗吧。我现在有点儿累了,想早点儿泡个澡睡觉。"

"累了就明天再泡澡吧!早点儿起来就行了。泡澡的时候要是打盹了,可是很危险的。"

过了一会儿,慎一听到纯江的脚步声越来越近。他赶紧钻进被窝,闭上眼睛。纯江在黑暗中翻了翻衣橱,找出睡衣,然后又出去了。过了一会儿,走廊另一边的浴室里传出用洗脸盆往身上浇水的声音。慎一在被窝里无聊地数着这声音响起的次数。

(七)

"直接去岩石那里吗?"

"不,我们先去给'寄居蟹神'找新壳吧。"

"啊,好吧。"

慎一和春也来到海边。今天晴空万里,云淡风轻,因为天气好,所以海水的气味格外浓郁,不仅鼻子能闻到,仿佛连肌肤也能感受得到。

他们很快就找到了三个合适的螺壳,还顺便去看了"黑洞",

发现里边捕获了四条鳀鱼。

"哇！捕到了！"

"它们果然游过来了啊！"

他们用手捉住鳀鱼，玩了一会儿假装被它们咬住手的游戏。玩了一会儿，鳀鱼就变得很虚弱了，于是，他们就把鳀鱼扔回海里。

过了一会儿，春也提议玩打水漂，两个人比谁打得多，春也完胜。打水漂的石头越扁平，在水面跳跃的次数就会越多，因此，他们开始在礁石滩上走来走去，寻找形状合适的石头。

春也说了一句什么。

慎一回过头去，发现他竟然离自己很远了。春也在二十米外的地方看着他。

"你说什么？"慎一问道。

春也没有回答，指了指自己的脚下，像是在示意什么。慎一伸长脖子，又问了一句"你说什么"。春也仍然没有说话，只是加快了手指的动作。他的表情十分惊讶，好像是发现了什么。慎一踩着礁石走了过去。春也蜷着身子，从潮水坑里捡起了一个银色的东西。慎一还以为那是一枚外国的硬币，凑近一看，那原来是一枚五百日元的硬币。

"啊，它是被人丢在这里的吗？"

"我是在找石头的时候发现它的。"

"这是真的硬币吗？"

"应该是吧。"

"我看看。"

慎一从春也的手里接过硬币看了看。慎一自己没怎么用过五百日元的硬币,但这种面额的硬币已经发行好几年了,所以他们知道这枚硬币不是假的。

"这是因为昨天那件事吗?"

"哪件事?"

"'寄居蟹神'的事啊!"

慎一终于想起来了。是的,昨天他们在那块岩石后面,对着寄居蟹许了愿。

激动的情绪一下子涌到了喉咙口。

"太棒啦!真的捡到钱了!"

接着,慎一感到后背一阵战栗,像是被扫帚扫过一样。

"五百日元啊,太棒啦!"

"咱们去买东西吧,太棒啦!"

"真是太棒啦!"

"太棒啦"出现的次数越多,这种"太棒啦"的感觉就越强烈。慎一激动得浑身颤抖,双臂起了鸡皮疙瘩。

"用它买什么好呢?"

"买好吃的东西,什么都行!"

慎一要把五百日元硬币还给春也,春也刚要接,却突然停住了手。

"可是,这不是我的钱吧?"

"为什么?"

"因为我昨天没许过这样的愿望啊!我没许'让慎一给我钱'之类的愿望啊!"

确实如此。

"没关系,这是你发现的嘛!"

"可是……"

"咱们把它花了不就行了吗?"

"那你看这样行吗?咱们一起去买东西,找回的零钱归你,怎么样?"

慎一犹豫了一下,也觉得这是个不错的主意。

"你觉得行就行。"

"行!"

他们回到沙滩上,蹲下来商量到底用这五百日元买什么。两个人商量了好久,终于谈妥了。"好!"他们同时站了起来。十分钟后,他们跑进大路边的一家超市,买了一袋又大又甜的草莓。慎一将找回的一百多日元零钱装进口袋里,然后,他们又回到海边,用海水简单清洗了一下草莓。

"去'加多加多'的后面吃吧!"

"好啊!"

他们跑到"加多加多"的后面。慎一刚想在老地方坐下,春也说话了,他那兴奋的脸上露出了一丝腼腆的微笑。

"咱们还是别在这里吃了,去上面吃吧!"

"去岩石那里吗?好啊!"

两个人以岩石为目标,像比赛似的跑进树丛。

"这肯定是'寄居蟹神'干的!"

"咱们得去感谢它啊!不知道它吃不吃草莓!"

"不知道呢!"

慎一觉得腿上像装上了弹簧一样,身体格外轻盈。点缀着薄云的春日天空,地上那像拼图一样的树影,踩在树影上的自己的双脚,以及身后那辽阔的大海……慎一喜欢这一切。走在前面的春也以及气喘吁吁的自己,慎一也无比喜欢。

他把草莓抱在胸前,简直想大叫一声。他想象了一下自己大叫后的情景——春也一定会惊讶地回头看,就像那次自己被啤酒箱埋起来时一样,他肯定会睁大双眼,探头看着自己吧。一想到这些,慎一便觉得那场景实在是太好笑了。

他们这一次到达岩石那里所用的时间,比以往任何一次都要短。凹坑里的水反射着阳光,在凹凸不平的岩石上呈现出变形虫的模样。

"啊?'寄居蟹神'不见了!"

春也仔细地看着水里,他的声音都颤抖了。

"它是不是藏到角落里了?"

"没有啊!你来看看!"

慎一跪在地上,把脸贴近水面,仔细察看了凹坑的每个角落。寄居蟹确实不见了。

"它出去了吗?"

"咱们找一找吧!"

他们开始寻找寄居蟹的身影,比那次寻找失踪的螃蟹要认真得多。他们一边小心脚下,一边弯着腰来回走动,偶尔停下脚步,将脸凑近地面。

"在这里!"

"在哪里?"

那只长着白色触角的寄居蟹,在距离岩石三米远的泥地上。那里有一株开着白花的小草。它靠在小草的茎上死了,已经干巴巴的了。几只赤蚁聚集在它的旁边,好像正在商量着什么。慎一用手指碰碰它,发现它已经完全变硬了,碰一下蟹钳,整个寄居蟹都会动。

"这真是太让人伤心了!"

春也捏起寄居蟹的一只脚,对着它吹了一口气,把黏在上面的赤蚁吹掉了。寄居蟹轻轻摇动。

"啊,掉下来了!"

春也的手中只剩下一条蟹腿,寄居蟹掉在地上。

春也捡起掉在地上的只剩七条腿的寄居蟹。它变得特别轻,它身体里的东西仿佛都消失了,只剩下了外面的空壳。它全身僵硬,蟹爪尖利,摸起来像死掉的昆虫,凑近闻一闻,有一股鱼干的气味。

"它实现了咱们的愿望,自己却死了!"

"也许正是因为它死了,咱们的愿望才实现了!"

慎一是看到寄居蟹仿佛精疲力竭的僵硬身体,突发奇想,才这么说的。可是,他仔细观察手中的寄居蟹后,又觉得事实确实是这样的。深夜,月光洒落下来,寄居蟹从凹坑里慢悠悠地爬了出来。它在岩石上一点点地前进,不久便爬到了泥土上。

它用黑色的双眼仰望着月亮,迈着似乎带有某种目的的步伐,一步步地向某个地方走去。它那由短小触角组成的嘴在低声念叨着什么。它那冰凉的腹部拖在地面上,起初还能留下水痕,但它的身体在慢慢地变干,那水痕也越来越模糊。即使如此,寄居蟹依然向前走着,最终在那株开着白花的小草下精疲力竭。它仰望着月亮,喃喃地说了最后一句话,便一动不动了。

"吃吧!"

两个人盘腿对坐,吃起草莓来。草莓有些温热,这样反倒使人觉得它更甜。慎一尽可能把草莓吃到草莓蒂附近。果肉混杂着些许青涩的味道,不过,这反而给草莓增添了一种清新鲜嫩的感觉。慎一一边吃着草莓,一边看向那只寄居蟹。

春也虽然在默默地大口吃着草莓,但慎一知道,他的心里也在想着那只寄居蟹。这草莓仿佛是一种陌生的水果,它们在舌尖上融化,黏稠的果汁渗入口中,蔓延到了手指尖和脚趾尖。慎一心潮澎湃,脉搏随之跳动,就像渴望已久的东西马上就能到手一样。他感到兴奋不已。

第三章

（一）

"七……幸运七！"

慎一正在用筷子抠着竹荚鱼干，突然听见矮桌对面的昭三自言自语。他拔下了几根眉毛，摆在酒杯旁边数了数。

"这不是五根吗？"

"从你那边看，只能看到白色的。你看，这根，还有这根！"

"哦，是七根啊！"

慎一这样说着，没有再追问："那又怎样？"他只是一边看着电视，一边大口吃饭。从昨晚开始，电视新闻节目就在反复播放一条新闻。

"9字桌事件"的那些嫌疑人被抓起来了。这件事曾引起不小的轰动，有人说这件事是外星人所为，也有人说这件事和麦田怪圈有关系,而慎一和春也一个认为它和棒球有关,一个认为它象征了腹中的胎儿。这个谜一样的事件激发了他们的想象力。然而,当媒体报道这只是不良团伙的恶作剧时,慎一感到很失望。

而他一想到今天放学后要做的事,这种失望的情绪便一扫而光。最近一直下雨,吃草莓那次之后,他们都没法再上山了。慎一和春也放学后会一起去"加多加多"的后面,但他们只是偶尔向山上望去,说一些无关紧要的话,听一会儿雨声,然后带着惆怅的心情,撑着伞回家。

今天是周五,天空晴朗无比。

纯江最先吃完了早饭,她回到房间里,坐在梳妆台前。最近,母亲在化完妆后,还要在梳妆台前坐一会儿。她一动不动地凝视着自己的脸,偶尔像是发现了什么东西似的,突然把脸靠近镜子。吃完晚饭后,她不再像以前那样立即收拾桌子了,而是常常出神地看着放在自己膝盖上的双手。

不知道这是不是慎一的错觉,母亲晚上泡澡的时间也比以前更长了。昨天,慎一想起自己还没把钥匙从口袋里拿出来,就把裤子扔进了洗衣篮,于是,他在母亲泡澡时,到脱衣服的地方去拿钥匙。磨砂玻璃的另一边,母亲的身影一动不动。

今天的课程进行得格外缓慢。慎一以为已经过去十分钟了,可当他一看时钟,才发现只过去了五分钟。这样重复了很多次后,他终于等到了放学。慎一觉得今天的上课时间比平时多了一倍。

"咱们得先去海边抓新的寄居蟹。"

"一只够吗?"

"不够,咱们多抓几只吧!"

他们在海边的路上快步走着,仿佛在进行一场比赛。前方的柏油路在太阳的照射下闪着白光,路的尽头是一座隆起的青山。不知为什么,从远处望去,这座山仿佛是一座假山,完全看不出那里有一片片形状各异的树叶,看不出那里有散发着苦涩气味的泥土,也看不出那里有"寄居蟹神"栖息的岩石和两个人专属的凹坑。他们的秘密基地完美地隐藏了起来,一想到这里,慎一不禁心花怒放。

"啊,对了,我这里有好东西!"

路上,春也打开自己的运动包给慎一看。包里有几个透明的塑料袋,那应该是他从家里带出来的。

"这是装水的袋子吧?"

"也可以这么说。你再看这里,这个。"

塑料袋的旁边,有一个方形的深灰色的东西,用更薄的塑料袋包着。慎一仔细一看,那是一块黏土。

"这是我从手工教室里偷来的。"

"它可以用来做什么?"

"咱们把塑料袋盖在凹坑上,然后用黏土将塑料袋和岩石粘在一起,这样,寄居蟹就跑不出来了!"

"啊,不错啊!"

"另外,我还有一个想法……"

春也拉上运动包的拉链,盯着前方的山,突然说了一句奇怪的话!

"我想烧'寄居蟹神'试试。"

"烧?"

慎一还以为自己听错了,便确认了一下,但他并没有听错。春也似乎很有自信,他挺直了身子,用一种早有准备的口气说:

"这就像过完新年,神社里进行的那个仪式一样,把注连绳①和门松②烧掉。你见过吧?"

"用爆竹节?"

"我们老家那里叫'炮竹节'。以前电视节目上讲过,过新年时,用注连绳和门松迎接神仙,在炮竹节上把这些东西烧掉,就可以送神归天。我想,'寄居蟹神'是不是也可以这样烧?用火一烧,神仙就会出来,对吧?"

慎一马上点了点头,但这不是因为理解了春也的话,而是希望他继续说下去。

"我一直在想,我为什么能在海里捡到那枚五百日元的硬币

---

① 用秸秆编成的绳索,常用于祭祀。
② 一种用松枝、竹子制作的装饰品,常放在大门两侧,象征长寿。

呢？我觉得,这很可能是因为'寄居蟹神'死了。它牺牲了自己,才实现了咱们的愿望。它的遗体是不是像空壳一样?"

这和慎一在山上时的感觉是一样的。

"它变得很轻,肚子也萎缩了,变硬了。这可能是因为寄居蟹死掉了,'寄居蟹神'从里面出来了。'寄居蟹神'出来以后,就在咱们经常活动的地方放了一枚硬币。但它不会每次都为了咱们而死,对吧?上次只是偶然为了咱们死了一次,但这种情况很少,所以……"

"咱们要把它弄死?"

"不,不是弄死它,是用火让'寄居蟹神'出来。"

两个人都知道,他们的游戏需要经常玩出新花样。因此,春也用格外认真的语气说着,慎一也格外认真地听着。春也的话有没有道理无所谓,只要听到"新年""注连绳""门松"这些词儿,慎一就已经觉得接下来要做的事是一种无比神秘的仪式了。当大海出现在眼前时,慎一的脑海里已经清晰地浮现出这样一幅画面———一只寄居蟹正在打火机的火焰中蜷缩着身子,它逐渐被烧成灰烬,然后,一个半透明的东西悠悠地从灰烬里飘出来……

两个人相继从金属罐和旧轮胎搭出的台阶上跑下来。他们不需要查看"黑洞",只要在海滩上闲逛,就能发现许多寄居蟹。发现一只,他们便将其紧紧攥在手里,又发现一只,再将其攥在手里……海面反射着阳光,慎一觉得只有朝向海水的那边的脸

93

颊是温热的。

"你那里有几只？"

"我有四只。你呢？"

"我有五只。这些够了吧？"

他们用塑料袋装好海水，把九只寄居蟹放了进去，扎紧了袋口。然后，两个人来到"加多加多"的后面，轮流拿着塑料袋爬山。

到达岩石那里后，他们把凹坑里的水捧了出来，换上了新的海水。九只寄居蟹也随着海水掉了下来，不一会儿，它们便从螺壳中探出头来，开始在水底爬来爬去。空塑料袋以后也可以重复使用，春也把塑料袋里的水晾干，放进包里。

"选哪个好呢？"

"选那个大的怎么样？"

慎一指了指一只背着黑色螺壳、蟹钳很大的寄居蟹，春也把它从凹坑里捏了出来。他们走到岩石后面，一起坐下。慎一取出家里的钥匙，把寄居蟹放了上去。

"哇，已经出来了！"

这应该是一只精力充沛的寄居蟹。春也用打火机烤它，只用了十秒钟，它便从螺壳里跑了出来。刚掉到地面上，它就狂奔起来。

"它是'寄居蟹神'，别让它跑了！快抓住它！"

寄居蟹朝慎一跑了过来，慎一马上用右手盖住了它。有一个东西在不停地戳着慎一大拇指的根部，不知是它的蟹钳，还是它的头。

"怎么办？怎么办？"

春也似乎并没有想现在该怎么办，他只是一直重复说着慎一正在做的事：

"别让它跑了！别让它跑了！"

渐渐地，寄居蟹的动作慢了下来，不一会儿，它就在慎一的手中一动不动了。它好像在观察周围的动静。

它的身体的某一部分还接触着慎一的皮肤。

"它不动了！"

"你先把手拿开，再用手指抓住它吧！"

"然后呢？"

"啊，你先这样拿着。等一下，哦，对了，黏土！"

春也站起身，把自己的运动包拿了过来。他从包里拿出黏土，剥下塑料袋，从黏土上揪下了一点儿。他用双手揉搓着那一点儿黏土，麻利地将其揉成了一个短粗条，然后用指尖将其捏成了某种形状。

"把它放在这上面怎么样？用黏土压住它的腿，这样它就动不了了！"

春也捏出来的东西的形状很像八幡宫舞殿里的演奏者们敲的小鼓，两端平，中间细。春也把它竖着放在地上。

慎一把手拿开，在寄居蟹开始活动之前，一下子抓住了它。寄居蟹在他的指尖挣扎着，慎一把它放到黏土底座上后，又揪下一小块黏土按在寄居蟹的身上,把寄居蟹的两条腿稳稳地固定在底座上。

在他们松手的一瞬间,被固定住腿脚的寄居蟹在黏土底座上拼命挣扎起来,它扭动着身体,圆圆的肚子像一只大眼珠一样骨碌碌地转动着。不过,对一只寄居蟹来说,从黏土中把腿挣脱出来几乎是不可能的。

"这是'寄居蟹神'的宝座,专属宝座!"

寄居蟹渐渐地放弃了挣扎。

过了一分钟,它才完全安静下来。

慎一和春也对着安静下来的寄居蟹双手合十,闭上了眼睛。眼前的景色刚一消失,山野的声音便倏然入耳。他们的头上有微小且干燥的声音,那也许是掉下来的树叶碰到树枝的声音吧。飞鸟在远处"叽叽喳喳"地鸣叫着。

许什么愿呢?让"寄居蟹神"帮自己实现什么愿望比较好呢?慎一认真地想着,认真得有些傻气。

"你许了什么愿呢?"慎一睁开眼睛时,春也试探着问道。

"我想让莳冈遭遇不幸。"慎一回答道。

"莳冈?为什么?"

"因为从前些天开始,他往我的课桌抽屉里塞了好多骂我的信。我觉得那些信就是他写的!"

"啊!"春也扬起嘴角笑了,"这个愿望要是能实现就好了!不知道为什么,我也讨厌他!"

"你许了什么愿啊?"

"我啊……"春也说到一半就停住了,淡淡一笑,"我的愿望不重要。"

宝座上的寄居蟹已经完全不动了。它不是变弱了,而是放弃抵抗了。

"烧吧!"

春也点燃了打火机,火苗的尖端碰到了寄居蟹。寄居蟹开始摇动身体,挥舞蟹腿,嘴里"噗噗"地吐着泡泡。两个人的脸挨得很近,一种气味在他们之间升起,很像慎一早上吃的竹荚鱼的味道。不一会儿,因黏土熔化而飘出来的味儿盖过了这种气味。突然,寄居蟹的灰色肚子"啪"地裂开了,两个人的脸只在这时稍微向后退了一下。

(二)

第二天是周六。早上,莳冈没有出现在教室里。

第一节课,第二节课,班主任吉川老师都没有提及这件事。吉川还是和往常一样,脸颊消瘦,声音低沉,拿着很多印刷着文字的挂图给大家上课。

"这是怎么回事呢?"

"是啊……"

下课后,慎一和春也一起嘀咕着,但慎一没提"寄居蟹神"的事,这是因为他在想,自己许的那个愿望不会真的实现了吧？慎一很想对这个念头一笑了之,而一旦从自己的口中说出"寄居蟹神"这几个字,这件事可能就很难一笑了之了。因此,慎一把嗓子眼儿里的那几个字咽了回去。

第三节课是语文课。刚开始上课的时候,吉川终于跟大家说了这件事,据说,学校刚刚联系到莳冈的家长。

"我听说他受伤了,他从台阶上摔了下来。"

"摔了下来！"

"摔了下来？"

"他摔了下来？"

许多声音混在一起,模糊地在教室里回响着。

吉川又说了一遍,说莳冈从公寓门口的台阶上摔了下来。

"今天早上出门上学的时候,他滑倒了,从台阶上摔了下来。"

慎一马上看向春也,春也也在看着慎一。

"他在医院进行完治疗,已经回家了。他现在正在家里休息。"

两个人的眼睛之间仿佛有一根看不见的线连着,他们互相看着对方的脸,无法移开视线。

"他妈妈也笑着说,他爱睡懒觉,总是急急忙忙地跑出家门,有时会从台阶上摔下来。"

不知谁提起了莳冈的体重,大家哄堂大笑。

慎一僵硬的身体一下子放松了,他终于能把脸转向讲台了。看来,莳冈的伤势并无大碍。慎一又看了一眼春也,春也也不再看向他了。春也的刘海儿挡住了他的眼睛,慎一看不到他的表情,只能看到他的嘴微微地动了一下,好像说了一句什么。

下课了,值日生刚喊"行礼",慎一就向春也的座位走去。春也的课本是翻开的,他用自动铅笔在课本上写着什么。课本翻开的地方是他们现在正在学习的课文《高高的白桦树》。慎一很好奇,想知道春也在写什么。他仔细一看,春也把课文中所有的"上"字和"下"字都改成了"卡"字。

"'爬卡来比爬卡去要难得多。'听不懂吧?"

"春也,莳冈的伤……"

"'看,在那里!在那里!就在最卡面!在树枝后面!'这里也很有意思,到底在哪里呢?"

春也终于抬起了头。

"有点儿可惜呀!"

"什么可惜?"

"他妈妈都笑了,说明莳冈的伤不是很严重。"

"你说得没错,不过……"

"不知道'寄居蟹神'有没有实现你的愿望。"

春也合上课本,站起来,说了一句"去厕所",便走出了教室。慎一跟了过去。

"我吓了一跳!莳冈竟然真的受伤了!"

慎一和春也并肩走在走廊里。

"我也吓了一跳!"

春也说着,向右边的窗户外面望去。在校门旁边的杉树前,有一些杂乱无章的建筑,从建筑的缝隙里看过去,能看到一点点海。

"这有点儿吓人呢!"

慎一看着春也的侧脸,默默地点了点头。

"天阴得很厉害啊!"

第四节课结束了。放学后,走出教学楼时,春也望着天空,咂了一下嘴。

"好像要下雨啊!天气预报说今天有雨。"

"今天该怎么办呢?"

"可能会下雨呢!"

天空变得越来越阴沉,乌云似乎积攒了许多雨水,向他们头顶罩过来,仿佛要压住他们似的。空气既温暖又潮湿。

"咱们今天就不去山上了吧!下雨天上山还是挺危险的。"

"嗯,要是像莳冈那样从高处摔下来可就不好了。"

其实,慎一今天本来就不打算上山。

上课的时候,他就已经有了这个决定。

"那我回家了。"

"明天见!"

分别的时候,慎一看了一眼春也穿的长袖衬衫,他的袖口上有一些尘土,那些尘土早上就在那里了。可是,从家到学校的路应该是比较干净的,他怎么会弄脏袖口呢?

慎一独自走了一会儿,在小路的拐角处朝自己家的反方向走去。他记得莳冈家在哪里。上四年级的时候,有一次,他独自一人在路上走,碰巧看到几个同学在一座房子门口的台阶下面聊天儿。当时他们没理慎一,但慎一从他们的对话中得知,莳冈就住在那座房子里。

慎一想起了昨天的事。

昨天,他们对着固定在黏土宝座上的寄居蟹,双手合十,许下了愿望。许什么愿呢？让"寄居蟹神"帮自己实现什么愿望呢？慎一紧闭双眼,认真地想着,认真得有些傻气。随后,慎一的眼前浮现出前些天很晚才回家的母亲的身影。

在黑暗的房间里,她轻轻地从衣橱里拿出睡衣,接着,浴室里传出有人洗澡的声音。早晨,她在梳妆台前凝视着自己的脸,突然挺直了背。这些情景都浮现在他的脑海中。慎一向"寄居蟹神"许愿,祈求鸣海的父亲遭遇不幸。

这才是慎一许下的真正的愿望。

然而,慎一当时说不出口,于是才对春也撒谎说自己许愿让莳冈遭遇不幸。为什么撒谎时编造的愿望实现了呢？为什么那时他说出来的愿望成了真呢？

慎一边走边回想,不一会儿,便找到了莳冈家的房子。这是一座二层小楼,一层的外侧长廊的右边,有一段通向房子的台阶。台阶旁边有一排信箱,二〇四号信箱下面用油性笔写着

"莳冈"。

"吧嗒。"第一滴雨点儿落在慎一的脸上,他抬头向阴沉的天空望去,第二滴雨点儿又落进他的眼睛里。灰色的雨点儿落在周围的柏油路上,转眼间,无数的雨点儿落向地面,慎一慌慌张张地跑进房子一楼外侧的长廊里。

房子的一侧有一段台阶,那台阶只有框架和铁踏板,看起来很不结实。

慎一走了过去。外侧长廊到台阶前面就没有路了,从这里向左边看去,房子的旁边放着一个细长的像笼子一样的东西,慎一很好奇,想知道那是什么,那好像是这座房子专用的垃圾回收站。那里拉着铁丝网,看起来相当结实,地面上粘着一些掉下来的湿垃圾。它所在的那个位置正好在台阶的正下方。

慎一慢慢地朝那里走去。

慎一靠在铁丝网上,从背面看着台阶。台阶之间什么也没有,因此,他能透过台阶看到前面的景色。雨越下越大,雨水从踏板的边缘"吧嗒、吧嗒"地落下,从上边的踏板上流到下边的踏板上,一层层地流下来。流下来的雨水很脏,那些踏板上一定堆积了许多尘土,那些尘土很像春也的袖口上的尘土。

慎一的后背隔着T恤衫感受着铁丝网的冰冷,他的眼睛看到了一个情景,那个情景只存在于慎一的脑海中——一只像小孩儿那么高的没有螺壳的寄居蟹爬上了这张铁丝网,在盖子上坐下,在那里屏住呼吸,一动不动。它的两只眼睛就像两个黑色乒乓球一样,目不转睛地看着踏板间的缝隙。它就像一个活生生的陷阱,等待着猎物的脚出现在眼前。

开门声响起,有人穿过长廊,从台阶上往下走。脚步声越近,寄居蟹的嘴就越兴奋地翕动着。它扬起左右两只蟹钳,等待着猎物的脚进入它的视野。它在急切地等待着……

不知道莳冈的伤势如何,他的脸擦破皮且渗出血了吗?他流鼻血了吗?他身上的某个部位骨折了吗?

要是他伤得很厉害就好了。慎一想。

过了很久,慎一才从台阶下面走出来。当他踏上小路时,突然下起了倾盆大雨,雨水瞬间浇湿了他。

在回家的路上,慎一遇到了几个同班同学。大家好像都回过家了,他们的手里没有拿包,而是打着伞。他们遇见在雨中行走的慎一,好像没有看见他似的,把视线移向别处。衬衫贴在慎一的皮肤上,他觉得非常冷。他的运动鞋里进了雨水,连袜子都湿透了,双腿十分沉重。慎一刚刚和春也分开,现在却特别想见到他,即使见面后不说话也可以,只要能跟他一起度过这段时间就行。然而,慎一不知道春也的家在哪里,他一次也没去过。

(三)

"那座房子里是不是死过人啊?是不是有人从台阶上掉下来摔死了?我觉得肯定有,因为……"

莳冈的表情非常认真。他穿着T恤衫，缠着绷带的左手放在腹部，好像是故意要给人看似的。周一的早上，莳冈的周围聚集了四五个男生，鸣海也坐在他前面的课桌上，和莳冈面对面，听他说话。

莳冈的脸上有擦伤，他的左手小指也骨折了。

"我记不太清楚了，当时我正跑着下台阶，突然，我的一只脚动不了了。等我回过神儿来，发现自己已经掉到台阶下面了……"

慎一偷偷看了一眼坐在座位上的春也。从春也侧脸的表情来看，他应该是察觉到了慎一的目光，但他没有把脸转向慎一。

下午放学后，慎一和春也一起走出校门。刚开始，两个人的话不多，但走着走着，他们的话就渐渐多了起来。到了能看见海的地方，两个人已经肩并肩，一起往"加多加多"的后面走去了。

"我想到一件事儿，为了防止寄居蟹逃走而盖上的塑料袋，还可以挡雨，这真是一举两得！"

"是啊，如果凹坑里进了雨水，那么海水就被稀释了。"

"进了雨水可不行啊！"

"嗯，凹坑里的水必须得是海水！"

他们好像是事先约定好的一样，谁也没有提起莳冈。这只字不提的默契，成为另一种新的感觉，让慎一的内心为之颤抖。

"啊！都死了啊！"

他们揭开被雨水弄得发白的塑料袋后,一股又腥又热的空气扑面而来。凹坑里的寄居蟹已经全军覆没。在水坑底部的寄居蟹们,都从螺壳里耷拉出半截身子,一只能动的也没有了。

"这里的水已经像热水一样了!"

慎一把手指放进水里试了一下后,吓了一跳。

"大意了啊!凹坑里像塑料大棚里一样热了。咱们为什么没早点儿发现呢?啊,它们已经稀软稀软的啦!"

春也从热水里捏出一只寄居蟹。它的身体从螺壳口里耷拉下来,已经死掉了。就在两个人皱着眉头看它的时候,它的肚子一下子滑了出来,掉在地上,发出像液体落地一样的声音。

"真是糟糕透了!"

"咱们得再去抓一些新的寄居蟹!"

"不能再在凹坑上面盖塑料袋啦!我们必须找些别的东西盖上!"

"像网那样的东西应该可以吧?"

春也沮丧地叹了口气,挠了挠头。突然,他停止了挠头,伸长脖子,看向凹坑。

"嗯?"

"怎么了?"

"刚才它动了吧?"

"你是说寄居蟹?"

慎一也往凹坑里看去。一,二,三,四,五,六,七,八……它们都死了啊！到底是哪只动了呢？慎一又逐个看了一遍，这一遍他看得更加仔细。一，二，三，四，五，六，七……

"真的！"

仔细一看，第六只寄居蟹在微微晃动着蟹钳。

"太棒了！还有活的！"

春也刚说完，就把手伸进凹坑，把那只背着灰色螺壳的寄居蟹抓了出来。这只寄居蟹果然是活着的！不过，它似乎已经没有力气躲进螺壳里，只能像幽灵一样，把上半身垂在外面。

"这说明，这只寄居蟹是这里所有的寄居蟹中最厉害的一只！"

能在这种热水里存活下来的寄居蟹确实非常了不起，这就好比一个人待在熊熊大火中却没有被烧死！

"那就这么定了！"

慎一什么也没问，便点了点头。今天的"寄居蟹神"就是它了！存活下来的寄居蟹仅此一只，因此"寄居蟹神"必然是它！它是这几只寄居蟹中最厉害、最特别的一只。

他们来到岩石后面。春也从口袋里掏出打火机，慎一拿出家门的钥匙。他们把已经从螺壳里露出半个身子的寄居蟹放在钥匙上，烤起它的螺壳来。

"它能不能出来啊……"

"它太虚弱了，烤太久可能会死掉吧……"

"咱们把它拉出来吧！"

他们烤了一会儿,寄居蟹没有出来。春也关上打火机,捏住寄居蟹的蟹钳向上拉。灰色的螺壳从钥匙里出来了,在空中摇晃着。当春也将手伸向这个摇晃的螺壳时,慎一不禁想起那只被使劲儿拉出后身体断掉的寄居蟹。不过,这只寄居蟹的身体没有被拉断,就像灵巧的人从螺壳里拽出海螺肉一样,它的身体"哧溜"一下从螺壳里滑了出来。

"它还活着吗?"

"它的腿还在动。慎一,你能做一个宝座吗?"

慎一用凹坑边缘剩下的黏土做了一个和上次一样的宝座,放在地上。然后,春也把寄居蟹放在宝座上。

双手合十,闭上眼睛。两个人的动作非常一致,就像练习过一样。

"'寄居蟹神','寄居蟹神'……"

春也口中念念有词,还加上了一点儿曲调。他的动作有模有样,让人觉得他真的在念咒或念经。这个仪式还混杂着类似洗东西的声音,可能是春也在搓手吧。

慎一闭着眼睛,问了昨晚就准备好的一句话。

"春也,你有什么愿望吗?"

一阵沉默后,春也说:

"不用管我啦!"

慎一早就料到他会这么说。过了一会儿,慎一又问了一次,这次他加重了语气。

"你肯定也有什么愿望吧?一个愿望总有吧!"

也许春也现在已经睁开眼睛了,也许他正在看着慎一。不过,慎一还是没有睁开眼睛,他继续双手合十。慎一为春也而感到痛苦。这是一种什么样的心情,慎一自己也不明白,他只是希望能永远和春也做好朋友,他想和春也一起这样度过放学后的时光,一起买草莓,一起气喘吁吁地爬山,彼此同情,对许多事心照不宣……慎一还想要许多这样的时光。

过了好久,春也终于说话了。

"那……我也想要钱。"

春也不好意思地笑了笑。

"一百日元就行。"

那天的"寄居蟹神"是慎一烧的。

"一点儿味道也没有啊!"

吃晚饭时,昭三轻轻地咂了一下嘴。

"这是芥末吧?"慎一把头伸到盘子边问道。

盘子里盛的是初鲣①刺身。今天是二十五号,是纯江发工资的日子,因此,餐桌上除了刺身,还有生海胆和刺嫩芽②天妇罗。

---

① 鲣鱼属于洄游鱼类,每年春天,鲣鱼会随暖流向北迁移至水温较低的汇流海域,摄取丰沛养分之后再折返至热带海域准备产卵。每年的三月到五月捕捞到的当季鲣鱼被称为"初鲣"或"上行鲣",而九月至十一月捕捞到的鲣鱼则被称为"回鲣"或"下行鲣"。
② 木本植物楤木的嫩芽。

"芥末？"

"这不是山葵,是芥末吧？"

慎一用筷子指了指刺身旁的黄色芥末。吃春天的初鲣刺身时,昭三既不搭配山葵,也不搭配大蒜或生姜,他总是蘸着芥末吃。他说,初鲣和秋冬季节上市的回鲣不同,初鲣没有腥味,和芥末搭配在一起吃最合适。慎一不喜欢吃辣,他总是只蘸着酱油吃。

"啊,我说的不是这个,我是说电视机。"

昭三朝电视机努了努下巴。电视机里正在播放时事政治的相关新闻,慎一听不太懂。

"我是说,新闻主播说的话含含糊糊的,真没意思!"

"对了,爸,听说初鲣起源于镰仓,是真的吗？"纯江从厨房里走出来,把刚炸好的天妇罗放到盘子里。

"对,对!是镰仓,是镰仓!过去,初鲣会被拿去供奉八幡神。因此,江户人说,初鲣还是镰仓的最好啊!江户那边很难弄到初鲣,因为它们都被送到这里供奉八幡神了。"

"啊,是这样啊!"

纯江的表情显得格外夸张。她似乎并不想知道答案,只是想通过问一些昭三知道的事情来让他高兴。然而,昭三可能是因为酒意正浓,对此毫无察觉,他提高了音量,兴致勃勃地继续说下去。

"伊势龙虾也是发源于镰仓的!"

"伊势龙虾也是这样吗？"

"以前，镰仓的龙虾很有名，在关西也很受欢迎。后来，伊势的人也开始捕龙虾，不知道从什么时候开始，伊势的龙虾变得更有名了，因此，在镰仓捕的龙虾也叫伊势龙虾了。"

"原来是这样啊！我以前完全不知道呢！"

"你不是本地人，不知道这些事很正常。"

"这些事在本地是常识吗？"

"虽说这些事在本地是常识，不过，也只有像我这样的老头儿才知道吧！"

母亲是这样的人吗？为了让对方高兴，特意提高音量，做出佩服对方的样子，她是这样的人吗？

母亲确实变了。

当慎一想到这里的一瞬间，眼前的母亲似乎突然变成了一个陌生的女人。她既不是自己的母亲，也不是死去的父亲的妻子，她只是碰巧在这个家里做家务的女人。家务做完了，她就会回自己的家，和某个男人一起过日子。

"爷爷……"

慎一本来想叫纯江，却叫了昭三。昭三转过脸来，他的脸上还挂着笑容。

"前几天，我和春也一起捡到了一枚五百日元硬币！"

慎一没有提前想好怎么说，只是随口说出心里的想法。

"五百日元啊，不错啊！"

昭三向前探出身子,红光满面地靠近慎一。

"你们用它买什么了吗?"

"草莓。"

"草莓!"

昭三鹦鹉学舌似的重复着,咧开嘴笑了起来。

"你们商量之后买了草莓啊!好吃吧?"

"草莓啊……"昭三重复着这个词,端起酒杯。然后,他竟然晃起脑袋,口中哼着一支关于草莓的小调。慎一以前没有听过这支小调。

"慎一,这样做可不行啊,这样的事得跟大人说啊!"

纯江突然表情严肃地看着慎一。这一瞬间,突然爆发出的愤怒让慎一双眼发热。如果她是一个陌生女人,是一个慎一完全不认识的女人就好了,这样,她就不会突然做出这种表情了!涌到灼热的喉咙深处的没有说出口的话,和春也一起吃草莓的那段时光,全都被否定了!

"我们为什么不能买草莓?"

说完这句话,慎一不禁流出了眼泪。他很后悔自己流出了眼泪,便站了起来。母亲惊讶地看着他,爷爷也看了过来,像是发现了什么有趣的事似的,他们都很讨厌!在泪水就要夺眶而出时,慎一离开起居室,走向卫生间。慎一不知道自己为什么生气,为什么流泪。他关上门,握紧拳头,用力捶打着自己的大腿。

"没事,纯江,没事!"

慎一听到爷爷这样说,可能是母亲想要过来看他。他又听到了一段短暂的对话,接着,门外便安静下来。

(四)

早上,坐在自己座位上的慎一看到,春也还没坐下就发现了那枚一百日元硬币。春也放在学校的铅笔盒不知为何掉在了桌子下面,他弯腰捡铅笔盒,发现铅笔盒下面有一枚一百日元硬币。

这是买草莓剩下的零钱。

春也用右手握住那枚银色的硬币,似乎想要往慎一这边看一眼,但好像又转变了念头,直接坐下了。

那天,他们在学校里没有说话。但慎一觉得,他们比以往任何一天都离得更近。他们虽然没有坐在一起,但慎一觉得自己能感受到春也的体温,而且他相信,春也也能感受到自己的体温。在音乐课上,慎一弄错了开始唱歌的时间,同学们哄堂大笑。他的目光和春也的目光相遇了。只有春也笑得和其他同学不一样,慎一知道,那是春也在鼓励自己。

放学后,慎一走出教室,在校门前看到了春也的背影,慎一走了过去。他刚走到春也身边,春也就迈开脚步往前走,几乎没有停顿。他们朝大海的方向走去,阳光均匀地照在两个人的后背上。今天是一个完美的晴天,他们脚边的影子的颜色很深,连发梢都能看得见。

"今天我从手工教室里拿了新的黏土。"

"是给'寄居蟹神'制作宝座的那种黏土吗?"

"嗯,我还拿了一些别的东西。"

"你还拿了什么?"

"我待会儿告诉你。"

春也的语气很神秘,说完,他加快了脚步。慎一觉得自己的上半身被一只无形的手举了起来,向春也的背影追去。

他们在礁石滩上捉了十只寄居蟹后,来到了"加多加多"的后面。春也终于给慎一看了包里的东西。

"首先是黏土,然后是硬纸板、透明胶带、细绳、彩纸、剪刀和糨糊,还有订书机和油性笔。"

"这些东西都是从手工教室里拿的?"

"嗯,我差点儿被人发现!我刚要出去的时候,正好'西乡盖饭'进来了。"

"西乡盖饭"是手工课老师的外号。

"他发现你了吗?"

"没发现,我躲起来了!"

慎一仿佛看到了春也像间谍一样敏捷地躲在暗处的样子。

春也解释说,这些工具是用来装饰"寄居蟹神"的岩石的。

"我想把那里改造成神社那样的地方。"

听春也说这些打算时,慎一已经激动万分了。

113

"这个主意太棒了！咱们就这么办！"

"哦,对了,还有这个……"

春也从包的底部拿出一个折叠起来的灰色纱网。

"这是纱窗上的纱网。前几天,我爸发疯时弄破了纱窗,我妈把破了的纱窗补好了,破了的纱网就扔在窗户边,我就把它拿来了。"

"这个也是用来装饰岩石的吗？"

"不是,它是用来当盖子的。用这个盖住岩石的凹坑,再用黏土固定住它的四周,这样不是正好吗？凹坑里不会太热,寄居蟹也不会跑出来。在纱网上面放上一些树叶或树枝,这样下雨也不怕啦！"

这样的好主意,春也是怎么想到的呢？

"还有一样东西,到山上再给你看！"

"是什么呀,快给我看看吧！"

"待会儿,待会儿！"

春也一边得意地笑着,一边麻利地把拿出来的东西放回包里。慎一迫不及待地想要快点儿到达岩石那里,他拿着装了海水的塑料袋站了起来。在塑料袋的底部,十只刚捉来的寄居蟹全都惊恐地缩回了螺壳里,螺壳随着水的波动轻轻摇晃着。

"啊,今天有活儿干了！"

春也说完这句话,似乎突然想起了什么,他换了一种表情,看向慎一。

"慎一,今天那个……"

可是,他又把到嘴边的话咽了下去,露齿一笑。

"先不说啦。哎,你等我一下啊,我马上回来!"

慎一还没来得及说话,春也就扔下包,从"加多加多"的后面跑了出去。春也到底想干什么呢?慎一把盛着海水的塑料袋放在地上,等待春也。等了很久,春也也没回来。好慢啊……就在慎一开始感到不安时,他终于听见了春也的脚步声。他似乎是跑着回来的,脚步声越来越近。不一会儿,春也突然出现在慎一的眼前。他气喘吁吁的,手里拿着一个超市的塑料袋。

"干活儿的时候肚子容易饿,咱们需要准备一点儿零食。"

春也从塑料袋里拿出一包薯片。

这包薯片刚好是一百日元能买到的东西。

"你拿着这里。"

"是这里吗?"

"对,就是这里。"

两个人合作,一起把细绳拧成了注连绳的形状,并将其缠在岩石上。然后,他们用彩纸和硬纸板把岩石装饰了一番,那是圣诞节时的装饰风格。他们忘我地忙活着,在西边的天空被染成红色之前,把"寄居蟹神"的神社装饰好了。他们后退两三步看岩石,这块岩石就像一个巨人的头,他的额头上缠着绳子,脸上到处都是装饰物,看着真不错。

他们用那片纱网当凹坑的盖子,大小刚好合适。他们给凹坑换了水,把十只寄居蟹全放了进去,再用黏土固定住纱网,又找来一些带叶的树枝放在上面。

"好啦,咱们吃东西吧!"

工作告一段落,春也握着拳头,展开双臂,伸了一个大大的懒腰。他"扑通"一声坐在地上,把放在岩石旁边的薯片拿过来,撕开了包装袋。一阵香气扑面而来,两个人几乎同时把手伸进包装袋中,抓起薯片,大口吃起来。这里既没有榻榻米,也没有桌子,他们不必担心从嘴里掉下来的薯片渣。

"我一直不明白,薯片上面撒的明明是盐,可为什么把它吃进嘴里却是甜甜的呢?"

"西瓜撒了盐也是甜的呢!"

"啊,我吃西瓜不撒盐!"

"为什么?"

"没有为什么,我家没有这个习惯。"

他们很快就把薯片吃完了。慎一让春也吃掉包装袋里剩下的薯片渣。春也一仰脖,把薯片渣全都倒进了嘴里。

"你觉不觉得这样大口吃薯片,就会想到薯片是土豆做的?"

"这是因为这样吃才能吃出土豆的味道来吧!"

两个人都把手撑在屁股后面,仰望天空,回味了一会儿薯片的味道。他们用舌头舔舔嘴唇,嘴里还有甜甜的盐味。他们身边有一只小牛虻在嗡嗡地飞来飞去,不一会儿便潜入一朵白花中,四周变得寂静无声。偶尔有风吹过,落叶静静地滑向地面。

"对了,刚才在'加多加多'的后面,我不是说还有一样东西吗?"

"啊,你是这么说的。"

"是这个。"

春也在运动包里找了一下,若无其事地拿出了一样东西。他拿出的是一包还没开封的七星牌烟。慎一顿时觉得肚脐周围一阵发紧,一下子不知道该说什么。爷爷昭三经常吸烟,因此,烟对慎一来说并不陌生。可是,在这山间的风景中,这个反射着阳光的包着光滑塑料纸的烟盒,却让慎一感到恐惧。

"我把我爸的烟拿来了。"

"要吸吗?"慎一明知道烟除此以外没有其他用途,但还是忍不住问道。

春也轻轻点了点头,麻利地拆开了烟盒的包装。缠在手指上的塑料纸被他甩开后,被一阵微风吹到了那株开着白花的小草上,它颤抖了一会儿,便消失在灌木丛中。

春也嘴里叼着一支烟,又抽出一支递给慎一。慎一不想让春也看到自己犹豫的样子,便马上将其接过来,叼在嘴上。他尝到了纸的味道,感受到了舌尖的唾液被过滤嘴吸收的感觉。

春也用一只手挡着打火机,皱着眉头点燃了自己的烟。他的嘴发出"啪"的一声,唇边弥漫起白色的烟雾。烟雾在明亮的景色中马上就消失不见了,但抬头看去,在色彩浓郁的枝叶前面,还是能看到白色的烟在袅袅升起。慎一的心脏"扑通、扑通"地快速跳着,他明明是坐在地上,却有一种两脚悬空的感觉。慎一突然产生了尿意。他一会儿看看无人的四周,一会儿看看烟,一会儿又看看春也。

春也把打火机递过来,朝慎一抬起下巴。慎一接过打火机,第一次没点着火,第二次点着了。火苗向烟头靠近,就在慎一以为差不多点着了的时候,他移开了火苗,可烟头还没有变红。慎一又试了一次,这次他让火苗在烟头处停留了一会儿。然而,过了很久,还是没有烟雾冒出来。

"要一边点火一边吸啊!"

慎一试了一下,眼前忽地冒出一阵白烟,那白烟似乎要将他的脸包住。慎一反射性地向后仰去,他听见春也发出"嘻嘻"的笑声。

"没事,这只是烟雾而已。不过,不能真的把烟吸进肺里哦!"

春也用食指和中指夹着烟,从嘴里吐出烟雾。他的动作很像那么回事儿,但慎一总觉得怪怪的,好像哪里不太对劲儿。

仔细一看,春也拿烟的手是反着的。他虽然是用食指和中指夹着烟,但手背却朝着脸的方向……他这是在比V字手势啊!虽然慎一觉得纠正他不太好,但还是告诉了他。春也赌气似的移开了视线。

"偶尔会搞错。"

慎一觉得放松了一些。他学着刚才春也的样子,也从嘴里吐出烟雾。他觉得嘴里的味道很苦,不过,就像薯片上的盐一样,他竟然也感觉到甜味在舌头表面蔓延。

烟还剩下半支的时候,他们一起熄灭了烟。

"岩石后面有一个坑,咱们把烟和打火机一起放在那里吧!"

"最好用树枝什么的盖起来。"

"嗯,不过,应该没有人会来。"

两个人一起走到岩石后面,把烟和打火机放在那个坑里,折了一些身边的树枝盖在上面。放在这里的话,即使下雨了,烟应该也不会被淋湿。他们商量了一下,决定把"寄居蟹神"的宝座和固定纱网用的黏土也藏在这里。

然后,两个人烤了一只寄居蟹。这是只胖乎乎的小家伙,圆圆的蟹钳上长着绿色的苔藓。被固定在宝座上之后,它奋力挣扎,慎一和春也双手合十、闭着眼睛时,甚至能听见它摩擦蟹腿的声音。

慎一虽然双手合十,但他并没有许愿,他还在忐忑不安地回想着刚才那支烟的味道。慎一听到了春也搓手的声音。不一会儿,搓手声也停下了。慎一觉得差不多了,他睁开眼睛,看到春也依然双手合十。春也的袖子滑落下来,慎一能看见他的左手腕。慎一发现那里有一处伤痕,是个小小的红色圆点,可是,昨天那里明明没有伤痕。

慎一记得,有一次昭三吸的烟从烟灰缸里滚到了矮桌上,然后,矮桌上的垫板就被烫出了一个圆形的洞。慎一大吃一惊,烟

119

头竟然这么烫！如果把它按在人的皮肤上，那么应该就会留下春也手腕上的那种伤痕吧？

"哎，昨天……"慎一犹豫了很久之后，试着问道，"你爸爸发工资了吗？"

"啊？啊，是啊。"春也睁开眼睛，往这边看了一眼。

他马上又把脸转向寄居蟹，闭上了眼睛。

春也说过，发工资那天，他的父亲肯定会喝完酒再回家。昨天就是这样的吧？

他的父亲喝完酒回来后，在春也的手腕上留下了那处伤痕吧？

春也这次许愿的时间比以往都要长。慎一看着他的侧脸，似乎知道了他在许什么愿。

（五）

在那之后的几天里，慎一和春也每天都在山上度过放学后的时光，但没有再烤寄居蟹。慎一不想把对着"寄居蟹神"许愿变成必须要做的事情，而且，两个人在地面上画格子玩井字棋，漫无边际地聊天儿，也是很开心的。最关键的是，慎一其实正在考虑执行一个新的计划，现在请出新的"寄居蟹神"会很麻烦。

他们给凹坑换了水，把带来的小鱼干当作饲料放了进去。太阳西斜时，他们各自吸了一支藏在岩石后面的烟，然后便下了山。

最近,慎一回家后,每天晚上都在执行他的计划。

他在构思一封信的内容,等信写好后,他会把信投进春也家的信箱里。

信里要写的内容是他在周五晚上决定的。当时昭三正在打盹,纯江正在洗衣服,慎一瞅准时机,从起居室的储物柜里拿出了信纸。

信应该怎么写呢?不能让别人看出这封信是自己写的,最好也不要暴露出信是小学生写的。犹豫了一阵子之后,慎一决定用尺子比着写,这样就肯定看不出是大人写的还是小孩写的了。要是汉字用得太少,就会暴露出信是小学生写的,因此,慎一决定全部用罗马音来写。

用尺子比着写字比预想中要难得多,他花了很长时间去写那封信。而且,信是他在狭小的家里背着昭三和纯江偷偷写的,因此,写信的工作进展十分缓慢。即使如此,慎一还是坚持写了下去。

信是在周日晚上写完的。

> 春也身上的伤痕,我全都知道。因为我就住在附近,所以我一直在关注这件事。如果你继续伤害春也,我就会报警。这封信的事不要告诉春也,如果你告诉了他,我会立即报警。

无论重读多少遍,慎一都觉得这封信写得非常完美,一定会有非常好的效果。

慎一把信装进信封,第二天将其带到了学校。放学后,春也还像往常一样在校门口等他,但慎一谎称自己有事,要先回家,然后和昭三一起出去。

"那咱们今天不上山了吗?"

"对不起,今天是去不成了。"

"那凹坑里的水怎么办呢?接下来是四连休的假期,不提前换水可不行啊!"

明天开始就是五一假期了,学校放四天假。前三天是五一假期,第四天是建校纪念日。

"如果你不介意的话,你一个人去换水,行吗?"

慎一说出了这句提前准备好的话,不出所料,春也果然不高兴了。

"那些水平时都是咱们一起拿上山的,一个人拿太重了!"

"可是,不换水的话,寄居蟹死了怎么办?"

"应该没事,咱们给它们盖上了盖子,太阳照不到它们。"

"还是换一下水比较好啊!"

"咱们约好假期里的某天一起去吧!"

"假期我有事……"

春也的表情还是有些不情愿,但最终同意了。虽然春也满脸不悦,但慎一毫不在意。今晚以后,当春也发现自己愿望成真时,一定会无比开心,现在的不悦也会烟消云散的。

"我得赶紧走了。"

慎一轻轻地挥了挥手,小跑着离开了校门。他往自己家的方向走去,转了个弯,走出一段路后便停下了脚步。他回头看去,已经看不见春也了。慎一在小路上朝另一个方向拐了弯,向春也家的公寓走去。慎一昨晚已经通过同学的花名册调查清楚了春也家的地址。

慎一让春也上山,是怕自己在春也家附近碰见春也。他把信投进信箱时,一定不能让春也看见。就像春也趁慎一不注意时,往水里放了一枚五百日元硬币一样。

不过,为了这件事,慎一不得不谎称自己假期里有安排,这让慎一觉得有些遗憾。其实他很想明天就见到春也,确认一下他的情况。他想看到春也神采奕奕的脸,听到他愉悦的谈笑声。

但是,慎一只能等到几天后才能再见到他了。

慎一一边前倾着身体走路,一边拉开运动包的拉链,看了看装着那封信的信封。慎一感到心潮澎湃,鼻孔不由自主地翕动着。春也不会知道这封信的存在。父亲的态度为什么突然改变了?春也虽然会感到不可思议,但他肯定猜不到原因吧。慎一希望春也能发现是自己救了他,也希望他发现后只字不提。不过,如果他没发现的话,那也没办法。

慎一抑制住内心的兴奋,加快了脚步。

（六）

　　四连休假期结束后的周六,在第一节课上,春也一直在发呆。

　　他的手一直放在课桌上,下巴微微前伸,嘴巴微张,像一只疲惫的小狗。

　　铃声响了,终于下课了。慎一感到自己的身体被莫名的不安压住了,他不敢去和春也说话,春也没有站起来。第二节课下课时也是一样。第四节课是体育课,上课前,大家在教室里换衣服,慎一看到脱掉了衬衫的春也,惊呆了。

　　春也的肚子像正在断食的释迦牟尼一样,深深地凹陷了进去。

　　春也慢吞吞地穿着运动服,慎一无法将视线从他的身体上移开。春也发现了慎一的目光,看了过来。可是,他的视线几乎没有停留,立即把脸转了回去,仿佛慎一不是一个人,只是一个物品。

　　在嘈杂的教室里,慎一的脚不由自主地走向春也。

　　慎一就站在春也身边,但春也没看慎一。

　　"春也……你那里……"

　　"哪里?"春也头也不抬地问道。

　　"那里……你的肚子……"

　　"啊!"春也淡淡地笑了一下,用一只手拍了拍自己的肚子,他的肚子深深地瘪了进去,从运动服外面都能看出来。

"我起晚了,没吃早饭。"

这绝对不只是没吃早饭,他一看就知道。

慎一什么也没有说,只是注视着好朋友的脸。

"其实,是因为我家出了一点儿问题。"春也似乎觉察到了慎一不相信自己的话,于是不耐烦地说道。

"什么问题?"

"上次那包烟的事,被我爸知道了。我爸发现他放在桌子上的烟不见了,就问我知不知道烟在哪里。我太傻了,跟他说了实话,说烟被我拿走了。然后他就不让我吃饭了。"

骗人!慎一立刻就知道他在撒谎。那件事都过去快两周了,他的父亲不可能现在才发现自己买的烟少了一包!而且,就算他的父亲这样问了,春也也不可能如实回答!

"不过,我没说吸烟的事。我只是说我把烟拿了出来,不小心弄丢了。"

春也挤出一丝假笑。他的肚子已经饿到了极限,他在用他疲惫不堪的身体支撑着自己的表演。慎一什么也说不出来。他的血液好像逃走了似的,全身越来越冷。看来那封信起了反作用。

春也的父亲看到那封信后勃然大怒,把怒气都发泄到了春也身上,一定是这样!也许,他的父亲认为那封信是春也自己写的。因为慎一写那封信时用了尺子,写信人明显是故意不想让别人看出信是谁写的。

"我当时为什么那么回答呢？真是后悔莫及呀！他问我那包烟的事，我直接说'不知道'不就行了吗？我真是傻啊！"

体育课上，大家正在进行投篮比赛。体育老师看到春也在球场一角站着不动，就训了他两次。慎一心想，体育老师太可恶了！这样想的时候，他又觉得自己也太可恶了！

班会刚结束，春也就走出了教室，似乎想躲着慎一。

慎一独自走在回家的路上，他无数次用双拳打着自己的腿，泪水止不住地流出来，他的心仿佛黏糊糊地融化在柏油路上。关于那包烟被发现的谎言，根本不像是春也临时想出来的，一定是他提前准备好的。春也一定是发现了父亲不让他吃饭和慎一有关。或许，他的父亲给他看了那封信！

慎一到家了，可是他无法走进家门。他站在门口，用手掌根部用力按着双眼，等着眼泪停止流淌。推拉门里传来电视机的声音，昭三大概正在看电视。

"和那次的事有关系吗？"慎一和昭三面对面吃午饭时，昭三突然问道。

"哪次？"

"那次吃晚饭时，你突然哭了。"

"我没哭。"

"对，你没哭。"

昭三举起一只手,做出道歉的样子。

"但是你把自己关在厕所里了,对吧?和那次的事有关系吗?"

"什么啊?"

"你这小子……"

昭三欲言又止,用鼻子叹息。他不说话了,用筷子夹着纯江早上做好的味噌鲭鱼。电视机里突然传来一阵欢笑声,但两个人谁都没看。

"有什么事就跟我说吧。我毕竟也活了七十年了。"

"没什么事。"

"你有喜欢的女孩子了吗?"昭三带着坏笑问道,"你别看我现在这样,以前,渔业协会的人可都叫我'桃色船长'呢!要是有什么恋爱烦恼,你可以说给我听。"

"才没有呢!"

"是吗?"

两个人都沉默了。

安静的起居室里,只有微弱的电视机声。

"啊,因为你是男孩儿嘛!"

吃完饭,昭三把茶杯里的茶倒在碗里,"哧溜、哧溜"地喝着。

"女人从女孩儿的时候开始就是女人,你现在只是个男孩儿。多试试吧!"

昭三说完"绕口令",便一直注视着慎一的脸。慎一无从回答,和昭三对视了一下。昭三突然眯起眼睛,笑了起来,眼角刻上了皱纹。

"不过,如果你有什么事一定要跟大人说啊!跟我说也行,跟你妈妈说也行。"

"我知道。"

"你能答应我吗?"

一瞬间,慎一有种想把一切都告诉昭三并向他寻求帮助的冲动。春也的事,母亲的事,鸣海的父亲的事,还有课桌抽屉里那些信的事……可是,慎一害怕自己那样做。很多事都让他感到苦恼,那些事明明没什么可保密的,他却害怕包围自己的那些东西被大人的手改变了形状。

"能。"

慎一只说了这一个字,便把用完的餐具摞在一起。他把昭三的餐具也一起拿进了厨房。这时,他看见水槽上方的窗台上,有一个闪闪发光的东西。

慎一将那个东西拿下来看,这时,起居室里传来了昭三的声音。

"啊,那好像是你妈妈带回来的。"

这是一件玻璃工艺品。

它看起来价格不菲:一只海豚从波浪中跃起,它的嘴巴和眼睛都制作得相当精致,波浪看起来像真的水一样。波浪的下面是长方形的金属底座,其侧面明光锃亮,可以映出慎一的脸。慎一将它翻过来一看,底座下面印着制造商的名字,他知道这个制造商。

"这可能是她的同事送的吧。"

这个玻璃制造商,就是鸣海的父亲所在的那家公司。

慎一的心里装满冰冷的水,那个海豚形状的玻璃工艺品悄无声息地掉了进去,水溢了出来。慎一觉得自己的全身被这些水慢慢地浸湿。

"……什么时候?"

"两三天前的晚上吧……一直放在那里。"

这几天,慎一一直在想那封信的事,完全没有注意到它。

慎一的体温传到玻璃工艺品上,玻璃工艺品渐渐变得温热起来。慎一突然觉得自己好像碰到了鸣海的父亲的手,心里一阵厌恶,便把工艺品放回了窗台上。

自行车的钥匙总是挂在门口墙上那个问号形状的螺栓上。慎一取下钥匙,昭三似乎想问什么,慎一什么也没说,就穿上运动鞋出了家门。

远处的天空中飘浮着深灰色的云,就像用黏土堆砌而成的。

自行车的车座调得很高,慎一跨上自行车,向小路骑去。慎一也不知道自己要去哪里,只是觉得自己不能一直待在家里。

到了海边的路上,慎一骑得越来越快。偶尔有车超过他,他便狠狠地瞪那车一眼。他骑着自行车全速向前飞驰。慎一觉得,一旦他的速度慢下来,泪水就会瞬间夺眶而出。于是,他拼命蹬着踏板,双腿甚至已经感到隐隐作痛。

慎一转了个弯,朝春也家的公寓骑去。他在公寓前停下自行车,看着春也家的信箱。几天前,他把那封信塞进了信箱。他做了无法挽回的事。他真是做了一件傻事!在泪水溢出眼眶之前,慎一又骑上了自行车。

慎一向海边骑去,途中路过了他和鸣海一起去过的自行车店。经过店门口时,慎一稍稍放慢速度,向店里看去,那名店主正站在一辆自行车的旁边。

回到海边的路上,慎一往与自己家的相反方向骑去。在他的左边,那家餐厅正在慢慢靠近他。那家餐厅的一层是停车场。餐厅是正方形的,好像浮在空中一样。他路过这家餐厅许多次了,但这次慎一却觉得它和以往不一样。这是为什么呢?慎一一时想不明白。

不过,当慎一从停车场旁边经过时,他终于想起来了。那次他在教室里和鸣海说话时,她提到过这家餐厅。转过这个弯,一直向前走,右边有一座大楼,鸣海的父亲就在那里工作。

慎一用力握紧了刹车把。轮胎在柏油路上发出很大的响声,自行车稍微侧滑了一段距离后,停了下来。

有一团东西压在他的胸口上。这一团东西是什么呢?慎一说不清楚,只是觉得自己的心像是被一根木头撞击过一样痛苦。慎一斜穿过餐厅的停车场,来到刚才经过的岔道上,再次加快了车速。他咬紧牙关,身体前倾,疯狂地蹬着踏板。现在慎一觉得,即使有车突然从旁边冲出来,把自己撞飞也无所谓。

虽然离得很远,但他也能看见那座大楼。

大楼前面是开阔的停车场,他没有看到公司职员和安保人员。

慎一把自行车停在人行道上,转身向停车场走去。慎一没走正面的入口,而是越过了一个大约五十厘米高的台阶,进入了停车场。这里的车看起来都相当高级。它们整齐地排列着,在阴沉的天空下一动不动地蜷伏着,让人很难想象它们动起来的样子。慎一走到停车场里面,越过这些车的顶盖,找到了那辆带着行李架的精心打过蜡的灰色商务车。

那是鸣海的父亲的车。

慎一走到那辆车的旁边,车窗上倒映着阴云密布的天空,车窗里面的情况看不清楚。慎一把脸靠近车窗,鼻尖甚至能闻到车窗玻璃上尘土的气味。现在,他终于能看清楚车里的情景了!座位,方向盘,有点儿脏的踏板,空调出风口装着一个饮料架,上面放着一罐拉掉了拉环的罐装咖啡……

慎一绕到车的另一边,查看了一下车里面的情况。这是母亲坐过的副驾驶座。座位旁边也装了一个饮料架,不过架子上没放饮料。

慎一在这里待了许久。

雨还是下起来了。这是一场绵绵的小雨。慎一把双手垂在身体两侧,听着雨声。在安静的医院里看望父亲时,他经常能听到同样节奏的点滴声,这雨声和点滴声十分相似。

慎一还记得,有一次,病房里只剩下他和父亲两个人。父亲说,出院后会给慎一买棒球手套。他到底得了什么病,大家没有告诉父亲,慎一那时也不知道。谁也不告诉他们真实的情况。不管是父亲自己,还是慎一,都以为这个病"很快就会康复的",就像纯江在病床边说的那样。或许是因为那间病房的窗外总是能看见明亮的天空,所以他们对此毫不怀疑。

一滴滴的点滴在窗边吸收了阳光,变得闪闪发亮,药液通过输液管缓缓地流进父亲的身体里,药液似乎可以治好父亲的病。因此,慎一在那一周的周日,特地去了体育用品店,还比较了不同品牌的棒球手套的价格。然而,就在慎一做这些的时候,父亲正在病房里望着白色的天花板,他的内脏正在被"螃蟹"啃噬着。

父亲可能已经知道了自己真实的病情,只是假装不知道吧。慎一有时会想起,病床上的父亲偶尔会露出怅然若失的表情,好像心里已经完全空了一样。这不就是知道自己即将死去的表情吗?可是,如果真是这样,慎一去看望他时,他为什么还要答应给慎一买棒球手套呢?

（七）

几天以后，鸣海在教室里问慎一：

"富永春也去你家玩了吧？"

"是啊，怎么了？"

"他说他在你家吃晚饭了，饭菜特别好吃。"

她想说什么？慎一心里这么想，嘴上却没说出来，只是看了一眼鸣海的脸。分餐值日生开始在讲台前摆放餐具筐了。

"我也想去。"

"去哪里？"

"去你家呀！我也想去你家吃饭！"

鸣海为什么突然这么说？慎一完全摸不着头脑。难道她想跟爷爷说什么吗？难道她想说关于她妈妈的事？可是，在过去的两年里，鸣海从来没有这样提过。难道她想说我妈妈和她爸爸的事？不过，她应该还不知道他们两个人的事。

"富永春也可以去，我也可以去，对吧？"

"春也只是在镰仓祭之后顺便来我家的啊！"

慎一一边说，一边看向春也的座位，他不在座位上。哦，对了，今天春也负责分餐呢！慎一向讲台看去，只见春也穿着围裙，拿着汤勺，站在盛着中式汤品的大锅后面。

写信事件之后，慎一还没有跟春也说过话呢。他们放学后也不上山了。那个岩石凹坑里的寄居蟹肯定全都死了吧。每当体育课前换衣服时,慎一都会偷偷观察春也的身体,那件事情过去之后,他的肚子再也没有瘪过。慎一也没再看到过他身上有淤青和烫伤之类的伤痕,但那些伤痕也可能是在他看不见的地方。慎一对此并不确定。

"我可以去吧?"

慎一想拒绝鸣海,可是一时没想到理由。他不禁向下看去,可鸣海却把这个动作理解为慎一点了头,便继续自顾自地说了下去。

"那就这么定啦!今天可以吗?"

"今天?"

慎一的声音变了调,周围的同学看向他,其中也有蓟冈。

"太突然了!我得回去问问我妈妈和我爷爷。"

"那明天呢?"

如果鸣海去他家吃饭,那个人肯定又会往他的课桌抽屉里塞那种信了。慎一也在担心这件事。

"我回家问问吧。"

慎一只说了这一句话,便结束了话题。

晚上,慎一跟纯江和昭三提起这件事,他们都同意了,但笑得有些刻意。

（八）

第二天傍晚，慎一在门外等候鸣海。他跟鸣海说了他家的地址，不过鸣海还是让他在门外等待。

慎一看了看身后，推拉门上还插着晚报。每天晚报一来，昭三就马上将其取出来，在起居室里读起来，今天他竟然忘得一干二净！慎一看了看这份晚报，又看了看被海风吹得褪了色的屋檐，还有因发霉而变黑的外墙。鸣海家一定非常漂亮吧。洁白的墙壁，屋顶是尖尖的，房子前面放着父女俩的公路自行车，旁边停着那辆商务车。

慎一的眼睛看着从屋檐上延伸下来的雨水管。这是一条褐色的塑料雨水管，只有最下面的一米左右的部分的颜色和其他部分的颜色是不一样的。这条雨水管以前是破损的，他们搬过来后，父亲自己动手修好了它。在下第一场雨的那个周日，慎一发现水管的接缝处漏水了，便把父亲叫过来看。不知为什么，父亲开心地修理起来。那时，他的身体还没有异常。

慎一转过头，发现一群蚊子正向他飞来。他慌忙挥舞双手驱赶蚊子，突然看见鸣海出现在小路的拐角处。

"你在干什么？"

"有蚊子……"

慎一的话说到一半，发现鸣海没有骑自行车。

"你没骑自行车吗？"

"嗯,今天没骑。"

慎一又注意到一件事。鸣海现在穿的衣服和今天在学校里穿的不太一样,格子裙没有换掉,但上衣换掉了。在学校时,她穿的好像是带蝴蝶结装饰的衬衫,而现在,她穿的只是普通的淡黄色T恤衫。特意问她为什么换衣服有些奇怪,于是慎一便没有问。

慎一问了另一个自己一直很在意的问题。

"你跟你爸爸说过你要来我家吗?"

鸣海停顿了一下,轻轻摇了摇头。

"我跟他说我要去一个女生家。"

"鸣海,这真是'肚脐泡茶'啊!"

"肚脐?"

"这个词是'很荒唐'的意思。"

这是昭三常说的俏皮话,慎一见鸣海好像不太明白,便给她解释了一下。

"荒唐跟肚脐有什么关系呀?"

"那我就不知道了。"

"要问我为什么这么说,我也不知道,这是从过去流传下来的。"

看到鸣海低头沉思,昭三笑了起来。也许是因为他提前泡了澡,又喝了酒吧。他的脸平时就容易泛红,今天格外地红。

"鸣海,多吃点儿啊!"

"啊,谢谢!"

纯江在厨房和起居室之间来回穿梭。与平时不同,今天的矮桌上摆满了菜肴:酸甜酱泡竹荚鱼、烤蚕豆、芝麻豆腐、炸小香鱼块、石鲈鱼刺身……除了这些,还有菜正在锅里烹制,不知道是什么菜。

鸣海大口吃着纯江做的菜,一直在说"好吃,好吃"。慎一十分惊讶,一个女孩儿竟然能吃这么多东西!慎一一边夹菜,一边斜着眼睛看鸣海,一不小心,他把酸甜酱泡竹荚鱼的汤汁洒到了盘子外面。

"哎呀,慎一,吃饭时要好好看着眼前!"

"慎一,你把汤弄洒了吗?"

纯江从厨房里探出头来。慎一讨厌别人把他当成小孩儿看待,他没有回答,只是默默地拿起桌上的抹布。

现在房间里的气氛,就像是亲戚家的女孩儿来做客时的气氛。爷爷似乎只是单纯地为鸣海来家里吃饭而感到高兴。刚开始,他还有点儿不自然,但现在看上去特别开心。慎一自己也渐渐地融入轻松快活的气氛之中。但他还搞不清楚母亲的想法。她在起居室和厨房之间来回穿梭,他来不及仔细观察她的表情。端来各种美食招待鸣海的母亲,心情到底是怎样的呢?

下次她和鸣海的父亲见面时,会跟他说今天的事吗?

她肯定会说的。鸣海跟父亲说自己去一个女生家里玩,因此,她的父亲一定会感到惊讶吧!不过,她的父亲是肯定不会问鸣海这件事的,他不能跟鸣海说他是从慎一的母亲那里听说的。他跟慎一的母亲见面的事,他是不能跟鸣海说的。想到这里,慎一发现自己确信鸣海的父亲和自己的母亲还会再见面。

"爷爷,把大麦茶给我。"

慎一忍住呕嘴的冲动,说了一句话。

"哦,大麦茶,大麦茶……啊,大麦茶已经没了。"

桌上的玻璃壶空空的,壶底的茶包已经瘪了。

慎一去冰箱拿新的茶包,看见厨房里的纯江正在将土豆炖肉放进大盘子里。

"还有菜啊!"

"难得人家来玩,我就多做了几个菜。"

这些菜的摆盘也十分讲究,豌豆摆得非常漂亮,跟平时完全不同。母亲正对着锅,脸被头发遮住了,慎一看不到她的表情。

慎一打开冰箱,拿出大麦茶的茶包后,听见纯江用只有慎一能听见的声音说:"这个女孩儿很漂亮呀!"

她的语调极其平淡,像是读出来的一样。

当满满一桌菜所剩无几、纯江端来茶和布丁时,昭三讲起了连慎一也没听过的事。

"那是很久以前的事了,当时我还是个小学生……"

他们正聊着日本舞蹈、镰仓祭、源义经、源赖朝、镰仓幕府和建长寺……这时,昭三突然开始讲起来。他的胳膊肘撑在矮桌上,只有他一个人没喝茶,还在喝着清酒。他用极其缓慢的语调开始讲述。那时他已经喝了很多酒了,他的脸和眼睛都已经变得通红,话也有点儿说不清楚了,慎一很想问他:"你没事吧?"

"我和我的五个朋友,一起爬了建长寺的后山,我们都是男孩儿……"一个嗝儿从昭三的嘴里跑了出来,他眨了眨眼睛,继续说道,"其实大人是不让我们去的,因为那座山非常危险。虽然现在的情况已经有所改善,但在过去,山上根本没有路。因此,大人们对我们说,没有大人的陪同,小孩儿绝对不能上山。大人们常常这样叮嘱我们。不过,小孩儿毕竟是小孩儿,不是大人,越是不让他们干什么,他们就越想去试一试,不管大人说什么,他们都想去!"

盛夏的某一天,学校放学后,昭三和其他几个孩子带着黄瓜、大酱和点心在建长寺的院子里集合了。

"因为从正门进去要收费,所以我们是从别的地方进去的。所谓从别的地方进去,其实就是翻栅栏进去。"

昭三皱着鼻子笑了起来。

他们六个人从寺院的一侧穿过,过了半僧坊,进入了山区。他们汗流浃背,攀登陡坡,互相推着同伴的屁股爬过了危险的地方。昭三一边比画,一边讲述,让人觉得身临其境。到了山顶,他们沿着山脊往十王岩的方向走去。当他们在看并排摆放的观音菩萨、地藏菩萨和阎罗王的雕像时,突然起风

139

了。有一阵子,风格外大,岩石突然在他们六个人的面前呻吟起来。

昭三他们瞬间呆住了。

"那时候的孩子可不像现在的孩子这么聪明,我们当时还以为是岩石上雕刻的佛像在呻吟呢!"

不一会儿,外号叫"爱哭鬼"的那个最胆小的孩子开始哭鼻子,他一哭,昭三他们就更害怕了。在他们要回去的时候,一个孩子说:"咱们这就回去吗?我带来的零食还没吃呢!"

"现在想想,他那是在逞强啊!"

因为不想以后被小看,昭三也赞成吃完零食再回去。于是,其他孩子也表情僵硬地点了点头。只有"爱哭鬼"不同意,但他一个人无法下山,也只好听从了大家的意见。

提议去洞穴坟墓里吃零食的是昭三。

"我也知道那是个什么样的地方,正因为我知道,所以才这么提议的。我和那个提出吃完零食再走的孩子一直在较劲儿,我想让他看看我的胆子有多大。"

他们围坐在昏暗的洞穴坟墓里,开始吃零食。外面的风声越来越大,不一会儿,连他们吃东西的声音都被盖住了。四周响起岩石的呻吟声,过了一会儿,声音消失了,但它突然又在大家忘了它的时候再次响起,六个孩子都强忍着内心的恐惧。

"好可怕啊……真是太吓人了!"

零食吃完了,但是没有人站起来,那简直像一场忍耐大赛。

大家面面相觑,都在等着看谁会第一个说"回家吧"。只有"爱哭鬼"一动不动地低着头,双手攥着满是补丁的裤脚。当他们从洞穴坟墓里看到西边的天空变红的时候,所有人的脸色都变了。

"提出在山上吃零食的那个家伙第一个站了起来。他说,时间差不多了,再不回去就麻烦了。我当时想:我赢了!我一边想,一边暗暗握紧了拳头。"

他们六个人从洞穴坟墓里走出来。风依然猛烈地吹着。他们沿着越来越黑的山路往回走,"爱哭鬼"又哭了起来。没有人理会他,大家都在忙着赶路。过了一会儿,"爱哭鬼"哭出了声音,双手捂着脸,跟在大家的后面。

后来,他渐渐跟不上大家了。

"这时,风又吹起来了。"

昭三凝视着清酒的酒杯,他的眼神突然变得专注起来。

"那是一阵特别大的风!"

他们的身后传来岩石的呻吟声。呻吟声持续了很久。呻吟声消失后,昭三他们听到了什么东西坍塌的声音,还依稀听到了一声短促的叫喊。大家都回过头去看,发现"爱哭鬼"不见了!

"他从山脊的路上滑下去了!"

大家顿时乱成一团。昭三他们慌慌张张地原路返回,口中纷纷喊着"爱哭鬼"的名字。他们从"爱哭鬼"可能滑落的地方向黑暗的山谷里看去,可是看不清楚,也听不到"爱哭鬼"的回应。

"周围的光线越来越暗,我们都吓得哆嗦起来!"

"他可能死了!"

"他可能掉下去摔死了!"

他们抓着彼此的衬衫,用颤抖的声音说着。

"当时……最先逃走的人……"昭三的视线落在手里的酒杯上,叹息着说道,"是我。"

昭三在山路上跑起来,其余的几个人也很快追了上来。他们几个人疯狂地向山下跑去。他们摔倒了,胳膊擦破了,衣服也划破了。

"当时,我只能听见大家喘着粗气,就像一群一起逃走的野狗!"

到了山下,昭三他们约定,不能把今天的事告诉任何人。因为他们不知道谁会问起这件事,所以他们自己也不能谈论。如果有人违反了约定,其他人就对他动用私刑,惩罚他。大家就这样约定好了。

"那个'爱哭鬼'最后怎么样了?"

这个问题可以问吗?慎一有点儿忐忑,但还是忍不住问了。昭三抿了一口酒,长长地吐出一口气。

"找到了……那是两天以后的事了。"

"他真的死了吗?"

昭三一边用手敲着额头,一边摇了摇头。

"没死,不过他受伤了。"

据说,登山的大人发现他的时候,"爱哭鬼"的左腿受了重伤,已经开始化脓了。当时医疗技术还不太发达,治疗没有效果,落下了后遗症,他以后只能瘸着左腿走路了。"爱哭鬼"没有告诉任何人自己是跟昭三他们一起上山的,只跟父母和老师说,自己上山后,从山脊上摔了下来。

"我们也按照约定,再也没有提起那件事。后来,我们都小学毕业了。和大家分开以后,我终于松了一口气!"

昭三慢慢地眨了一下眼,他的眼睛湿润了,像化脓了一样。

"不过,我只是暂时松了一口气。"

昭三说,直到现在,他有时还会梦见"爱哭鬼"。

"那条山脊小路上一片漆黑,他的惨叫声从我的身后传来,我头也不回地向前跑。我的身后传来'吧嗒、吧嗒'的脚步声,越来越近。'呼哧、呼哧'的喘息声就在我的耳边,仿佛对我充满了怨恨。他……"

昭三用青筋凸起的手隔着家居裤摸了摸只到膝盖的左腿。

"他用很大的力气抓住了我的这条腿……"

昭三沉默了。这时,慎一突然清楚地听见了挂钟指针的声音,在此之前,他根本没有注意到挂钟发出的声音。他又听到了昭三从酒杯里小口喝酒的声音,以及喝完一口后,嘴唇"啪"地张开并呼出疲惫的气息的声音。这些声音他都听到了。

"从那以后,我一直在想……"昭三谁都没看,继续说道,"万事皆有因果。世界上所有的事都是有原因的。我的腿被切断,就是因为我那时候没有好好找他就逃走了。因为我是第一个逃走的,所以……"

他又缓缓地摸了摸左腿。

"结果,我就遭到了报应!这是我遭到的报应啊!"在听昭三讲述这些事的时候,慎一也有这种感觉——一件事和另一件事之间连接着一根看不见的线,拉动那条线的一头,线的另一头就会颤抖。慎一的脑海里浮现出这样的画面。

他突然想起了父亲。

父亲被疾病折磨,日渐消瘦,最后死去……这也是有什么原因的吗?到底是什么原因,让他最终得到了这种结局呢?慎一抬头看了看纯江。纯江的双手放在茶杯上,轻轻地闭着双唇,双眼发直。她突然抬起头,好像发现了什么似的,向慎一旁边看去。

"鸣海……"

慎一也看了过去。鸣海没有喝茶,也没有吃布丁,只是低着头。她放在膝盖上的左手紧紧地攥着拳,手背上浮现出一个个小小的白色关节。她的右手还握着吃布丁用的勺子。慎一仔细地看着鸣海的脸。她咬着牙,盯着自己的膝盖前面。

"我的……"她的声音非常小,像是从牙缝里挤出来的一样。慎一听到鸣海深深地吸了一口气,然后用非常清楚的声音继续说道,"我的妈妈死了,也是因为她做错了什么事吗?"

醉眼蒙眬的昭三一下子睁开了眼睛,看着鸣海的脸。

"我的妈妈是因为杀了什么人,所以才死的吗?"

"不是,鸣海,我……"

昭三的眼神不知所措地摇摆着,他吸了一口气,像是要说什么,但喉咙里却发不出声音。他那干涩的嘴唇在寻找语言,像一种生物一样翕动着。

先发出声音的人是纯江。

"鸣海,不是这样的,他刚才说的是……"

纯江的话还没说完,鸣海突然把右手里的勺子砸在榻榻米上。勺子猛地一弹,飞向旁边,撞到了电视机下面装杂物的盒子上。鸣海猛地站起来,什么也没说就转过身去,她的膝盖撞到了旁边慎一的肩膀,在慎一感觉到疼之前,鸣海就从起居室里跑了出去。慎一和纯江同时站了起来,先追出去的是坐在门边的慎一。当慎一掀开还在摇晃的门帘跑出起居室的时候,他听见推拉门响了一声,鸣海的背影已经在门外了。

"等等!"

慎一趿拉着运动鞋追了过去,鸣海的身影转过黑暗的马路拐角后消失了。这时,慎一听到背后传来巨大的声响,但他顾不上回头看,拼命地在小路上跑着。

慎一终于在那座桥上追上了鸣海。

确切地说,不是慎一追上了鸣海,而是鸣海突然停下了。她回过头来,瞪着慎一。

"我原以为我能放下一切……"

鸣海那尖锐的声音在夜空回响。

"我以为我能放下一切,因此,我才去你家吃饭,可是……"

慎一不明白鸣海的意思,他停下脚步,呆立着。鸣海看似没有哭,但她只是没有流下眼泪。她紧闭双唇,紧绷喉咙,紧握双拳,瞪着慎一。她的全身仿佛都在哭泣!慎一很想说点儿什么,他深吸了一口气,可是,他吸进去的气无法吐出来,他什么也说不出来。

就像紧绷的弦突然松开一样,鸣海的全身一下子松弛下来,脸上露出落寞的神情。她转过身,向桥的另一边走去。慎一终于发出了声音,但脱口而出的只是没有意义的"对不起"三个字。说完后,慎一以为鸣海也许会更生气。她可能会回过头来,用比刚才更凶的眼神瞪着他。被骂的时候,人们通常会口头道歉,以此来让对方停止责骂,而刚才那句"对不起"和这种道歉其实并没有什么区别。可是,慎一现在捉摸不透鸣海的想法,只能道歉。他不知道自己除了道歉,还能说些什么。

鸣海停下脚步,慎一向她的背影再次道歉:

"真对不起!"

鸣海回过头来,眼里充满了落寞。

"没关系,是我乱发脾气。"

鸣海似乎疲惫不堪,她轻轻地吐出口中剩下的气,转过脸去,靠近桥的栏杆,倚在上面。

慎一小心翼翼地走到她的身边。

说什么呢？说什么好呢？他已经道过两次歉了，再道歉就显得太啰唆了，可是其他的话，他一时也想不出来。

"请替我向你的妈妈和爷爷道歉！"

先开口的是鸣海。

"难得吃到这么好吃的饭菜，我却……"

"没事！"

自己为什么只能说出这两个字？慎一真的很讨厌自己！

他们的脚下传来汩汩的水声。栏杆的前方，看不见的波浪连续不断地破碎着。在波浪声中断的时候，鸣海低着头说：

"我其实一直很在意自己没有妈妈！"

慎一默默地点了点头。

直到刚才她把手里的勺子扔在榻榻米上之前，慎一完全没有意识到这一点，他实在是太羞愧了！这也许是因为鸣海以前从来没有提起过关于母亲的话题。一直以来，慎一都是这么以为的——在鸣海还是婴儿的时候，她的妈妈就死了，这相当于她一直没有妈妈，因此，她才能表现得毫不在乎，对于他这个使她的妈妈在事故中丧生的昭三的孙子，她也能在学校里心平气和地相处。

可是，这种想法大错特错。原来，鸣海一直都在为自己没有妈妈而感到悲伤和落寞。

"我也一直在怨恨你爷爷！"

她怨恨爷爷也是理所当然的。可是，她对他——昭三的孙子,却一直如此友好。

"其实那个夏天,你转学过来和我在同一个班的时候,我也非常不痛快。那时,我每天都很郁闷:我为什么要和你一起上课?你的家人让我妈妈遭遇了事故啊!"

鸣海刚才说的那些话就像一块冰,冷冷地坠入慎一的心里。

"可是……"

可是,你为什么对我这么友好呢?全班同学都不理我,为什么只有你没有那样做呢?慎一心里默默地想。

"就像我讨厌你一样,我也讨厌有这种念头的自己。因此,我决定和你正常交往。"

"你一直都在勉强自己,是吗?"慎一好不容易才问出了一句话。

鸣海轻轻地摇了摇头。

"直到去年夏天,你爸爸去世的时候……"

"那……"

"直到你失去了爸爸,我才不再勉强自己,真正地和你正常交往……在我们变得一样之后。"

突然爆发的愤怒,瞬间掩盖了慎一对鸣海的同情。

父亲疾病缠身,日渐消瘦,最后连话都说不出来,全身插满管子,凄凉地死去……鸣海在为这些感到高兴吗?她觉得这样他们的处境就变得一样了吗?她在为父亲的死而感到高兴吗?在慎一说话之前,鸣海又继续说了下去。

"也不是因为咱俩的处境一样了。这又不是算术题,不能用加减法来计算,对吧? 家人去世,并不是那么回事,对吧?"

是的,鸣海应该比任何人都清楚!

"当我听到你爸爸去世的消息时,我就摆脱了以前的那个自己……怎么说呢? 为了摆脱过去的……"

鸣海皱起眉头,寻找合适的语言。

"我觉得自己终于找到了一个理由。"

"理由?"慎一问道。

鸣海微微歪着头,似乎正在脑海中整理语言。

"这就是我从那个拼命勉强自己的境况中摆脱出来的理由吧! 也许,我一直都需要这样一个理由!"

慎一在思索的过程中,渐渐觉得自己可以理解鸣海的心情了。她勉强自己和他正常相处,这是多么无奈,多么痛苦的事啊! 因此,慎一的父亲去世之后,她便把它当作忘掉痛苦的理由了。

"不过,我还是无法原谅你爷爷!"

鸣海在说这句话的时候,声音比刚才还要悲伤。

"现在还是这样吗?"

既然如此,她为什么还要特意来慎一家呢?

鸣海模棱两可地摇了摇头,垂下了双眼。

"最近,我的心态发生了一些变化,那种无法原谅的执念渐渐变淡了。因此,我听说富永春也去你家吃饭,我也想去了。我想去你家吃饭,试着和你爷爷聊一聊。去年,当我不再勉强自己,能够正常和你交往的时候,我觉得心里特别轻松。"

如果能跟昭三正常相处,她就会比现在更加轻松自在。鸣海大概是这样想的吧。

"我自己也不明白,为什么听你爷爷说了那些话之后,我就变成了那个样子。你爷爷并不是在说我妈妈的事,可是,我为什么突然控制不住自己了呢?"

鸣海不再倚着栏杆,她转过身来,面向慎一。

"不过现在我好像明白了。可能是我一直在寻找我妈妈去世的理由,寻找自己没有妈妈的理由。就像我能和你正常相处一样,如果我找到了一个理由,也许就能调整好心情,也许就能变得轻松,对吧?所以,我一直都在寻找这个理由。可是……一个人必须要死的理由,真的很难找到啊!"

正是在鸣海这么想的时候,爷爷说了那些话。

慎一想,在某种意义上,爷爷和鸣海是一样的。爷爷总是表现出不在乎自己的腿的样子,但他的内心一定很痛苦。

从慎一记事时起,爷爷就已经没有左腿了,但对爷爷来说,本来应该长在身上的腿,突然在某一天不见了,这是一件多么痛苦的事啊!而且,他要隐藏起这份痛苦,不让慎一和母亲看到,故意装出无所谓的样子,这一定更加痛苦吧。

慎一想起在学校午休时,他看到那封嘲弄自己的信时的心情。他明明那么难过,那么气愤,可是上课时还要装作若无其事,那是多么痛苦啊！而爷爷这些年一定承受了几倍于这种痛苦的痛苦。他把自己失去左腿的原因，归结为丢下了在山上落单的朋友，这也许和鸣海一样，就是为了找到一个"理由"吧。

"对不起，我只顾说自己的事，其实，你也很不容易吧！"

鸣海抬起柔弱的双眼，停止了说话。

"是啊，也很不容易！"

确实，自从搬到这里，慎一绝不能说自己每天都过得很快乐，特别是父亲去世以后。不过，不只是他，鸣海也不容易，昭三也不容易，春也也不容易，说不定母亲也是这样……

"不过，最近你好像精神了很多啊！"

鸣海突然改变了语调。

"是吗？"

"你跟以前完全不一样了！我一直在想，你的变化为什么这么大呢？你每天都跟富永春也在校门口会合，然后一起去某个地方，是吧？你们在做什么呀？"

"这……"

自从和春也一起在山上玩以后，慎一变化有这么大吗？他的变化大得连鸣海都发现了吗？

慎一想起了那个好久没去的地方，很是怀念。他想起了和春也轮着运上去的用塑料袋装的海水，在凹坑底部爬来爬去的寄居蟹，两个人一起吃的草莓，土豆味很浓的薯片，粘在嘴唇上的甜甜的盐……

慎一看了看鸣海,虽然她的嘴角泛起一丝微笑,但她的表情比微笑前看起来更加悲伤。

慎一想带鸣海去那个地方。

第四章

（一）

"几只了？"

"两只。"

"我这里有六只……差不多够了吧？"

他们回到"加多加多"的后面时，坐在台阶上的鸣海一下子站了起来。她迫不及待地睁圆了双眼。

"你们捉到的寄居蟹多吗？"

"不多，一共八只。春也捉到的寄居蟹稍微少了点儿。"

慎一本来想开个玩笑，可春也没有任何反应。他扛着装着海水的塑料袋，一声不响地走进树丛里。很快，他的格子衬衫就渐渐消失在树叶丛中了。

"富永春也是不是生气了？"鸣海把脸靠过来，小声问道。

"他为什么生气？"

"因为那块岩石那里是你们两个人的秘密基地啊！你却把秘密基地的事告诉了我……"

"春也一直是这样的。"

话虽如此，但是很明显，春也生气了。而且慎一知道，鸣海说的正是他生气的原因。

"走吧！"

慎一催促完鸣海，向春也追去。

今天是周一，慎一对鸣海说，有东西想给她看，便邀请鸣海一起去山上。他跟鸣海简单地说了一下那块岩石和"寄居蟹神"的事，鸣海听得津津有味，说自己想去看看。慎一把这件事告诉了春也。放学后，三个人就这样在"加多加多"的后面会合了。

他们为什么要带鸣海一起去呢？其中的原因说来话长，而且，慎一根本没有自信把它说清楚。慎一只是对春也说，鸣海问他放学后去什么地方，自己不小心就把那块岩石和"寄居蟹神"的事说了出来。春也并没有表现出不高兴的样子，只是淡淡地点头说了一句"好啊"。慎一现在回想起来，春也那时候就已经生气了吧。

他几乎没有跟慎一对视，慎一还以为这是因为他们一个多星期没怎么说话的缘故，现在想来，好像并不是这样。慎一本来想借着带鸣海一起去山上的机会，恢复和春也的关系，希望和以前一样，和他一起度过放学后的快乐时光，因此，他现在很是焦急。

昨天,慎一和纯江乘公交车去医院看望昭三。昭三的头上缠着绷带,躺在床上。他笑着说,在医院里没什么事做,光放屁了。他的笑容是硬挤出来的,简直让人不忍直视。

两天前的那个晚上,慎一在桥上和鸣海分别后便回了家。他走到家门口,看到门前停着一辆关掉了红灯的救护车。纯江急忙用颤抖的声音向慎一说明了一下情况。当时,昭三慌慌张张地去追赶跑出门的鸣海,但是他没抓住靠在水泥墙上的拐杖,结果在门口的台阶上摔倒了。

慎一听后大吃一惊,他往救护车里看去,只见昭三躺在细长的床上,满是白发的头被血染红了。慎一还没开口说话,爷爷就摆着手说:

"没事,没事。没留神儿啊……酒喝多了……"

昭三的脸上挂着苦笑,仰头看着救护车的车顶。在白色的灯光下,他的眼睛湿润了,闪着泪光。

直到那时,慎一才明白为什么昭三偏偏今天喝了那么多酒。也许他是因为害怕面对鸣海,所以才喝了那么多酒。

"我真是对不住鸣海啊……"

昭三每次说话,他那尖尖的喉结都会动,仿佛皮肤下面有另一个生物。

"明天我得去跟她道歉!"

然而,昭三没能做到。纯江和他一起乘救护车去了医院,可是两小时后,纯江自己回来了,她告诉慎一,昭三住院了。

慎一没有把昭三受伤的事告诉鸣海,纯江也觉得最好不要告诉鸣海。就算母亲没提醒他,他也不会把这件事告诉鸣海。

昨天,医生对纯江说,昭三的颅骨似乎出现了裂纹,详细的检查报告还没出来,不过,从目前的情况来看,其颅骨内部可能也受到了影响。

"春也,再慢一点儿!"

"为什么?现在的速度和平时一样啊!"

山路上,春也回头看了一下,又立即转头向前,没有放慢脚步的意思。

"你还行吗?"

"我没事。不过,这条路可真不好走啊!你们经常爬这种山吗?"

鸣海的兴趣虽然是骑自行车,但她的脚力却一般。在爬山的过程中,她有好几次停下来大口喘气,在特别难走的地方,她还抓着慎一的胳膊。

慎一头顶上的绿叶比他第一次来这里时青翠了许多。不知何时,山樱的花朵已经全都凋落了,花瓣也被风吹得干干净净,已经分不清哪些是山樱树了。

三个人爬到了山顶。

鸣海看到了那些丛生在岩石周围的长着十字叶的白花,说出了它的名字,慎一这才知道那白花叫"一人静"。据说,因为这种花很像静御前在跳舞,所以人们便给它起了这个名字。

"这是舞蹈老师告诉我们的……这就是那块岩石吗?"

鸣海还没调整好呼吸,就从慎一的身边走开,向岩石靠近。春也蹲在岩石前面,拿开了遮阳的树枝和纱网。他已经开始捧凹坑里的水了。

"春也,怎么样?"

"它们肯定死了啊!全都死了。"

和他们预想的一样,九只寄居蟹全军覆没。它们从螺壳里伸出瘫软的身体。那些身体一半已经腐烂了,软塌塌的。凹坑里的水有点儿发臭。岩石上装饰的彩纸掉了下来,散落在地面上,只有那个用细绳拧成的注连绳还挂在上面,但也已经起了毛边。

他们和春也一起捧出了凹坑里的水,将新的海水和八只寄居蟹放了进去。

"我们在这里养寄居蟹。"慎一回头对鸣海解释道。

"这张纱网是用来防止寄居蟹逃跑的,我们在上面盖上树枝。这是春也想出来的主意。最初,我们用的是塑料袋,但是用塑料袋的话,凹坑里的水就变热了……"

"来一支吧!"春也打断了慎一,"还剩下两支,咱俩正好一人一支。"

鸣海好像没听明白这句话是什么意思,她看着慎一,好像在等慎一继续说下去。接着,她把目光转回春也身上。这时,春也已经绕到了岩石后面,不一会儿,他就拿着烟盒和打火机出来了。春也抽出两支烟后,把空烟盒捏扁,丢进灌木丛中。他叼了一支烟,将另一支烟递给慎一。

"你没跟我说吸烟的事啊!"

鸣海的表情变得很僵硬。春也毫不顾忌地将手里的烟再次递给慎一。

"我们不是真的在吸烟。春也把他爸爸的烟拿来玩……"

春也把烟塞进慎一的嘴里,慎一条件反射地叼住了烟。春也从口袋里取出打火机,一只手围住火苗,吸了一口。他突然吐出烟雾,然后把还在燃烧的火苗靠近慎一的嘴边。

慎一嘴边的烟也被点燃了。

鸣海紧闭着嘴唇,目不转睛地看着他们。升起的烟雾乘着微风向鸣海的脸飘去,鸣海使劲儿向后仰身,皱起眉头,但她没有离开。

春也发现慎一用手指夹着烟,没有吸。

"你在干什么?多浪费啊!"

慎一含糊地应了一声,又叼起了烟。慎一只在春也看过来的时候吐出烟来,春也看向别处时,慎一就只做出把烟拿到嘴边的动作。鸣海什么也没说,一动不动地站在旁边。

慎一蹲了下来,把还剩一多半的烟在土地上揉灭了。以前他都是把烟扔在地上,用鞋底踩灭,但慎一不愿意让鸣海看到自己那种动作娴熟的样子。

慎一把烟熄灭后,春也把自己叼着的烟从嘴边拿开,一声不响地递给鸣海。他的眼睛里露出狡黠的神色。鸣海惊讶地看着春也,春也就像刚才对慎一做的那样,猛地把过滤嘴向鸣海的脸戳了过去。

鸣海把烟接了过来,慎一感到很惊讶。烟头冒着烟雾,她盯着烟头看了几秒钟,便把过滤嘴拿到了嘴边。她的脸上露出的表情,不是那种下定决心后的表情,而是一个幼小的孩子接过一个没见过的玩具时的表情。尽管如此,她看着慢慢靠近的烟,眼神中还是流露出一丝不安。

鸣海胆怯地将白色的过滤嘴轻轻放入翘起的双唇之间,慎一屏住呼吸看着她。这比慎一自己第一次把烟含在嘴里时还要害怕,他觉得后背发麻。鸣海从过滤嘴里吸出烟的那一瞬间,轻轻地叫了一声。鸣海把过滤嘴从嘴里拿了出来,她不仅让烟离开了嘴边,而且整张脸都远离了那支烟。她的嘴巴周围飘起一阵白烟。

鸣海皱着眉头,嘴巴微微动着,她大概是想用舌头去掉残留在嘴里的苦味吧。慎一第一次吸烟时也是这样的。春也从鸣海的手中接过烟,他没有再吸,而是把烟扔在地上,踩灭了。

"烤吧!"春也说道。

他没看慎一的脸,直接在凹坑前面蹲了下来,慎一也马上在他的旁边蹲下来。这时,春也已经捏住一只寄居蟹,站了起来,往岩石后面走去。慎一只跟鸣海说了一句"这边",就跟了过去。

在岩石后面,三个人围成了三角形,蹲在那里。

春也从口袋里拿出打火机,把眼睛转向鸣海:

"你能托着寄居蟹吗?"

他的语气听起来像是在考验对方。

"啊,我要怎么做?"

"慎一,钥匙!"

春也用眼神示意慎一,让他把钥匙给鸣海。

"把寄居蟹放在这上面,你好好拿着就行。"

慎一跟鸣海说过怎么把寄居蟹烤出来,因此,鸣海似乎马上就明白自己应该做什么了。鸣海乖乖地点点头,把手伸向慎一。当慎一递来自己家钥匙的时候,鸣海惊讶地说:

"啊,你家的钥匙怎么这么小?"

"因为我家的门很旧。"

"不会烫伤手指吗?"

"卷上叶子就没事了。我一直都是这么做的。"

鸣海接过慎一的钥匙,把钥匙细窄的部分用身边的落叶卷了卷。放寄居蟹的四方孔,就在捏着钥匙的拇指指甲附近。春也把那只湿漉漉的寄居蟹倒着放进四方孔里。

"唰!"打火机响了一声,火苗淡淡的,看不清楚。当火苗向寄居蟹下面移动时,鸣海突然缩回了手。

"你在干什么?"

"对不起,我吓了一跳。"

鸣海用右手拿着钥匙,用左手支撑着右手手腕,再一次等着春也的打火机。春也将打火机靠近钥匙,这一次,鸣海没有逃,但是一阵微风吹来,火苗向她倾斜,她的嘴唇缝隙里短促地吸了一口气,最终,她还是缩回了手。

"不用害怕,不会烫伤的!"

"可是这把钥匙太小了,火苗很烫的!"

慎一觉得很对不起鸣海,怪自己家的钥匙太小了。

"那就用你家的钥匙好了。你带了吗?"

鸣海点了点头,不过马上又摇了摇头。

"你到底带没带啊?"

"带了。可是……"

鸣海紧闭双唇,犹豫了片刻后,把手伸向旁边的运动包,拉开了拉链。运动包里还有一个小包,鸣海从小包里拿出自己家的钥匙。

钥匙发出了"丁零零"的声音。

"因为我家钥匙上挂着这个……"

钥匙的一端系着黄色的绳子,绳上拴着一个陶瓷铃铛。绳子和铃铛都脏得发黑了。

"这是什么?"

"这是替身铃,是我从长谷寺求来的。"

慎一见过这种铃铛。当替身铃的主人要遭遇厄运时,替身铃就会破碎,为主人挡灾。长谷寺里的人会出售这种铃铛。

"这本来是我妈妈的,后来她把铃铛给我了,我就一直带着它。"

"把它拿掉不就行了吗?"

"不能拿掉的!"

"为什么?"

鸣海不再用语言回答,只是摇了摇头。

春也从鼻孔里短促地呼出一口气,这是一个故意让鸣海知道自己非常鄙视她的动作。慎一猜到了春也接下来想说什么。

"有这个铃铛不也照样……"

"春也!"

就在春也差点儿说出不该说出来的话时,慎一打断了他。

"既然她说不能拿掉,那就算了吧!"

春也咽回了那句话,移开了视线。可是,鸣海似乎已经知道春也想要说什么了。

"事故发生时,我妈妈没带这个铃铛。她把铃铛系在钱包上,可是她上船的时候没带钱包。"

沉默笼罩了他们。慎一想说些什么,刚打算开口,春也用几乎听不见的声音咂了一下嘴。

"要是那个铃铛不能拿掉的话,那就用慎一的钥匙吧。"

鸣海低着头,没有说话。

"没关系,春也,今天还是我来拿钥匙吧!"

"啊,那也行,反正谁拿都一样。可是,要是连打火机的火都"

害怕的话……"

"让她下次从家里带一个没有挂替身铃的钥匙来就行了！哎，你家有那样的钥匙吗？"

"我家有吗？"

鸣海看着地面，像是在回想家里有没有这样的钥匙。不一会儿，她"啊"了一声，抬起头。

"我家的家门钥匙只有两把，我和我爸各拿一把，但车钥匙有两把，我记得我家的备用车钥匙上没有塑料壳，那把钥匙应该可以拿来用。"

"你看！"

慎一看向春也，春也不耐烦地点了点头。

"那今天就让我和慎一来做吧。"

刚才放在三个人中间的地上的寄居蟹，此时已经不见了。他们在周围找了找，发现它在离他们不远的地方。它谨慎地将蟹钳抵在一块从土里露出头的石头上。慎一捉住它，把它放在自己的钥匙上。

春也用打火机在螺壳下烤着，但是寄居蟹迟迟不肯出来。这也许是因为他好久没烤寄居蟹了。当寄居蟹终于从螺壳里跑出来的时候，慎一不禁叫了一声。相比之下，鸣海的叫声要大得多。

"你那边！富永春也，它往你那边跑了！"

"没事，我们做过很多次了。"

寄居蟹向春也的左侧跑去。春也想捉住它,身体却失去了平衡。这可能是因为他蹲得太久,腿麻木了吧。春也"啊"地叫了一声,胳膊肘撑在地上。春也有些难为情,想赶紧调整好姿势,可这次鞋底又打滑,他的左胳膊肘和右膝拄在地上,右手和左腿悬空着,姿势很奇怪。

鸣海没看春也,赶紧去追逃走的寄居蟹。她迈着小碎步追赶着,每走几步就蹲下来尝试捉住寄居蟹。然而,寄居蟹每次都能成功逃脱。到了第三次,寄居蟹终于被她捉住了。她满脸得意地回过头来,但下一秒,她脸上的表情立刻由得意变成了惊恐。

"夹手了!它夹住我的手了!"

鸣海不知该如何是好,胡乱地甩着右手,一会儿看看春也,一会儿看看慎一。仔细一看,蟹钳确实夹在鸣海的手指上,但寄居蟹的力气并不大,虽然她觉得疼痛,但这只是因受到惊吓而感觉到的疼痛,实际上并不严重。慎一很清楚这一点,他不慌不忙地用一只手托着鸣海的手,捏住寄居蟹的蟹钳,将其摘下。

"好疼啊!"

鸣海夸张地皱着眉头,抚摸着指尖。慎一为了让鸣海知道这其实不疼,便故意让寄居蟹夹住自己的手指。然而,在蟹钳用力夹住皮肤的那一瞬间,慎一才知道,这是一只不同寻常的大力士寄居蟹。"啊!"慎一大叫了一声,双腿立刻弯曲成O型,因为实在太疼,他的脖子向前伸出,门牙全都露了出来。

"喂,你在干什么啊?"鸣海惊愕地喊着,向慎一伸出手。

在鸣海帮忙之前,慎一把寄居蟹的蟹钳从手指上拉了下来,被夹过的地方已经变白了。

"吓了我一跳……"

"你为什么故意让它夹你呢?"

"寄居蟹通常是没有这么大的力气的……"

"是吗?"

对话中断了,两个人都看向春也。春也正在拍打着被泥土弄脏的胳膊肘和膝盖,和慎一他们对视后,他马上转移了视线。

"你们吵什么?不就是手指被夹了嘛!"

春也显然是想通过嘲笑慎一和鸣海,来化解自己刚才做出奇怪姿势的尴尬。不过慎一觉得,论起尴尬的程度,他们两个人不相上下。因此,慎一虽然什么也没说,却很想放声大笑。

那天,是春也和慎一烤了寄居蟹。

(二)

第二天一放学,慎一就和鸣海一起走出教学楼。慎一以为先离开教室的春也肯定在校门口等他们,然而,春也不在校门口。

"春也自己先去了那里吗?"

"咱们要不要在这里等一等他呢?"

"不用,我们应该可以在'加多加多'的后面见到他。"

他们沿着海边的路并肩而行,到"加多加多"的后面一看,春也果然在这里。看到慎一和鸣海,春也立即站了起来,默默地拿起装海水的塑料袋从他们的旁边经过。慎一立刻追了上去,和他一起去海里装水。

他们爬山的情况,也和昨天一样,春也独自走在慎一和鸣海前面不远处。

为了追上春也,鸣海抬起头,拼命地移动着双脚。慎一不时看看她的侧脸。树叶的光影在鸣海微微出汗的额头上快速流动着,她的喉咙里传出的喘息声渐渐变快。如果刮起大风,她的后背上的衣服大概也会像上次春也后背上的衣服那样鼓起来吧。

三个人穿过树丛,在岩石前面停下来。他们把温热的水从凹坑里捧出来,将新鲜的海水倒进去,然后,春也选了一只寄居蟹。

"我带钥匙来了!"

听鸣海这么说,春也有些惊讶。

鸣海从包里拿出钥匙,这把钥匙比慎一家的钥匙长,用它烤寄居蟹,不用担心烫到手。钥匙的头部也有一个四方孔,正好可以放寄居蟹。

他们来到岩石的后面。和昨天一样,他们围坐在一起。春也在烤钥匙上的寄居蟹时,鸣海紧紧地捏着钥匙,屏住呼吸,注视着自己的手。慎一看着鸣海的侧脸。过了一会儿,寄居蟹被他们从壳里烤出来了,他们抓住寄居蟹,把它固定在黏土宝座上,三个人一起双手合十,开始许愿。这时,慎一看着闭着眼睛的鸣海。她想要做出认真的表情,可嘴角还是露出了一抹浅笑,纤薄而白皙的眼睑不时微微地动着。

(三)

从那天开始,每天放学后,三个人就一起上山。

春也依然不和慎一他们一起走出校门,还是每次都在"加多加多"的后面等着他们,但那种不高兴的表情已经渐渐消失了。上山的时候,他也不再一个人走在前面,他们三个人,或排成竖排,或排成横排,向那块岩石前进。走在路面平缓的地方时,三个人会漫无边际地聊天儿,但春也和鸣海很少直接说话。

慎一在山上拉鸣海的时候,看到自己和鸣海紧紧握在一起的手,才知道原来自己已经晒得这么黑了,这一定是放学后和春也一起上山下海晒黑的。

过了一段时间,慎一注意到,他们到了路不好走的地方,如果他在鸣海的旁边,鸣海就会扶着他的胳膊走过去,而当春也在她的旁边时,她宁可因扶着树枝或岩石而弄脏了手,也不去扶春也。发现这件事之后,每次快到路不好走的地方,慎一就会特地走到鸣海前面,而当慎一没留神儿走在鸣海后面时,鸣海便会不自觉地回头看向慎一。这时,慎一就会赶紧走到她的身边。

装着海水的塑料袋一般都是由慎一和春也拿着的,有时鸣海也会帮忙。如果让鸣海拿塑料袋，她总是走几步就看看袋子，然后再走几步，再看看袋子，因此，她就和走在前面的春也拉开了距离。

三个人在岩石后面，有时候会烤寄居蟹，有时候不烤。有一次，慎一说起和春也一起吃草莓的事，第二天，鸣海就从家里带来了一袋草莓，三个人一起坐在岩石前面吃草莓。因为草莓从早上开始就一直放在鸣海的包里，所以此时它们已经被挤得不成样子了，但慎一仍然觉得草莓非常好吃，和上次的草莓味道不一样，这是另一种美味。

和春也一起吃的草莓，好像是一种陌生的水果，让人心情激动，而鸣海带来的草莓，就像是一种很久以前吃过的特别好吃的水果。鸣海看了看三个人扔在地上的草莓蒂，笑着说，慎一和春也吃得也太干净了。慎一在她的嘴唇里，看到了被草莓染红的滑溜溜的舌头。

鸣海想出了一个新游戏——把寄居蟹的螺壳压在黏土上，可以压出螺壳形状的小洞。螺壳的凹凸全部印在黏土上，连细小的地方都能看得清清楚楚，这真是令人吃惊！慎一和鸣海在压平的黏土上开了许多小洞，就像在课本里看到的月球表面一样。他们抓来几只蚂蚁，让蚂蚁爬进洞里。春也似乎对这个游戏不感兴趣，他背对着两个人，一动不动地看着凹坑。

"富永春也是不是讨厌我啊？"

有一天,放学后,慎一和鸣海往"加多加多"的后面走的时候,鸣海不解地问慎一。

"你为什么这么问?"

"他不怎么跟我说话。"

"春也本来话就很少。"

"你说,他为什么会在意我爸爸是做什么工作的呢?"

慎一一时没反应过来。不过,他很快就想起来了,那次自己想打听鸣海的父亲的工作时,告诉她这个问题是春也问的。

"这没什么,他只是随便问问吧。"慎一敷衍着回答道。

鸣海把脸转了过来。

"他为什么会在意这件事呢?"

"这……我不知道……"

绝对不能露出破绽!因此,慎一只说了这一句就转头看向前方。

鸣海沉默了一会儿。而当他们快到"加多加多"的时候,鸣海的话却多了起来,比平时还多。她说着一些无关紧要的话,"咻咻"地笑着。鸣海这是怎么了?慎一觉得很奇怪。那天在山上的时候,鸣海没有跟春也说一句话,不过,当春也在岩石前灵巧地修理变形的纱网时,鸣海一直看着他的背影。

第二天早上,在教室里见到鸣海时,慎一发现她的发型和平时不一样了。她的发型类似那天他在八幡宫的舞殿旁边见过的那种发型——只留出刘海儿和耳朵旁边的头发,其余的头发都梳到了头顶上,挽成了两个像丸子一样的发髻,每个"丸子"上都绑着一个有玻璃装饰的发圈。课间,鸣海和同学聊天儿,每次大笑或惊讶的时候,都会用手摸一下头上的"丸子"。她似乎很在意它们。慎一偷偷看了一眼春也。春也的眼睛被刘海儿挡住了,看不清楚,但慎一觉得他正在看鸣海。

凹坑里剩下的寄居蟹不多了,于是,慎一和春也在放学后又去捉了一些。鸣海坐在礁石上等他们,她托着腮,两只手遮着自己的脸。慎一很想多捉几只寄居蟹,但他故意做出无所谓的样子在礁石上闲逛,看潮水坑时也不弯下腰,只是站着找寄居蟹,因此,他捉到的寄居蟹比春也捉到的寄居蟹少。两个人一共捉到十只寄居蟹,春也说"就这些吧"。慎一默默地点了点头,把他捉到的三只寄居蟹放进盛着海水的塑料袋里。

他们上了山,到了岩石那里,在慎一和春也给凹坑换水的时候,鸣海问道:

"岩石不用再装饰一下了吗?"

"上次我们弄的那些装饰很快就坏了,透明胶带全都掉了。"

"用一些别的东西装饰岩石不就行了吗?之前你说给岩石做装饰,我很感兴趣。这次我也想试试!"

"别的东西……"

慎一想,有不怕风雨的装饰材料吗?

"用塑料胶带不就行了吗?"

听完春也的提议,慎一立刻冷笑了一下。

"塑料胶带也一样啊,一下雨就掉啦!"

"不,我们可以不像以前那样贴塑料胶带。"

春也说,把塑料胶带贴在岩石上之后,再用打火机烤一烤它。

"这样塑料胶带就会熔化,紧紧地贴在岩石上。我们也不用彩纸之类的东西做装饰,用塑料胶带做装饰就可以。为了防止胶带粘在一起,我们可以将两条胶带对着贴,做成丝带的样子。这样将它们搭配起来还可以做出不同的颜色的组合,我觉得应该会很好看。"

鸣海仰望着天空,点着头,好像在回味春也的提议。她从嘴唇的缝隙中呼出一口气,看了看春也。她头上戴的那个玻璃发饰摇晃着,发出微小的声音。

"就这么办吧!明天,咱们三个人都拿一些塑料胶带来吧!"

"可是,咱们都没有那么多塑料胶带呀!"

慎一意识到自己的脸上还挂着冷笑,而且,现在的冷笑比刚才的还要扭曲。他努力让自己的脸放松下来,可脸颊却依然不听话地向上抬起,嘴唇露出令人不悦的缝隙。

"我知道一个地方……手工教室里的架子上,有很多塑料胶带。其实,我是知道那里有塑料胶带,才说可以用它们的。"

"你是说咱们偷偷地去拿吗?"

鸣海不安地看着春也。

"没事,我知道'西乡盖饭'什么时候不在那里。万一被发现

171

了,咱们再想应对的方法。"

那天,他们没烤寄居蟹就下山了。

三个人在"加多加多"的前面分别。鸣海挥手说"再见"的时候,慎一总觉得她的眼睛不是看向他们两个人,而是看向春也一个人。

"这周六我又得晚点儿回来了。"纯江说道。

她把盛味噌汤的木碗放在矮桌上。

这是昭三住院以来,纯江第一次晚上不在家。慎一本来已经在心里某个地方以为不会再发生这种事了,因此,他用一种突然遭到背叛似的目光看着母亲。

"他们又邀请我去参加聚餐了。你爷爷也不在家,对不起啊!我不会回来太晚的。"

慎一努力压抑着自己激动的情绪,但还是发出了声音。

"去哪里?"

"哪里?"

纯江抬起的筷子停在半空中。

"啊,我只是在想你们要去吃什么……"

"啊!我还不知道,好像还没定呢。"纯江说完后,目光回到自己的手上,又加了一句,"我和同事们一起去。"

慎一把视线从母亲的脸上移开,默默地动着筷子。

他想起自己上幼儿园时偷蜡笔的事。很久以前,他在东京上幼儿园。有一次,老师让小朋友们画出自己的家人。慎一坐在画纸前,打开扁平的蜡笔盒一看,盒子里单单少了白色蜡笔,只有白色蜡笔的位置是空的。可能是他糊里糊涂地把白色蜡笔落在家里了,也可能是有人偷走了白色蜡笔。慎一不经意地看了看坐在旁边的小朋友。那个小朋友认真地把脸靠近画纸。他已经开始画画了。

慎一从旁边的蜡笔盒里拿出了白色蜡笔。慎一那时还没有自己做错事的意识,他只是觉得,自己的蜡笔盒里没有白色蜡笔,而小朋友的蜡笔盒里有,那就从小朋友的蜡笔盒里拿蜡笔用吧。慎一用这只白色蜡笔,在拿着平底锅的纯江身上画了围裙。用完后,慎一把它装进了自己的蜡笔盒里。可是,因为蜡笔的制造商不一样,他的举动很快就被发现了。那天放学时,纯江像往常一样来幼儿园接慎一,负责慎一这个班的女老师(慎一已经忘记了她的名字)跟纯江说了这件事。她是笑着告诉纯江的。

纯江让慎一低头跟那个小朋友道歉,她自己也和慎一一起向老师低头道了歉,然后离开了幼儿园。在回家的路上,纯江训斥慎一:"你做了那样的事,就算你画了妈妈的画像,妈妈也不开心!"

"不开心……"

"啊?"纯江看着慎一的脸。

慎一这才意识到,自己的嘴唇不由自主地动了。

"周日咱们去爷爷那里吗?"

慎一随口说了一句,纯江眼睛里不安的神色消失了。

"啊……去呀!我想给他买些甜食带过去。"

对话又中断了。房间里只有电视机里发出的声音和两个人动筷子的声音。

昭三不在家,吃饭时,纯江不再那么忙碌地往返于厨房和起居室了。是因为饭菜变成了两个人的量,不必那么忙碌了吗?可是看看桌上的盘子,做饭时间不像是有那么大的变化。慎一想,也许以前的忙碌是她故意装出来的吧。爷爷在家时,母亲故意装出忙碌的样子,在厨房和起居室之间来回穿梭。

吃完饭,慎一把餐具拿到厨房里,放在窗台上的玻璃海豚映入眼帘。它被擦得很干净,闪闪发光。在它的旁边,有一个放在那里很久的啤酒瓶的瓶盖,上面沾满了油烟和灰尘。

(四)

"把边缘重叠在一起,这样就可以将其做成粗胶带,把粗胶带贴在一起,就变成'粗丝带'了。"

"是这样吗?"

"不是,把两端重叠在一起没有意义!"

慎一没理解,于是春也亲手示范。他把两种颜色的塑料胶带裁成同样长度,竖着摆在一起,边缘只贴上一点点。做成两组之后,他将它们对着贴在一起,使带胶的部分互相贴合,这样,就做出了四种颜色拼在一起的"粗丝带"了。

"富永春也,你太厉害了!"鸣海佩服地说道。

春也没理鸣海,又从自己的运动包里拿出一些塑料胶带。红色、蓝色、黄色、白色、黑色、褐色……春也从手工教室里一共拿出来了六种颜色的塑料胶带。裁剪胶带的剪刀,是鸣海从家里带来的。

"用这种方法,多粗的胶带都可以做出来。而且,我们可以做出很多种不同颜色搭配的'粗丝带'。"

"不过,春也,蓝色和黄色搭配起来好像不太好看啊……"

"啊,是啊!简单一些的颜色搭配起来可能更好看。那就用白色、黑色……和红色吧!用这三种颜色不错吧?"

春也的手艺好得惊人。他只用眼睛看就可以把塑料胶带裁成同样的长度,把它们贴在一起的时候,也能做到没有一个褶皱。慎一和鸣海也来帮忙,三个人一起用塑料胶带做了很多"粗丝带"。刚开始,鸣海的手不算灵巧,失败了很多次,不过,她渐渐地掌握了窍门,手也变得灵巧起来了。他们三个人的中间放着一把剪刀,他们轮流使用。春也的动作很快,他基本上不用慎一他们等,就能用完剪刀并把剪刀放回原处。

鸣海也能根据春也和慎一的情况,在他们两个人都不用剪刀的时候用剪刀,不会让他们停下手上的工作。只有慎一的手不太灵巧,他不是在剪胶带时将胶带粘在手腕上,就是将其粘在地面上。这耽误了许多时间,总让春也和鸣海等着他。不过,他

175

们谁都没有抱怨,只是百无聊赖地看着慎一。慎一感觉到他们的目光后,他的手变得更加笨拙,好几次都把胶带粘在了一起。

当他们开始用做好的"粗丝带"装饰岩石时,一个问题出现了。塑料胶带用火烤过后,本来应该牢牢地粘在岩石上。可实际上,这并没有春也预想中那么容易。塑料胶带熔化后是可以贴在岩石上,但是黏性很小,轻轻一拉就会脱落。不过这个问题也被春也轻松解决了——他在岩石上贴了三层塑料胶带。塑料胶带变厚了,熔化之后,在岩石上贴得特别牢固。

有一次,春也加热塑料胶带过了头,熔化的塑料胶带粘在他压着塑料胶带的手指上,他大叫了一声。鸣海看见后,便从自己的运动包里拿出了车钥匙。

"用这个吧!"

"怎么用?"

"烤的时候,用钥匙压住塑料胶带的边缘。"

"啊,可以!"

用了鸣海递过来的车钥匙之后,春也的动作更加麻利顺畅了。

慎一的心里渐渐堆起了潮湿的沙子。每当他惊叹春也高超的手艺并且对鸣海的称赞表示认同时,那些沙子的分量就会相应增加。

"比预想的还要好啊!"

春也满意地看着夕阳下变成橘色的岩石。岩石被三色丝带装饰得格外美丽。岩石上的以前的装饰,只剩下慎一和春也用细绳做的注连绳。

"已经很晚了啊!"

鸣海回头看了看身后的夕阳。

"今天就到这里吧,待会儿天就黑了。"

"好。"

慎一和春也开始捡起散落在地上的塑料胶带碎片等废料。鸣海把自己带来的剪刀装进包里,然后在地上四处看了一会儿,她的脸上突然浮现出为难的表情。

"哎,你们看见我家的车钥匙了吗?"

"我刚才没还给你吗?"

"你给我了吗?"

两个人都看向慎一,寻求肯定的回答。慎一默默地摇了摇头。

"那咱们找找吧!"

"对不起啊!"

三个人弯着腰在地面上搜寻着。他们在岩石的周围找了一番,可是,鸣海的钥匙无影无踪。他们又找了各自的口袋和包,就连刚才的废料堆成的垃圾堆也翻找过了,还是没有找到。在找钥匙的时候,夕阳渐渐下落,地面上的小石头已经开始伸出了尖尖的锯齿形状的影子。

"算了,不找了!"

鸣海不安地回头看向洒满晚霞的天空。

"不行啊!"

春也似乎觉得这是自己的责任,在三个人里,他找得最认真。

"钥匙肯定就在岩石的周围!"

"可是,过一会儿天就黑了。说不定下次来的时候,我们就找到了,就算找不到也没关系,那是一把备用钥匙,平时不用,我爸爸肯定不会发现的。"

"那不行!"

春也说完,马上又找了起来。

"这样吧,你们先回去,我自己在这里找。"

春也盯着地面仔细寻找钥匙,表情极其认真,眼中流露出焦急的神色。他连丛生的植物叶子下面都没放过,他的双手和膝盖都已经沾上了泥土,脏兮兮的。鸣海默默地看了一会儿春也,后来似乎终于忍不住了,向春也走去。

"不用找了,真的不用找了!"

她按住了春也的肩膀。

"真的不用了!"

春也把脸转向鸣海,但马上又赌气般移开了视线。

"那就明天再找吧。"

鸣海默默地点了点头。

"不好意思啊!"

风中开始融入夜晚的味道。西边的天空一片绯红,"寄居蟹神"的岩石变成了剪影画。向反方向看去,天空的另一边隐约浮现出洁白的月亮。

也许是因为他们着急回家,在下山的路上,没有人说话。他们到达"加多加多"的后面所花费的时间比平时少,三个人都上气不接下气了。天快黑了,他们喘着粗气道了别,各自回家了。

慎一走在回家的路上,又想起了在幼儿园时偷别人白色蜡笔的事。他盯着越来越黑的路,把右手伸进口袋。

他的指尖碰到了鸣海的钥匙。

(五)

"八……三垒手,原。"

昭三噘着嘴,伸着脖子,数着他拔下来的眉毛。

"你连这个都知道啊!"

"原这个人我还是知道的。他是负责防守三垒的球员,球衣背后的号码是八。前天他又打出一个全垒打,对吧?"

"这里能看电视吗?"

慎一环视了一下病房。这是一个三人间,其他两张病床的旁边都拉着床帘,看不到里面的情况。偶尔从床帘里传来几声无力的咳嗽,听起来,那个人的年纪比昭三的年纪还要大。

"我是从你带来的收音机里听到的,用耳机听的。收音机有时候有点儿杂音,但这里是二楼,听得还挺清楚的。"

第一次来探望昭三时,慎一给他带来了一台收音机,放在床边的那台小冰箱上,收音机的天线还没有收起来。和收音机一起带来的昭三的拐杖,立在冰箱的侧面。

"爷爷,你现在改成中午拔眉毛了啊!"

"不,早上也拔哦!不过,你在这里的时候,我就格外想拔。哎,你说这是怎么回事?"

昭三用指尖敲了敲从床边伸到自己面前的小桌子,小桌子上摆着被他拔下来的眉毛。

"这张小桌子是白色的,在这里,白色的眉毛不容易看到,家里的桌子是深色的,黑色的眉毛不容易看到。"昭三摇晃着瘦骨嶙峋的肩膀,笑着说道。

眉毛的旁边是他从家里带来的茶杯,里面有半杯茶,但没有热气冒出来。不知为何,慎一总觉得这杯茶的热气已经消失很久了。

这是周六的下午。慎一放学回到家,中午吃了纯江早上给他准备的饭团和咸鲑鱼,然后骑着自行车来到了昭三所在的医院。

"我知道……是鸣海的事吧?"昭三看着桌上的眉毛,突然问道。

"什么?"

"你心里在想的事啊!"

昭三吹了一口气,把眉毛吹散了。眉毛散落在被子上,果然,白色的眉毛消失不见了。

慎一沉默不语,昭三慢慢地摩挲着头上的网帽,叹了口气。

"我也是……出院之前没法向鸣海好好道歉,现在去道歉,她就知道我受伤了。"

慎一心里想的,确实是鸣海的事。不过,他想的事和昭三所想的事并不一样。

"因为我的错误,让你也不痛快,再这样下去,老天就不会保佑我了!"

慎一的右腿感觉到了裤子口袋里那把硬邦邦的钥匙。

慎一并不是一开始就想偷钥匙的。

装饰完岩石后,春也想确认一下装饰的细节,便把钥匙放在凹坑的边缘。他绕着岩石转了一圈,又回到原处,满足地欣赏着装饰好的岩石,并没有把放下的钥匙还给鸣海。他好像完全忘了钥匙的事。慎一想,我去把钥匙还给鸣海吧。他捡起钥匙,回头看去,只见鸣海正和春也在一起,他们正满足地欣赏着装饰好的岩石。

慎一觉得,自己被他们疏远了。

和春也一起发现这个地方的人是他,把鸣海拉进来的人也是他,为什么他却被他们疏远?为什么他们两个人的脸上有相同的表情,而他必须看着这一切?慎一想不明白,也不想明白!

回过神儿来的时候,慎一发现,他已经将钥匙揣进了自己的口袋里。

他或许是想让他们着急,或许是想让春也出丑——他竟然把向鸣海借来的钥匙"弄丢了"。

钥匙现在还在他的口袋里,从那时开始到现在一直都在。即使换了裤子,慎一依然将钥匙揣在裤子的右侧口袋里。是在学校里见到鸣海的时候,跟她道个歉,把钥匙还给她,还是下次他们三个人一起去岩石那里的时候,偷偷地把钥匙丢在灌木丛里呢?如果钥匙是他找到的,那么他就会让鸣海开心……慎一也这样想过。然而,慎一害怕自己的谎言被看穿,因此,他没有这样做。

"真想快点儿出院,和你一起在家里看电视、吃饭。不过,我不在家,你妈妈应该会更放松一些吧……啊,我刚才说的话,你别告诉她啊!"

昭三竖起食指,将其贴在嘴唇上。

"我不会告诉她的。"

慎一上二年级时,慎一家还没有搬到这个地方来。有一年暑假,慎一来昭三家玩,那时候,他第一次在海边钓鱼。慎一还记得,就在昭三教他怎样将用作钓饵的磷虾挂在鱼钩上时,他的大拇指不小心被鱼钩扎到了,特别痛。鱼钩的前端又尖又细,刚被扎到的时候,他没觉得有多疼。可是,鱼钩上有倒刺,将其拔出来的时候,慎一疼得嗷嗷直叫,鱼钩拔出之后,疼痛感也久久没有散去。

现在,慎一似乎隐约感觉到了那个鱼钩,他总觉得自己的某个部位被鱼钩刺痛了。

"啊,这就要走吗?"

看着慎一从椅子上站起来,昭三一脸惊讶。

"我跟朋友约好了。"

慎一想见爷爷,就来到了这里。可是现在,他又想一个人待着。

"是上次那个春也吗?"

"嗯。"

"很奇怪,好朋友在一起是不会觉得腻的。长大以后,连续见上某一个朋友两三天就会觉得烦,但小时候的朋友却不是这样。哎呀,到底是哪里不一样了呢?"

昭三噘起下唇,皱着眉头思量着。

慎一什么也没说,离开了病床。

"这样的朋友,你要好好珍惜啊!"

"我下次再来。"

慎一在走廊里走着,想起了父亲死前,自己去探病结束离开时的情景。那时,他完全不知道父亲死期将至。他突然回头最后看了一眼病床,看到坐在窗前的父亲就像一株枯萎的植物一样,被吓了一跳。

"下次再来的时候,有什么需要我带来的东西吗?"

慎一感到一阵莫名的担忧。他回头看去,病床上的昭三没看他。慎一以为他没有听见，便又问了一次，可是昭三依然没有任何反应。

"爷爷？"

爷爷是在跟自己开玩笑吗？慎一刚要返回病床，昭三却突然转过头来，他的表情很惊讶，似乎在想慎一怎么还在这里。

"你在干什么呀？"慎一停下脚步问道。

昭三盯着慎一的脸，几秒钟后，他苦笑着挥了挥手。

"我在想事儿呢！好了，你快回去吧！"

爷爷的态度跟刚才不一样了，看来，他是真的想让慎一回去了，于是，慎一再次转身离开了病房。隔壁床的床帘里传来轻轻的咳嗽声。"咳，咳，咳！"这声音听起来很像鸡叫。

慎一从台阶上走下来，来到大厅。这里很宽敞，明亮的阳光透过玻璃门洒进来，照射在铺着瓷砖的地面上。一个男人看起来和他父亲去世时的年纪差不多，他拄着拐杖，边走边和旁边的女人说话，那女人应该是他的妻子。男人小声说了句什么，他的妻子似乎没听清楚，身子向他靠过去。男人又说了一遍，她向后仰头，对着天花板笑了起来，然后"啪"地拍了一下男人的肩膀。玻璃门外，阳光很耀眼。他们搬到这里之后的第三个夏天就要来了。

不知从哪里传来了打拍子似的拖鞋声，那大概是个小孩子发出来的吧。咨询台后面有一名穿着衬衫、眉毛很粗的工作人员，他把领带搭在肩膀上，正在写着什么。一名年轻的女工作人员一边说话,一边从他的身后递来文件。男人没有回头,从肩膀旁边接过文件,放在自己面前的扁盒里。

每个人都不一样……慎一突然这样想道。虽然他以前没有清晰地意识到这一点,但这种想法一直萦绕着他。这个人也是如此,那个人也是如此,大家都和他不一样。

慎一走出玻璃门,在耀眼的阳光里向自行车停车场走去。他无处可去。他既没有朋友要见,家里也没有人等待他,只有母亲早上给他准备好的已经凉了的晚饭。和同事们聚餐……大人为什么要对小孩子说谎呢?母亲为什么要对自己的儿子说谎呢?

慎一正要骑自行车,发现车座上有一只小小的毛毛虫在爬。它蠕动着细长的身体,一点点地前进着。茂密的枝叶下面正好是背阴处,看来不该把自行车放在这里。慎一噘起嘴,吹了一口气,毛毛虫紧紧地贴在车座上,没有掉下去。慎一又吹了一口气,它还是一动不动。慎一没办法,用指甲弹了它一下。毛毛虫掉在地上,迅速蜷成鹦鹉螺的形状。

慎一的身体先于意识做出了行动,他猛地一脚,把蜷曲的毛毛虫踩得稀烂。慎一觉得自己的骨头震得发麻,连脚踝那里都疼了。他将运动鞋的鞋底在混凝土地面上蹭了蹭,然后跨上了自行车。慎一觉得自己整个身体都变成了心脏,"嘣、嘣、嘣"地跳动着,眼前的白昼景色随着心跳而不停闪烁。一切都很糟糕,一切都不如意……只有自己被抛弃了!

眼前明朗的景色向远方延伸，慎一却觉得这些与自己毫不相干，他感到厌烦和苦闷。在这个世界上，没有一个人能够理解他。慎一脚蹬踏板，向前骑行。他觉得身体里的某个地方袭来一阵剧痛，是那只看不见的鱼钩。每呼吸一次，同样的地方就一跳一跳地刺痛。慎一紧握住车把，咬紧牙关忍耐着。

这个周六，母亲又要很晚才回家吗？

她打算在外面待多长时间才回家呢？她打算在外面待到几点呢？她要去干什么呢？回到家后，她又会在浴缸里待很久吗？磨砂玻璃那边的白色身影，还会像往常那样一动不动吗？

慎一骑着自行车，来到海边的路上。这里离他家还有很远的距离。他双眼紧盯前方，蹬着自行车。突然，他觉得蹬着踏板的双脚变轻了，车座下响起"咔啦、咔啦"的声音。车链子掉了，真烦人！慎一哑了一下嘴，从自行车上跳下来。这辆自行车相当陈旧了，已经掉过很多次车链子了。慎一很快便将其修好了，他的手指被油弄得黑乎乎的。慎一将手指往裤子上一抹，又蹬起了自行车。

慎一一路骑行，不一会儿，就经过了"加多加多"，又经过了回家必经的路口，然而，慎一还是继续向前直行。汗水沿着脸颊流下来，一直流到胸口。明明全身都在吹风，但是为什么脸上像裹了一层热毛巾一样喘不过气来呢？骑到那家餐厅的时候，慎一在拐角向左转了弯。

那座大楼映入眼帘。整齐排列着的窗户反射着阳光，大楼下面是宽阔的停车场,许多车辆停在那里,闪闪发光的引擎盖晃得人眼睛疼。慎一从自行车上下来,在刺眼的光线中走着。他看见好几辆带行李架的车。每次看到这样的车,慎一就会走过去。然而,这些车都不是慎一要找的那辆商务车。他没找到鸣海的父亲的商务车。上次那辆车停在哪里来着?慎一跟随记忆在停车场里走着,来到了印象里的那辆车的停车位。然而,那里空着,正好空出了一辆车的位置。

慎一站在空空的停车位中央,仰头望去。大楼的窗户整齐地排列着。大楼的上方飘浮着一层薄云,薄得连天空都透了出来,除此之外,什么都没有。慎一回想起和春也一起上山的时候,他仰望天空便可以看到许多东西。第一次带鸣海上山的时候,还有在那之后的一段时间里也是,他还可以看到许多东西。

突然,附近传来汽车的引擎声。

慎一条件反射地弯腰低头。

引擎声越来越近,听起来那辆车应该就在停车场里行驶,正朝这边开过来。如果他擅自走进大楼,公司里的人看见他,大概会骂他吧。于是,慎一在旁边的轿车后面蹲下,藏了起来。引擎声越来越大,那辆车开到了他的眼前。换挡的声音响起,又是引擎的声音,接着,突然安静了。

车门开了,他听到鞋子踩在混凝土地面上的声音,随后车门"砰"地关上了。

慎一悄悄地直起身。

停在这里的车正是鸣海的父亲的那辆商务车。慎一越过车上的行李架看到,一个穿着衬衫的修长背影渐渐走远。慎一的目光一直追随着他,直到他消失在大楼入口。

慎一转身看向这辆商务车。他把鼻尖贴近车窗,向车里看去。引擎散发出的热气沿车身侧面向上爬升,热气抚摸着慎一的脸,他感到一阵温热。

慎一拉了拉银色的车门把手,车门没有打开。

慎一很焦急,用更大的力气又拉了一下,车身轻微地摇晃了一下,但车门还是没有打开。

这时,慎一突然想起一件事。

现在,他的口袋里就有能打开这辆车的车门的钥匙,那是鸣海从家里拿来的这辆车的备用钥匙。

慎一把右手伸进口袋,手指碰到了钥匙那坚硬的金属边缘。

慎一拿出钥匙并把它插入车门的钥匙孔,他突然产生了一种错觉——这是一个令人毛骨悚然的妖怪,而他正将一把刀插进它的腰间。他的鼻尖感受到的引擎余热,就像是妖怪的体温。钥匙插进去并转动的瞬间,慎一在想,这辆车会不会立即发出一声巨大的咆哮,然后扭动着身体,回头看着自己呢?想到这里,慎一不禁屏住了呼吸。

"吧嗒"声响起,车窗里一个细长的像按钮似的东西升了起来。

慎一再次摸向车门的把手,轻轻一拉,车门打开了。

慎一没坐过私家车。昭三不能坐车,在东京生活的时候,他的家里也没有车。去参加法事的时候,慎一曾和父母一起坐过出租车,但如此近距离地观察没有人的驾驶座,对慎一来说,还是第一次,这和隔着车窗看的感觉完全不一样。慎一从车门的空隙里把头探了进去,他闻到了香氛的气味。

伴随着这种气味一起进入鼻子里的,是香甜的罐装咖啡的气味。车门旁边的空调出风口上装着一个饮料架,上面放着一罐咖啡,其商标和他上次见到的那罐咖啡一样。罐口处沾上了一点儿棕色的咖啡,甜甜的气味可能是从这里散发出来的。慎一闻了一下,觉得鸣海的父亲的体味和气息不断地进入他的身体,他赶紧关上了车门。

慎一拔出钥匙,绕到对面,试着拉了拉副驾驶座旁边的车门。刚才转动钥匙的时候,这边的车门大概也解锁了,慎一毫不费力地打开了车门。副驾驶座的座椅靠背比驾驶座更直一些,角度接近直角。慎一用渗出汗的手摸了摸座椅的靠背,它好像要吸在手指上一样,手感相当高级。

慎一伸长脖子,把鼻尖靠近座位闻了闻。他同时闻到了两种气味。一种气味是母亲的头发的气味,家里的被子和枕头都是这种气味。另一种气味很像香皂的气味,是刚洗完的衣服的气味。爬山时,每次走近鸣海,这种气味就会流淌至鼻尖。每当这时,慎一都会有一种小腹飘浮在空中的感觉,与爬到高处时的感觉相似。

慎一将身体滑到座位上,从车里轻轻地关上了车门。他没有坐下,而是双膝跪在座位上,面对着座椅靠背,凝视着头枕。头枕后面还有一排座位,车的后面是一个宽敞的后备厢。慎一把脸靠在头枕上,母亲的气味和鸣海的气味又蔓延开来。不过,这次母亲的气味要明显得多。

母亲在这里坐过多少次呢?她有多少次将头靠在这里呢?今天一定也是这样。她嘴上说自己要和同事们聚餐,但她一定是将头靠在这里。鸣海的父亲说着有趣的话,母亲听了,或开怀大笑,或使劲儿点头,同时注意着自己的发型,用手整理头发,就像鸣海换了发型时那样。

慎一从车里锁上了副驾驶座的车门,向驾驶座探出身子,把驾驶座那边的车门也锁上了。他一边留神鞋上的尘土,不让尘土把座位弄脏,一边用膝盖跪行,从前排的两个座位中间穿了过去。到达后排的座位时,他拖着身子,只用双臂翻过靠背,躺在后备厢里。后备厢里有几条被油弄成黑色的脏毛巾,有一个工具箱,还有一个被随意地放在那里的细长的筒子。细长的筒子连着管子,这好像是便携式自行车打气筒。

汗水沿着耳边流下来,从下巴尖滴落。慎一蜷曲着身体躺在后备厢里。这样的话,外面的人就看不见他了,坐在驾驶座和副驾驶座的人也看不见他。而他自己却能从座位的空隙里看到他们,他们在说什么,在干什么,他全都能听见,全都能看见。

然而,慎一很快就发现,要一直待在这里是十分困难的,因为车里的温度开始上升了。

他的脸上好像被硬生生地压上了一块浸透了热水的大海绵,他的前胸、腹部和后背都紧贴着衬衫。慎一觉得自己快要在汗水中融化了。温度还在上升,他感到越来越热。慎一喘不过气来,即使大口吸气,空气也完全不够用。他能听见自己的心跳。慎一觉得,每过一秒,这狭窄的后备厢就变得更狭窄一分。没过过久,慎一就明白了,这样下去是很危险的。万一被发现了,他应该怎么办呢?不,他肯定会被发现的,他不可能不被发现。

慎一直起身,打算从后排座椅的靠背间穿过去。他想打开车门,把头伸到外面去,大口地呼吸车外的空气。可就在这时,慎一透过车窗看见一个穿着衬衫的人正在靠近这辆车。于是,慎一赶紧俯下身子,再次躲进后备厢。

门锁发出响声,驾驶座旁边的车门开了。一阵风轻轻地吹进来,和车里的空气混合在一起。因为有大人上了车,车身瞬间晃动了一下。紧接着,引擎转动起来,微弱的震动从慎一贴着车内地面的右半身传至全身。

慎一隐约听见空气从空调出风口吹出来的声音,虽然凉风让人感到舒服,但是他顾不上开心。他无处可逃。如果鸣海的父亲从后备厢里拿东西,他就会被发现。鸣海的父亲下车后,从后车窗看车里的时候,也会看见慎一。

换挡的声音响起,汽车开动了。

车向右转弯,又向右转弯,接着,车身突然摇晃了一下,车似乎是开出停车场了。在他头顶上方的后车窗外，天空开始淡淡地流动。

车会开到哪里去呢？车开了很久都没有停下，不，也许从停车场出来后，没过多长时间。慎一只能看见天空在动，根本不知道时间过去了多久。

只听"咯噔"一声，车身摇晃了一下，然后突然减速。紧接着，车停了一下，挂上了倒车挡。车后退了一段距离后，完全停下了。拉手刹的声音响起。接着，引擎熄火了。一阵窸窸窣窣的声音传来，鸣海的父亲好像在翻阅文件，然后他下了车。停车的地方可能是某个停车场。

慎一想逃走。他想从后备厢里爬出来，打开车门。可是，万一他被发现了怎么办？慎一的手脚被这种担心所束缚，他无法起身。即使他没被发现，成功逃走了，这里也一定是个完全陌生的地方，他没法独自回家。因此，慎一干脆就躺在那里，抱着膝盖，一动不动。

脚步声越来越近，车门开了。

慎一听到放包的声音，然后车的引擎发动了。

后车窗的上方，天空又开始流动。

鸣海的父亲比慎一预想中回来得要早，慎一确信自己已经无法从车里逃出去了。也许鸣海的父亲还会再次下车，但慎一是绝对逃不出去的，连起身的勇气都没有，他清楚地知道这一点。

同样的情况出现了好几次。鸣海的父亲熄了火,下了车,但每次在车外逗留的时间都非常短。慎一直保持着同样的姿势,屏住呼吸。渗进毛巾里的油味儿,仿佛慢慢把他的心和眼睛都熏黑了。可是,就连把毛巾从面前拿开这个动作,慎一都不敢做。

车又开动了,他已经不知道这是第几次了。慎一的右半身感受着引擎的震动,不自觉地闭上了眼睛。沾在毛巾上的油味儿让慎一的头晕乎乎的。一种类似睡意的感觉渐渐地把他的全身包裹起来。慎一觉得自己正在无声地坠入一个很深的洞里。

说话声传来,那是母亲的声音。

慎一一下子惊醒,睁开了眼睛,看到后车窗外的天空已经变红了。他躺在后备厢里,绷紧了身子。

她说了什么,慎一没听清楚,但他可以确定那是母亲的声音。

车门"砰"的一声关上了。鸣海的父亲说了些什么,母亲回答了一句。两个人的声音都在车里,但因为他的耳边回荡着引擎声,所以他听不清楚他们说了什么。

随后,换挡的声音响起,车又开动了。

天空开始流动,流动的速度比白天时要慢。是司机故意开得这么慢的,还是因为路上的车太多了呢?慎一完全听不清他们的对话,但每当天空停止流动的时候,鸣海的父亲的低沉声音、母亲的声音以及两个人的笑声,都会断断续续地传进慎一的耳朵里。母亲笑得特别开心,慎一已经很久没有听到她这样的笑声了。

难道这才是母亲隐藏起来的真实的样子吗?也许,她是在和鸣海的父亲客气,考虑到对方的心情,故意笑得很开心。慎一很想看看母亲的脸。他有这个自信,只要看到她的脸,他就能判断出现在母亲表现出的是不是她真实的样子。可是,慎一害怕自己的视线和母亲的视线相遇,他只能抱着膝盖,一动不动。

车在某个地方停下了,只有一扇车门打开又关上了。下车的人可能是母亲。过了五分钟左右,她回来了。慎一听到了塑料袋的沙沙声。她买了什么东西吗?

车又开动了。不一会儿,天色就暗了下来。天越来越黑,只剩下一点点光亮时,车减速了,轮胎发出了轻微的摩擦沙砾的声音,车停在了某个地方。

拉手刹的声音响起,然而,引擎声还在继续。他们是想停在这里,还是马上将车开走呢?

这是哪里?慎一只知道这里是户外。不久,后车窗外面出现了几颗星星。慎一可以听见两个人在窃窃私语。两个人的嘴里都不再发出笑声了。他们在说什么呢?他们为什么不笑了呢?

他们的对话之间的间隔越来越长。

最终,对话中断了。

在相当长的一段时间里,两个人都没有说话。不过慎一知道,他们并不是陷入了彻底的沉默。那不是完全的沉默,慎一能够强烈地感受到他们在言语之外的交流。他们可能只是在默默地对视,也可能是在看着同一个东西,一起静静地点头。总之,两个人并没有各自做什么,慎一能感觉到他们仍然在做同一件事。

慎一听到了一种黏糊糊的声音。

鸣海的父亲发出微小的声音,母亲也发出同样微小的声音,接着,他们又安静下来。在这安静之中,慎一又听到和刚才一样的黏糊糊的声音。

慎一躺在后备厢里,他说不清楚此刻弥漫在自己身体各个角落里的,究竟是一种什么样的情绪。虽然说不清楚,但慎一觉得,自己的气息和体温仿佛让眼前的后车窗变得越来越白,越来越混浊了。

突然,慎一清楚地听见了母亲的声音。

"不行……"

那声音所表达出的,既不是生气,也不是责怪,那短短的一声,听起来满含悲伤。

一阵沉默后,引擎突然停止了转动。

在传向身体的细微震动消失的瞬间,慎一听到一声短促的叹息。那应该不是母亲发出的。

接下来又是沉默。不一会儿,鸣海的父亲故意用爽朗的语气说:

"出去走走,好吗?"

这种声音很像上次慎一在八幡宫碰见他时,他叫鸣海的那种声音。

他没有听到回应声。一侧的车门"砰"地响了一声,过了一小会儿,另一侧的车门也响了。

车里安静了下来,车就像潜到深海里一样,寂静在鼓膜的深处回响。慎一慢慢起身,从前挡风玻璃看过去。车窗外,两个人并肩而行。他可以看到星辉散落的天空和远处的路灯,除此以外,是一片漆黑。瞬间,慎一有一种错觉,前方好像开了一个巨大的洞,仔细一看,原来那是一片海。

两个人迈着缓慢的脚步,渐渐走远。他们的脚下应该是沙滩。穿着白衬衫的母亲好像被沙子绊了一下,她的身影突然往旁边的身影倾斜,然后,两个身影随即靠在一起。他们继续往前走,再也没有分开过。

慎一扭动着身子,翻过了后座的靠背。他的右肘和肩膀因长时间压在下面而一跳一跳地疼。他的右半身的衬衫被汗水浸湿了,凉凉的。慎一拉了拉车把手,推了推车门,可是车门没有打开。他拔出锁,又推了一下,这次车门打开了。海的气味包裹了慎一。在一片漆黑之中,有白色的东西在闪烁着舞动,他能听见浪花飞溅的声音。

这是那条海边的路。

但他不知道自己现在具体是在什么位置。

慎一轻轻地溜了出去,关上车门。他朝着车的反方向走去,一次也没有回头。一种难以名状的黑乎乎的东西在他的心里形成了旋涡。他的视力仿佛在减退,星星、月亮和路灯都越来越暗。

慎一盯着远处的黑暗继续往前走。餐饮店和录像店的招牌不时地在路的对面闪着光。在不知道第几个招牌下面,有橙色的虚线显示着时间——晚上七点四十分。慎一这才知道,时间还不算太晚。

他突然想起,今天是自己的生日。

第五章

（一）

"周六晚上，你们家的人都在干什么？"课间的时候，鸣海问道。

"没干什么，就是在家里待着。"

"所有人都是吗？"

"嗯，三个人都是。"

慎一没说实话，一是因为他要隐瞒昭三住院的事，二是因为他不愿意想起那天晚上的事。

如果能把不愿意想起的事完全忘掉，那该有多好啊！可是自从那天以后，他在狭窄的商务车后备厢里抱着膝盖听到的所有对话和声音，就像有伤痕的唱片一样，一遍又一遍地在他的心里播放着。无论走路、吃饭、看电视，还是上课，都是如此……

"是吗?"

鸣海的声音里带着些许扫兴。

"怎么了?"

"没什么,就是想问问你的家人周六的晚上都会做些什么。"

"啊,就是看看电视。"

另一个班的女生在门口叫鸣海,鸣海向走廊走去。

周六那天晚上,慎一走了很久,走到了鸣海的父亲的公司楼下。他骑上被他丢在那里的自行车,回到了空无一人的家里。厨房里的锅中有味噌汤,冰箱里有盖着保鲜膜的烤三文鱼和煮过的羊栖菜。冰箱里有一个玻璃碗,慎一将它拉过来看了看,里面盛的是他喜欢吃的糖汁桃罐头。

慎一从橱柜里拿出塑料袋,把烤三文鱼、羊栖菜和桃罐头装了进去,又装了一碗米饭和一碗味噌汤,然后系上袋口,将其扔进了厨房门外的厨余垃圾桶。慎一根本吃不下晚饭,他又不想事后被母亲问为什么不吃晚饭。

慎一在起居室里坐下,等着母亲回来。他想让自己看起来和平时一样,便打开了电视机,但他并没有看电视。三十分钟过去了,一小时过去了,母亲还是没有回来。墙上的时钟过了十点。慎一觉得,就算现在母亲回来了,他也没法和平时一样了。

于是,慎一在没开灯的房间里铺好了被褥,像躲起来似的钻了进去。他闭了一会儿眼睛,听见钥匙开门的声音。推拉门被轻轻地拉开了,他感觉到眼皮外面亮起了走廊的灯光。

"睡了吗？"

慎一没有回答。一阵疑惑似的沉默在蔓延。慎一意识到，母亲的耳朵正在听着自己的呼吸，她的眼睛正在看着自己没脱袜子的双脚。过了一会儿，母亲的脚步声越来越近，最后，她跪坐在他的身边。她就这样坐着，许久未动。

衣服摩擦的声音响起，母亲好像往枕边放了一样东西。

母亲像进来时一样，轻轻地走出了房间。

听到关上推拉门的声音后，慎一轻轻地睁开了眼睛。他扭着身子，看了看枕边。他看到一个十厘米见方的白色盒子。慎一把它拿在手里，盒子里突然有东西摇晃了一下。慎一撕开封口处的透明胶带，打开了盖子。

盒子里装着一件玻璃工艺品。借着从窗帘缝隙里透进来的微弱月光，慎一看清楚了，那是一件棒球手套、球棒和球组合造型的玻璃工艺品。制作精巧的模型排列在木制底座上。他翻过来一看，其底部刻着一个制造商的名字，制造商的名字下面还刻着"赠慎一"。

盒子没有精美的包装，这让慎一的心感到冰冷和刺痛。这不是买来的，这恐怕是鸣海的父亲送给母亲的。这是母亲跟他说慎一要过生日了，让他给慎一准备的礼物，还是他以前听说过慎一的生日日期，自己带来了礼物并将其送给了母亲呢？不管怎样，在慎一看来，这都和母亲直接把鸣海的父亲带回了家一样。

慎一在黑暗的房间里紧闭嘴唇,身体表面越来越热,而内心却越来越冷,呼吸都让他感到痛苦。父亲在病房里答应给他买棒球手套的事,母亲不知道。父亲答应这件事的时候,母亲因为有事恰好不在病房里。这是唯一能让慎一感到些许安慰的地方。

　　慎一把玻璃工艺品按原样放回盒子里。他的手上还残留着一种厌恶感,像是不小心握了一下某种烂掉的水果一样。慎一把右手往穿着的T恤衫上擦了擦。

　　那个盛着玻璃工艺品的盒子,现在仍然放在榻榻米上,还在纯江昨天放置它的那个地方。一夜过去了。周日早上,两个人面对面吃早饭的时候,纯江向慎一投来询问的目光,但慎一什么也没说。

　　吃完早饭,纯江从冰箱里拿出一个方形的盒子,盒子里是一个小小的圆形奶油蛋糕。

　　"这是我昨天买的。我还以为昨晚可以早点儿回来呢。"

　　"算了。"

　　慎一的这句回应更像是要打断母亲的话。母亲的眼神一下子变得怯弱起来,她像是要问什么似的眨着眼睛。

　　母亲是什么时候买的蛋糕呢?她回家时已经快十点了,那时还有蛋糕店开着门吗?鸣海的父亲开车载着母亲去海边时,中途停了一次车,只有母亲下了车,蛋糕可能是在那时候买的。他们在海边下车后,这个蛋糕就被孤零零地放在副驾驶座上。

　　"回头再吃吧。现在我已经吃饱了。"

母亲垂下双眼,点了点头,把蛋糕放回冰箱里。

然后,两个人出了家门,乘公交车去昭三所在的医院。母亲的鞋上的黑色丝带沾着海边的沙子。

"你不喜欢那东西吗?"母亲在公交车里问道。

虽然母亲没具体说"那东西"是什么,但慎一知道,她指的是放在榻榻米上的那件玻璃工艺品。慎一默默地点了点头。其实他本不想这样做,但他愤怒至极,想对母亲做一件残忍的事。

慎一移开了视线,但在视野的一角,他能看见母亲遗憾地轻轻点了点头。他的行为刺痛了她的心。慎一咬紧牙关,假装看向窗外。在到达医院之前,他一直强忍着泪水。

她为什么没有觉察到呢?准备好的生日礼物还放在榻榻米上,他连生日蛋糕也不想吃,母亲为什么没有想到这都是因为她呢?难道她已经想到了吗?她想到了他是因为她的冷漠才这样的,却什么都不说吗?她为什么不肯向他道歉呢?

慎一反复想了很多次,然而,每次都想到这里结束——母亲到底为什么要向他道歉?

鸣海回到教室里。两个人的目光相遇,但鸣海立刻移开了视线。慎一看到她的这个动作,突然想起刚才她说的话。

"周六晚上,你们家的人都在干什么?"

刚才慎一脑子里在想母亲的事,没有注意到鸣海这个问题的深层含义。或许鸣海想问:"周六晚上,你妈妈在干什么?她在家吗?"

难道鸣海也发现了?

大上周,她突然说想来慎一家,或许也是因为这个原因吧。鸣海一定是想来看看他的母亲,看看他的母亲是个什么样的人,她做的菜是什么样的,她是怎么说话的。鸣海一定是想亲眼看一看。

他的推测对不对呢?他没有办法确认。

直接去问鸣海,慎一做不到。

那天午休时,慎一又收到了一封信。

和以前一样,写信的纸还是从笔记本上撕下来的纸。信还是塞在课桌抽屉里,但信上的字迹比之前的字迹潦草。写信的人在信里嘲笑慎一"每天都和鸣海一起出去玩",后面是一些无聊的内容,写信的人使用了好多令人讨厌的词句。

这是意料之中的事。去那座山上的时候,慎一总是和鸣海一起走出校门,和春也在"加多加多"的后面会合。慎一一直很喜欢和鸣海一起走那段路,但每次能看见海的时候,他总会觉得有一点儿遗憾,特别是在鸣海和春也关系变好之后。

以后还是一个人走吧——慎一做出了这样的决定。他也想过叫上春也,三个人一起走出学校,但他知道,那一定也会得到同样的结果,肯定也会有同样的信塞进课桌抽屉里。

"你怎么阴沉着脸啊?"

第五节课下课后,春也罕见地来到慎一这里。

"没有啊!"

那封信的事,慎一说不出口。说不出口和收到信这两件事都让慎一深受打击。

"咱们今天也上山吧?"

"去……"

慎一本来想说以后不和鸣海一起走出学校了,但又一想,即使不说,在"加多加多"的后面会合时,春也也就知道了。于是,他把话又咽了回去。

"那把钥匙被拿走的事,她爸爸好像还没发现。不过,那只是一把备用钥匙,就算他发现了,也不会太生气吧。"

这些话,他们是什么时候说起来的呢?

"不过,她爸爸最好还是别发现。"

"那倒是。哎呀,我真是太倒霉了!我一点儿也想不起来当时的情况。我拿着那把钥匙干什么了?我把它放在哪里了?我是不是不小心把它踢飞了?以前也有过这种事,对吧?有一次,我把寄居蟹的壳给踢飞了。这次可能也跟那次一样,我把钥匙给踢飞了。"

春也絮絮叨叨地说完后,垂下了眼睛,但他又突然抬头看着慎一的眼睛,像是在确认什么。

不,这只是慎一的错觉,他只是有那种感觉而已。

第六节课下课后,慎一赶紧走出教室。站在走廊上的他回头看了一眼,看到春也正在往外走。不过,好像有人在教室里叫住了他,他一边答应,一边走进教室。同学们蜂拥而出,教室门口瞬间挤满了人,慎一看不见他了。叫住春也的人是鸣海吗?

慎一在"加多加多"的后面等着他们,先出现的是春也,不一会儿,鸣海也来了。

"利根慎一,你怎么先走了呀?"

鸣海并没有生气,她看起来只是觉得奇怪。

慎一含糊地摇摇头:

"我不知不觉就先走了。"

"我买了好东西哦!"鸣海一边说,一边拉开运动包的拉链。

"好东西?"

鸣海拿出来的是零食,是扁平的包装盒上印着动物图案的巧克力曲奇饼干。

"我想咱们三个人可以一起吃零食,就在来的路上去了商店。薯片有点儿咸,我不太喜欢,就买了曲奇饼干……"

鸣海看着慎一和春也的脸,好像在跟他们确认:"这个可以吗?"

"我也喜欢吃甜食,春也也喜欢吧?"

春也默默地点了点头,从包里掏出装海水的塑料袋。

"咱们去装水吧!"

慎一和春也像往常一样将海水装进塑料袋里,但他们没有捉寄居蟹。因为他们烤寄居蟹的次数越来越少了,凹坑里还有好几只寄居蟹。

傍晚前，慎一回到家，掀开牵牛花图案的门帘后，看到了厨房里的纯江的背影。她面向水槽，站在那里发呆。她没有做饭。她的背挺得很直，面向窗户。她是在看那件海豚造型的玻璃工艺品吗？

纯江要回头了，在她的脸完全转到这边之前，慎一赶紧放下门帘，回到房间里，扔下运动包。那个白色的盒子还放在榻榻米上。

"今天医院叫我去了一趟。"

听到纯江的声音，慎一回过头去，见母亲站在房间门口。看到她的脸的那一瞬间，慎一就知道她要说关于什么的事了。她似乎很担心自己接下来说的话对他造成负面影响。慎一不禁紧张起来。

"医院？是爷爷所在的那家医院吗？"

"今天白天，他们往我的办公室里打了电话，说有事需要尽早跟我说。我很担心，就提前下班，去了一趟医院。我刚刚回来。"

纯江说，医生在检查昭三头部的伤时，发现他的脑袋里有血块。

"血块？"

"血块好像是在头的后部。我也不太懂，就让医生简单地解释了一下。医生说，他的脑袋里出血了，血块在渐渐膨胀，这好像和撞到头没有什么关系。"

"如果血块一直膨胀下去,他会怎么样?"

不知纯江是没问清楚详细情况,还是在犹豫要不要告诉慎一实情,她停顿了一小会儿,轻轻地摇了摇头。如果慎一再问一遍,会感到莫名的不安,于是,他问了别的问题。

"可是,在它变大之前,将它处理掉,不就行了吗?"

"这好像很难。医生说,一是因为它在头的后部,二是因为你爷爷的年龄……"

母亲老是"医生说,医生说",这让慎一觉得十分烦躁。她明明是个成年人,怎么说话这么不可靠呢?

两个人陷入了沉默。昭三不在家,家里异常安静,他们甚至能听到彼此的呼吸声。

"不过……我们应该也不用太担心。"

母亲突然改变了语调,脸上露出微笑。

"听说医生为了以防万一,总是把病人的病情说得非常严重。"

慎一什么也说不出来,只是看着母亲。过了一会儿,纯江说她要准备晚饭,便回到了厨房。离开房间时,那抹不自然的微笑还挂在她的脸上。

那天晚上,慎一梦见一只血色的螃蟹肆意地挥舞着蟹钳,粗暴地刺破了一层看起来十分重要的薄膜。

(二)

进入六月,放学后的阳光更明亮、更强烈了。那天,晴空万里,慎一俯视着自己的黑色影子,在小路上快步走着。衬衫紧贴在他的后背上,他摸了摸头,他的头发已经被太阳晒得发烫了。

"利根慎一!"

他的身后传来鸣海的声音,那声音非常大,大到他很难装作没听见。慎一回过头才知道,他们之间还有一段距离。鸣海的手里拿着手帕,径直朝他走来。

"你为什么不等我?"

鸣海在慎一的面前停下脚步,瞪着他。她有点儿喘不过气来,她那微微出汗的脖子因呼吸而凹陷。

"没有为什么。"

慎一不露痕迹地观察了一下周围,没有发现同班同学的身影。

"有人对你说了什么吧?"

他转开脸,好像在说:"那又怎么样?"

她紧闭双唇,还未调整好的呼吸声从鼻子里传出来。

"没有,才不是呢!"

慎一转身向前走去,鸣海和他并肩走着。慎一知道鸣海正看着自己,但他假装没注意,继续走着。

"不管他们说什么,你别在意不就行了嘛!"

"我都说了没有。"

其实慎一非常想把那封信的事告诉鸣海,告诉她那封信里写了许多令人讨厌的话。但他总觉得,如果把信的事告诉鸣海,自己就输了。输了什么,输给谁,慎一自己也不知道,但他就是有这种感觉。

"利根慎一,你最近怎么了?"

"没怎么。"

"你最近有点儿不对劲儿啊!你很没精神!"

爷爷的事,母亲和鸣海的父亲的事,让慎一烦恼,他最近天天想着这些事。其实他放学后连岩石那边都不想去了,但他不去的话,也许春也和鸣海就两个人一起去了。

"没什么事,我很好啊!"

昭三最近要转到横滨市的大医院去了。

"纯江,不用转院啊!"昭三苦笑着说道,"转到大医院去,要花更多的钱啊!"

但纯江一再恳求昭三,希望他听从医生的建议转院。

"你去有新设备的医院,我们更放心啊!"

慎一也希望爷爷能够在大医院里好好治疗。

"纯江啊,虽然那里有新设备,但我的脑袋也没什么事啊!"

医生好像没有告诉他本人关于他的脑袋里有血块的事。

慎一非常清楚,医生不告诉病人其病情意味着什么。父亲也一样,直到最后,他也不知道自己得的是什么病。就在一年前的这个时候,"螃蟹"在他的皮肤下面爬来爬去,在他的身体里四处啃噬,他什么也不知道,就闭上了眼睛,永远也不会再睁开了。

"我必须跟你道个歉。"鸣海突然说道。

"我是因为这个才追过来的。如果富永春也在这里的话,我就不能说了。"

鸣海的声音越来越小,脚步也慢了下来。鸣海为什么要向他道歉呢?慎一想不出来。难道是因为那天在他家吃饭的事?自从她跟他们一起上山以来,那天的事,她一次也没提过,她不可能到现在才提吧?

鸣海微微地低着头,默默地在慎一旁边走。不一会儿,两个人就走到了海边的路上。再走一会儿就到"加多加多"了,这时,鸣海向一条岔路看去。

"我们去那里绕一圈,可以吗?"

那里有一家小小的渔具店,不知是否还在营业。他们从渔具店的门口经过,走进一条窄窄的小巷。在第二次向左拐弯时,鸣海终于开口了。

"我爸爸好像在和一个女人约会。"

刚才还能听到的两个人的脚步声,现在突然消失了。慎一没有回应,也没有说话,但鸣海并没有表现出起疑的样子,她继续说了下去。

"我一直以为那个女人是你妈妈。"

鸣海停顿了一会儿,似乎在等待慎一的回答。这次慎一无

法继续沉默了,他尽量用和平常一样的声音问:

"为什么?"

"最近,我爸爸经常提起你妈妈,我立刻就明白了——哦,原来那个人就是利根慎一的妈妈啊!"

慎一不禁看向鸣海,鸣海也看向他,两个人的视线相遇了。

"他提我妈妈了吗?他都说了些什么?"

"没什么特别的。他说她除了上班,还要做家务,非常辛苦,还说她不是本地人,他跟她讲鱼类小知识时,她感到很惊讶,觉得很有意思!"

"他怎么会认识我妈妈呢?"

其实慎一早就想知道母亲和鸣海的父亲是怎么认识的。如果现在不问的话,反而显得不自然。

"听说,他们是在我妈妈的葬礼上认识的,她好像是和你爷爷一起来的。不过,我完全不知道这件事。"

慎一默默地点了点头。对于这个答案,他想过许多次了。

"后来,他们在上班的路上遇到过几次,就渐渐熟悉了。我爸爸经常开车在这附近转来转去。不过,也就只有这些了,我还以为更那个呢……"

"更哪个?"

在不知不觉中,他们已经走到了海边的路上,于是,两个人向前走了一小段,又经过了刚才那家渔具店。

"我还以为他们的关系要更亲密一些呢。"

鸣海的语气里流露出一丝遗憾。

慎一感到非常困惑。鸣海在怀疑父亲和纯江的关系,不过现在,她好像以为那是自己想多了。这到底是怎么回事呢?

慎一思索的时候,鸣海一言未发。在狭窄的小巷里,他们只能听见他们两个人的脚步声。

慎一有许多问题要问,又怕言多必失,便在措辞时十分谨慎。

"你怎么知道你爸爸在和一个女人约会?"

他从鸣海的话中了解到,在她的父亲开始谈论他的母亲之前,她就知道父亲在和一个女人约会。这是她的父亲告诉她的吗?父亲会跟女儿说这些吗?慎一不太了解父亲和女儿之间是一种什么样的关系,他自己是纯江的儿子,而纯江却不是昭三的亲生女儿。纯江的老家在北方,慎一已经好几年没去过那里了。

鸣海的回答让慎一感到惊讶。

"我是怎么知道的呢?我也说不清楚,也没有什么特别的原因。"

没有什么特别的原因?那她是怎么知道父亲在和一个女人约会的呢?慎一无法理解。在他开口之前,鸣海继续说了下去。

"不过,那个周六的事,我是确定的。我不是问你了吗?周六晚上,你们家的人都在干什么?"

她说的是慎一跟鸣海说谎的那次。

"只有那天晚上,我非常确定我爸爸跟那个女人出去约会了。我看出来了。你知道为什么吗?"

鸣海看了过来,她的脸上露出调皮的表情。慎一没说"不知道",只是摇了摇头。鸣海的嘴角上扬,慎一的反应似乎正是她想要的。

"他的嘴上沾着口红印!好笑吧?我爸爸没有照镜子,所以他自己没发现。他从浴室出来后,口红印就没有了,不过我觉得,那也不是他发现后特意洗掉的。他嘴上沾着口红印,别人一眼就能看到,但是那个女人也没告诉他。"

鸣海说到这里,歪着头想了一下。

"难道她是故意不说的?"

这个想法也让慎一无法理解。

一想起那天晚上的事,慎一就感到一种五脏六腑都被紧紧攥住的压迫感。他说:

"是不是因为太黑了?"

"什么太黑了?"

"他们约会的地方。"

鸣海惊讶地看着他。

"利根慎一,你好聪明啊!对,一定是因为那里太黑了!对,对!"

鸣海似乎觉得想象这些事挺有趣,她把手放在下巴上,轻轻地点着头。她为什么能够平心静气地想象自己的父亲做那种事呢?

213

早上,在慎一和母亲共用的房间里,母亲对着梳妆镜涂上了口红,而那口红被鸣海的父亲带回了家。慎一有种难以言说的郁闷。不,那口红也许不是早上涂的,也许是母亲下班后,在和鸣海的父亲见面之前,在某个地方重新涂的。

"当我听说那个周六你妈妈在家的时候,我有点儿失望。我一直以为和我爸爸约会、那个周六晚上让我爸爸沾上口红的人,是你妈妈。"

"你为什么失望啊?"

"因为你妈妈是个特别好的人啊!她又漂亮,又会做饭。上次去你家吃饭的时候,我就觉得,去你家一趟真是太好了,能跟她见面、聊天儿真是太好了!说实话,那天,我想和你爷爷说说话,和他好好相处,对你妈妈也是这样,我也想见见她,想看看她。"

鸣海把鬓边的头发拢到耳后,把手停在耳边,就像在侧耳倾听什么一样。她的目光落在自己的脚尖上。

"而且,我也想通过去你家,让我爸爸明白,我知道他和你妈妈的关系。我不喜欢他们偷偷摸摸的。这也是我去你家的原因之一。"

"为什么你来我家就能让你爸爸明白你的想法?"

"因为他们下次见面的时候,不可能不说这件事。你妈妈肯定会跟他说我去你家的事。"

"啊……如果他们真的见面了,他们会说这件事吗?"

"嗯,如果他们见面了,肯定会说这件事。这样,我爸爸就会知道,我去你家吃饭了。然后,他就明白了,其实我已经知道他们两个人的关系了,对吧?他应该不会以为这是巧合吧?"

原来如此!慎一终于明白了。

"我想用这种方式告诉他,让他惊讶一下。"

鸣海的声音里带着一丝笑意。说完后,她仰望着天空。

"可是,我搞错了啊!"

和鸣海相反,慎一盯着地面,一边走,一边思考。事实是怎样的呢?母亲跟鸣海的父亲说过鸣海去他家吃饭的事吗?后面发生的事也说了吗?昭三讲完那个故事后,鸣海把勺子扔在榻榻米上,跑出家门的事,她也说了吗?她不可能不说吧。也许,就在慎一躺在后备厢里的时候,她跟他说了这些事吧。

"我一直以为和我爸爸约会的那个人是你妈妈,因此,那次之后,我就一直担心……"

鸣海的语气比刚才轻松了一些。

"上次我不是那样跑出去了吗?我担心因为我而影响了他们两个人的关系……不过,现在我知道了,我爸爸跟你妈妈不是那种关系,我觉得有点儿失望,同时也松了一口气。"

他们又走到了海边的路上。一辆小型货车载着许多啤酒瓶,从他们的旁边经过。引擎声远去后,鸣海再次开口说话。

"要是我爸爸和你妈妈结了婚,我们就成一家人了,是吧?"

鸣海是笑着说这句话的,但慎一听了之后,感到胸口一阵发冷。慎一努力控制自己,不去看鸣海。

"你爸爸对你说过这样的话吗?"

慎一勉强挤出了卡在喉咙里的声音。

"哪样的话?"

"就是……你爸爸要跟和他约会的女人结婚之类的话。当然,那个女人不一定是我妈妈。"

鸣海用平静的声音回答:

"说过啊,不过,没说那么具体。他只是问过我'要是爸爸和别人再婚的话会怎么样'之类的话。不过我知道,他说这些话的时候,心里想着具体的某个人。我爸爸这个人,心里想什么,全写在脸上,就算他想隐瞒,别人也看得明明白白。"

他们在同一条小路上绕了三圈。从第三圈开始,他们不怎么说话了,鸣海走在慎一的旁边,她脸上的表情变得十分神秘,慎一看不出她在想什么。只有一次,她出神地望着前方,自言自语地说:

"和我爸爸约会的人,到底是个什么样的人呢?"

慎一看着鸣海的侧脸,想起她去自己家那天发生的事。那天,鸣海特意换上了普通的衣服,也没有骑自行车,这可能是在考虑母亲的感受。她大概不想让母亲看到自己昂贵的衣服和自行车吧。

而她想和自己一直怨恨的爷爷好好相处,可能也是为了她爸爸和慎一的妈妈吧。那天,从家里跑出去的鸣海在桥上说,她还是怨恨慎一的爷爷。慎一问她,现在还是吗?她回答说,最近变了一些。

慎一想:这也许是因为她发现了她爸爸和我妈妈的关系吧。她知道自己以后有可能要和昭三成为一家人,所以想改变自己的想法。

"你们怎么才来啊?"慎一和鸣海来到"加多加多"的后面时,坐在台阶上的春也头也不抬地说道。

"对不起!你等了很久吧?"

春也对慎一的道歉置之不理,他从包里拿出塑料袋,站了起来。台阶前的地面上放着一根长度约二十厘米的树枝,春也在地上写了许多"权"字。

(三)

跨过护栏,走近礁石滩,水面反射的阳光照在皮肤上,有种针扎似的刺痛感。从这周一开始,阳光突然变得炙热。

"哎,这里有一只很奇怪的寄居蟹!"慎一和春也查看潮水坑时,突然听到鸣海在远处喊道。

她脱了鞋,光着脚,正提着裙摆看向这边。最近,鸣海常常在慎一和春也找寄居蟹时,一个人在礁石滩上边走边玩。

"她说有一只奇怪的寄居蟹。"

春也没有说话,只是点了一下头,便向鸣海走去,慎一跟在他的后面。他们之间的距离很短,慎一几乎能碰到他衬衫的袖子。

这确实是一只奇怪的寄居蟹。

鸣海发现的这只灰色寄居蟹还带着一只小小的白色寄居蟹。它用右边的蟹钳夹着白色寄居蟹的螺壳口,在水底走着。两只寄居蟹的大小相差太多,已经不能说是抱着了,应该说是"随身携带"。

"它从刚才开始就一直这样走路。把手伸过去的话……"

鸣海弯下腰,把手伸进水中,好像在说:"你们看!"

鸣海的指尖一靠近,大寄居蟹就迅速退回螺壳里,但它并没有放开小寄居蟹。小寄居蟹正好成了大寄居蟹的螺壳盖子。

"过一会儿,它还会出来的。而且,它一直夹着这只小寄居蟹不放开。你们觉得这是为什么?"

"小寄居蟹是不是它的孩子啊?"慎一说了他所能想到的情况。

"可能是吧……我也这么觉得。"

"因为它太小了,让它自己走是很危险的,所以大寄居蟹就这样保护着它。"

"那这只大寄居蟹是小寄居蟹的妈妈吗?"

"我觉得是。啊,出来了!你们看,大寄居蟹抓着小寄居蟹,它们像不像牵着手走路?不过,它们牵着的不是手。"

"它为什么要这样带着孩子走路呢?"

"我刚才说了啊,大寄居蟹肯定是怕它去危险的地方啊!"

"寄居蟹一次只生一个孩子吗?"

鸣海的这个问题,慎一回答不出来了。就在这时,刚才一直沉默的春也突然开口了,他好像在等待这个时机。

"那是公的和母的。"春也等他们两个人都看向自己,才继续说道,"大的是公蟹,小的是母蟹。公蟹这样带着母蟹走,然后交配。寄居蟹会照顾孩子吗?"

最后那句明显是冲着慎一说的。春也弯下腰,把寄居蟹捏了起来。那只大的公寄居蟹退回螺壳里,但仍然夹着小的母寄居蟹不放。母寄居蟹也退回螺壳里,又变成了公寄居蟹的螺壳盖子。

"你们看,这是很有意思的!"

春也捏着母寄居蟹,慢慢将其拉起来。公寄居蟹的蟹钳还是紧紧夹着母寄居蟹的螺壳,后来,可能是觉得实在不行了,公寄居蟹终于放开了母寄居蟹。春也把分开的大小两只寄居蟹扔进水中。三个人弯下腰,观察着水中的动静。

不一会儿,两只寄居蟹都悄悄地从螺壳里探出身子,母的没怎么动,而公的则开始慌慌张张地在水底爬来爬去。不一会儿,它爬到了母寄居蟹的附近。它好像在说"终于找到你了",赶紧向母寄居蟹靠了过去。它像刚才一样,用蟹钳夹住了母寄居蟹的螺壳口,又带着它走起来。

"就算它碰到别的母寄居蟹,也绝对不会去夹的,必须是刚才那只母寄居蟹才行。"

"富永春也,你懂得真多呀!"

慎一默默地把目光转向水中的寄居蟹。公寄居蟹夹着母寄居蟹,迈着茫然的步子,在水底徘徊。有一次,它突然改变方向,朝鸣海爬了过来,鸣海一惊,向后退去,周围的水一下子变得浑浊起来。等浑浊消失后,鸣海白皙的脚趾之间留下了一些沙子。

"是不是开始了?"

春也把脸靠近水面。

"开始什么?"

春也没有回答慎一,只是把食指竖在嘴唇前面。慎一不知道寄居蟹接下来要干什么——要是按刚才春也的说法,它们可能要交配了。但水里的寄居蟹不可能听到他们说话的声音,这一点连慎一也知道,春也肯定也是知道的,他明明知道,却做出了这样的动作。

公寄居蟹又向鸣海的脚爬了过来。不过,这次在鸣海后退之前,春也简短地说了一句:

"别动!"

鸣海照做了。

三个人的脸靠在一起,观察着下面的动静。不一会儿,公寄居蟹突然停了下来。它换了一种夹母寄居蟹的姿势,它们的位置变成了彼此面对面。然后,公蟹开始用另一只蟹钳轻轻敲着母蟹的螺壳。公蟹重复做着这样的动作。不一会儿,母寄居蟹从螺壳里探出身子。两只寄居蟹好像在互相试探对方,蟹腿不停地动着。三个人屏住呼吸,仔细看着它们的行为。

慎一的脸不知不觉靠近了寄居蟹的正上方,他的旁边就是鸣海的脸。她那垂下的发丝盖住了耳朵,散发出干爽的阳光的气味。他的视野的正中间是两只互相试探对方的寄居蟹,视野的边缘,是鸣海为了不弄湿裙子而微微拉起的裙摆,裙摆下面是她的膝盖。那膝盖就好像第一次接触到空气一样,又白又光滑。

在鸣海的膝下,两只寄居蟹正在长时间地试探着对方……慎一产生了一种奇妙的感觉——腰部以下的身体仿佛飘浮在空中。每当看到水里的寄居蟹,每当注意到那双在他旁边的白皙的腿,他的这种感觉就越发强烈。不一会儿,他身体的下半部分竟好像消失了一般。

"啊,分开了!"

鸣海叫了一声,看向春也,好像担心春也说她似的。春也似乎想让鸣海放心,"啪"地拍了一下手,大声地说:

"交配完成!现在,母寄居蟹的身体里应该已经有受精卵了。"

"它会生宝宝吗?"

"当然啦!"

"那咱们把它带到那个凹坑里,好吗?"鸣海没有同时问慎一和春也,而是只问了春也,"这样,它就能在那里生宝宝了,对吧?"

"应该是这样。"

"寄居蟹宝宝是什么样的呢？"

"像虾一样，小小的，就这么大点儿。"

春也用指尖比画了一下两毫米左右的大小。

"只带妈妈去太可怜了，把爸爸也带过去吧！"

他们同意了鸣海的提议。那天，他们把交配完的两只寄居蟹都带到了山上。他们更换了凹坑里的水，把两只新的寄居蟹放了进去，鸣海一直蹲在旁边看着它们。

（四）

"你爷爷看起来完全不在意啊！"

从医院回来的路上，慎一在横须贺线[①]电车里摇晃着，眺望着车窗外的风景。昭三终于接受了纯江的建议，转到了横滨的医院。这是转院那周的周日。

"医生是怎么说的？"

慎一转过脸来，看向坐在对面的纯江。慎一的目光仿佛十分刺眼，纯江垂下了眼睛。

"他的脑袋里的血块确实是在膨胀，至于膨胀的速度有多快，还需要做进一步检查。"

---

① 日本的一条铁路线，连接了神奈川县镰仓市大船站和横须贺市久里滨站。

"这和上一家医院的医生说的一样嘛!好不容易转到了那么远的医院……"

"转到大医院,是为了以防万一啊!"

慎一明白这个道理。他只是想发牢骚,越发牢骚,他就越觉得还会有更好的办法,这个办法能让昭三的身体奇迹般地康复。慎一从这种念头中找到了一丝毫无根据的安心感。

昭三抱怨着新医院的伙食,他说,那些用来制作烤竹荚鱼的鱼,鱼鳞刮得不干净。

"不过,这些鱼也不是医院的职员处理的吧?"

慎一这么一说,昭三更生气了,他气得鼓圆了鼻孔。

"我的牙龈都被这些鱼鳞扎坏了!你看这里!"

昭三把手指伸进嘴里,翻开下唇给慎一看。此时,慎一有一种爷爷的衰老完全暴露在自己眼前的感觉,他根本无法在那黑乎乎的嘴里寻找那处伤口。慎一的脸虽然朝向昭三的嘴,但他的眼睛没有看里面,他在等着昭三将手指从嘴唇上拿开。

过了镰仓站,慎一仍然看着车窗外。此时,夕阳的余晖尚存,但有的人家已经点亮了灯。纯江说,再过一阵子,就到绣球花开放的季节了,那时候会有许多人来长谷寺,电车里会很拥挤。慎一正要回话,忽然看到了车窗外的那座山。

慎一想起了几天前在那座山上看到的鸣海的舞姿。

那天放学后,他们像往常一样给凹坑换了水,看了一下似乎已"有孕在身"的母寄居蟹,整理了一下塑料胶带做的装饰。春也突然说：

"你还在学跳舞吗？"

当时鸣海正蹲在岩石前面认真地看着凹坑。

"还在学啊！"

鸣海一边看着凹坑里的水，一边回答，她的语调上扬，好像在问：

"怎么了？"

春也沉默了一会儿，又开口说：

"我想看你跳舞。"

慎一第一次看到鸣海的表情如此慌乱。她睁大了双眼，猛地抬起头，微微张开的嘴唇的两端有些僵硬地上扬着。

"你说什么？"

她的声音里夹带着笑意。

"学跳舞不就是为了跳给别人看的吗？"

春也的语气和往常一样。他把脸转向鸣海，两只手整理着贴在岩石上的塑料胶带变形的地方，他就像在说学校里发生的事情一样，淡淡地继续说：

"你现在可以跳吗？"

"怎么可能？平时都是大家一起跳，我一个人可不跳！"

"大家一起跳和一个人跳，不是都一样吗？"

"完全不一样！"

这时，鸣海似乎有些生气了。不过，连慎一都看出来了，这是鸣海为了掩饰害羞而故意做出来的表情。比起单纯的害羞或生气,慎一更不想看到她露出这样的表情。慎一不愿意看到鸣海对春也隐藏自己的情绪。

"这没什么啊!"

"我不跳!"

慎一想起在八幡宫听到的关于静御前的故事——源赖朝强迫不愿跳舞的静御前在舞殿跳舞。慎一突然觉得,眼前的春也就是那种性格阴暗傲慢且只考虑自己的人。慎一的鼻子里一阵发热。

"她都说不跳了,你就别再强迫她了!"

慎一本来想发出更具攻击性的声音,可是说到一半,声音就变弱了。这让慎一很难过。他看向鸣海,鸣海也看了过来。在她眼睛里的并不是慎一预想的感激的目光,而是另外一种目光,那是一种类似期待已久的电视节目没有想象中的有趣的目光。

"好吧,跳不跳都行。"

春也轻轻地点了一下头,又看向岩石,鸣海也把脸转向凹坑。

春也好像已经忘了跳舞的事,一直在那儿整理塑料胶带,而鸣海则不同。她的嘴唇微微用力,脸对着凹坑里的水,但眼睛却没有看向那里。她那白皙的脸颊上微微泛出红晕,像在认真思考什么似的,许久没动。

"有没有铃铛之类的东西?"

鸣海突然抬起头。

"什么?"

"铃铛……就像我在八幡宫里拿的那个铃铛。"

慎一想起那个玉米形状的铃铛。

"没有那种铃铛的话,就没法跳吗?"

"有那种铃铛更容易跳。"

直到这时,慎一才意识到,原来鸣海是想让春也看她跳舞的。

"做一个不就行了嘛!"

春也离开岩石,来到一棵树下,这棵树的树干弯弯曲曲的,像在跳舞。他从树根处捡起一根枯枝,把细小的树枝掰掉了。

"你带家里的钥匙了吧?"

鸣海从包里拿出钥匙,钥匙上的铃铛"丁零零"地响了。

"这个可以用胶带粘上吗?"

春也等鸣海点了头,便用塑料胶带把钥匙固定在树枝的前端。他往树枝上吹了口气,然后将其递给鸣海。

鸣海接过树枝后,像是确认手感似的摇了两三下。每次摇晃,那个长谷寺的替身铃都在树枝前端发出清脆的声音。

"我先说一下啊,我跳得不好。"

"没事的,反正我们也不懂。"

于是,鸣海便跳了起来。

也许是因为害羞,她的动作显得有些随意。慎一看到她这样,松了一口气,心中的苦涩感稍微减轻了一些。可是,过了十秒、二十秒,鸣海似乎渐渐认真起来,手脚的动作也变得流畅了。她变得极其专注,仿佛忘记了慎一和春也的存在,全神贯注地跳起来。

不过,那到底是小学生跳舞,即使是对跳舞一无所知的慎一也能看出,这只是一连串稚嫩的动作,无法与在舞殿上扮演静御前的舞者的舞姿相比。然而,正因如此,这才更有一种鸣海这个同班同学正在这里跳舞的感觉,看着她的手脚的每一次收回和伸展,她每一次轻轻地转头,慎一的这种感觉变得越发强烈。

慎一觉得自己的后脑勺像是被别人紧紧抓住一样,无法将视线从鸣海身上移开。长谷寺的铃铛伴随着她的动作,"丁零零、丁零零"地响着。鸣海时而踮起脚尖,时而在地面上拖着脚步,不可思议的是,她一次也没踩到那些四处丛生的白色野花,白色野花就像给鸣海伴舞的小小舞者一样。

鸣海的这个动作不知道是什么意思——她把挂着铃铛的树枝搭在肩上,弯曲膝盖,微微歪头,她的眼睛看向春也,好像在确认什么。春也的目光和她的目光相遇后,想要垂下,但他又扬起下巴,和鸣海对视。

鸣海的身体转了半圈,脸慢慢地转向慎一,但没有停留。"丁零零、丁零零",铃铛在响。鸣海的脚像在白色野花之间穿针引线,鞋底在泥土上发出微小的声音。

鸣海跳完,先鼓掌的是春也。

他的脸上露出惊讶不已的表情。

鸣海好像刚从午睡中醒来一样,她看了春也一眼,突然害羞起来,她冲着春也笑了一下,身体有些僵硬。她那被刘海儿遮住的额头微微出汗,耳垂因发热而变成了粉红色。

那天分别时,鸣海向春也道谢,她说这是她第一次在别人面前独自跳舞,而且,在同学面前跳舞让她有了自信。慎一觉得自己的身体越来越空,就像把水倒掉后的"黑洞"一样。

慎一发现,从那以后,鸣海和春也的关系变得更加亲密了。

(五)

雨一直下个不停,他们最近没法上山。这些天的课间,同学们都在教室里谈论关于雨的话题。班主任吉川老师在黑板上用有棱有角的字体写下了"走梅雨"几个字,据说这是日本进入梅雨季节前持续降雨的状态的名称。上课时,慎一一边听着像电视机雪花声似的绵绵不绝的雨声,一边斜着眼睛看着鸣海和春也。分开坐的两个人在交换小纸条,他们正压低声音笑着。

某个周二,他们终于迎来了久违的晴天。

第一节课下课后,春也和鸣海一起来到慎一的座位旁边。今天可以上山。"不知道凹坑里的寄居蟹怎么样了,它们说不定已经死了。""山路上肯定有许多烂泥,鞋子会弄得非常脏。"春也和鸣海一唱一和地说着,慎一的脸上浮现出假笑,那假笑已经完全贴在脸上。点头的时候,回话的时候,假笑一直无法从慎一的脸上消失,他的面部肌肉好像被看不见的手抓住了。

放学后,三个人一起走出学校。后来,慎一回想了一下是谁等了谁,但没想起来。在教室门口的走廊里,慎一、春也和鸣海不知什么时候并排着走了起来。慎一的心里被浑浊不清的思绪填满了,脸上的肌肉仍然被看不见的手紧紧抓着。

在经过陡坡的时候,鸣海不再让慎一帮忙,也不再回头等慎一了。这是从什么时候开始的,慎一已经记不清了。慎一甚至觉得,自己握住鸣海出汗的手,把她拉到岩石边,似乎只是在她最初上山的那几次。

"啊,还活着呢!这么久没给它们换水,它们居然还活着!"最先察看凹坑的春也大声说道。

鸣海跑了过去,蹲在春也身边。她把手放在凹坑边缘,看着水里。

"那只寄居蟹妈妈呢?"

"它也很有精神,你看!"

"在哪里?"

"在……那里,在那个角落里。"

慎一站在两个人的身后。春也把那只白色的母寄居蟹从水里捏出来给鸣海看。母寄居蟹退回螺壳里。这说明,它确实很有精神。他们已经知道了,如果寄居蟹非常虚弱,其身体就会从螺壳里软塌塌地耷拉下来。

"我还担心雨水把海水稀释了呢。"

春也舔了一下水,说水比想象中的还要咸一些。

"太好了,寄居蟹妈妈没死!"

"因为它想见到自己的孩子啊!"

慎一把视线移到凹坑那里。因为春也把手伸进去过,所以水稍微有些摇晃。水面反射着阳光,使视野断断续续地变成白色。凹坑底部有几只寄居蟹。它们有的在移动,有的在静静地观察周围的情况。在这摇晃着的耀眼的水里,慎一发现一些像小虫子似的东西在凹坑里快速地游着。

"唰,唰,唰!"它们在水里径直向前游去,有时会突然改变方向,然后又径直向前,再次改变方向……它们是黑色的,但不是纯黑的,而是半透明的。眯起眼睛一看,才知道它们长得很像虾。这时,慎一终于知道它们是什么了。

"生了!"

慎一不禁叫了出来。

春也和鸣海同时回头,看向凹坑。

"真的生了!"

春也刚说完,就赶紧把双手伸进凹坑里捧水。他的动作非常流畅,水面几乎没有波纹。就像洗脸的时候那样,在他的双手捧出的水里,两只寄居蟹宝宝在慌慌张张地游着。它们只有两毫米大,虽不像大寄居蟹那样弯曲或蜷缩着身体,但它们的头部两侧确实有像蟹钳一样的东西。

鸣海仔细看着春也的手,没过多久,她的双手也伸进凹坑里捧水。第一次,她失败了。第二次,她成功地捞到了一只寄居蟹宝宝。鸣海的手很白,因此,这只寄居蟹宝宝比春也手里的那两只看起来更黑。

"好可爱啊!太可爱了!"

春也对鸣海的话嗤之以鼻。

"这不就是小虾米嘛!"

鸣海把脸靠近手中的水。

"它们能在这里顺利长大吗?"

"我觉得没问题。这里没有鱼,反而比海里更安全。"

"鱼?"

"在这里,它们不会被鱼吃掉啊!"

鸣海开心地点了点头,把寄居蟹宝宝轻轻地放回凹坑里。

他们又观察了一会儿寄居蟹宝宝,然后,春也和慎一给凹坑换了水。捧水的时候,要避开寄居蟹宝宝很不容易,但春也做得非常好。慎一希望春也能失败一次,就像之前不小心捞出虾虎鱼那次一样,但失败的却是他自己。他把手里的水泼在地面上,发现湿了的泥土上有黑色的东西在蠕动。

慎一想在春也和鸣海发现这件事之前把它捡起来,便用手指去捏它,但它太小了,捏不起来。慎一又用指甲尖去夹,他立刻感受到一种特别薄的东西被他弄碎的感觉,就像在科学课上弄碎显微镜的盖玻片似的。但慎一仍然若无其事地把右手伸进凹坑,放开手指。那黑色的东西已经不动了,摇摇晃晃地沉入水底。

鸣海轻轻地叫了一声,既像说话,又像叹息。她看向慎一,慎一仍然看着凹坑,他紧绷着脸,装作什么都不知道,又开始捧起水来。不一会儿,鸣海把视线移开了,慎一觉得自己的脸像着火了一样。在捧水的过程中,这种感觉渐渐扩散到整张脸,最后蔓延到了身体的各个角落。慎一不停地捧着水,觉得全身都热得发疼。

那天,他们又烤了寄居蟹。

一开始,春也拿出来的是那只母寄居蟹,但鸣海不同意。

"它刚生完宝宝就被烤了,多可怜啊!"

春也把母寄居蟹拿到面前看了一会儿,然后把它放回水中。

"寄居蟹爸爸也不许烤哦!"

"我知道。"

春也捏出另外一只又黑又大的寄居蟹。他向岩石后面走去,慎一和鸣海跟在他的后面。

这次他们是用慎一的钥匙和春也的打火机烤的。虽然藏在岩石后面那个凹坑里的黏土已经变硬了,但还是可以用它制作宝座的。寄居蟹被烤出来后掉在地上,鸣海抓住了它,把它固定在宝座上。

慎一觉得,即使三个人一起闭上眼睛,双手合十,他的心情也不像以前那么激动了。慎一总觉得,现在只要自己一睁开眼睛,就会看见春也和鸣海一起偷偷地笑。因此,慎一没有睁眼,然而,睁眼和不睁眼同样难受。

慎一听见春也搓手的声音,紧接着,又听见鸣海那里也传来同样的声音。这段时间里,慎一一直忍受着像被自己的负面情绪活埋了一样的窒息感。

慎一闭着眼睛,不知不觉中,他全神贯注地祈祷起来。

他在心里默念着一个愿望,实现这个愿望的期待比对许愿的期待强烈得多。

慎一觉得,自己越祈祷,越有一种冷酷的喜悦,它像碳酸饮料一样在他的心湖里引起骚动。慎一觉得自己被一种莫名的兴奋所囚禁,这种兴奋渐渐呈现出清晰的轮廓,包裹住他的全身。

(六)

第二天,春也没来学校。

"富永春也怎么了?"第一节课下课后,鸣海看着春也的座位问道。

"昨天回去的时候,他看起来不像身体不舒服啊!"

"我也觉得他昨天很正常啊!"

他们没有从班主任吉川老师那里听到任何消息,上午的课就结束了。吃完午饭,慎一迷迷糊糊地度过了午休时间。第五节课上课前,他去了一趟厕所,打算回教室的时候,他看见吉川老师拿着卷起来的教学挂图从走廊的另一端走过来,鸣海走在她的旁边,正说着什么。过了一会儿,鸣海从后门进了教室,吉川老师从靠近讲台的前门走了进来。

鸣海刚看见回到教室的慎一,就快步走了过来。

"听说老师联系不上他,往他家里打电话,也没有人接。"

鸣海的脸上露出紧张的神色,她看起来非常担心春也。

"他应该没事吧。说不定,明天他就来了。"

慎一说完,鸣海的脸上闪过某种表情。不过,她为了掩饰,马上又露出了微笑。

"是啊!"

鸣海向自己的座位走去,慎一站在原地,目送着她的背影。

直到放学,春也也没有来学校。

同学们三三两两地走出教室,慎一拿着包走近鸣海的座位,说出了在最后那节课上心里重复了无数次的话。

"今天春也不在,咱们两个人还上山吗?"

然而,鸣海轻轻地摇了摇头。

"今天不行啊,我要上舞蹈课。"

看不见的手又抓住了慎一脸上的肌肉。

"你不是只在周六和周日上舞蹈课吗?"

"以前是这样……不过,上次富永春也让我在山上跳舞,我不是说在同学面前独自跳舞让我更有自信了吗?于是,我就让我爸爸和舞蹈老师给我加了课。我的练习多了,正式表演的时候,他们可能会让我跳难度更高的舞。因此,我可能没法像以前那样经常上山了。"

鸣海的回答像是提前准备好了一样。她一口气说完后,突然闭上了嘴。她有些犹豫似的停顿了一会儿,又开口说:

"利根慎一,你可以去给凹坑换水吗?"

"今天吗?"

鸣海说,她非常担心寄居蟹宝宝。

"寄居蟹宝宝比大寄居蟹弱小,水还是干净点儿比较好。它们好不容易出生了,希望它们能够健康长大吧。要是可以的话……"

"一天不换水是没关系的。"

"可能吧……可是真的没关系吗?咱们对寄居蟹宝宝的事完全不懂啊!要是早点儿问问富永春也就好了……"

慎一把涌到喉咙的话像吞石头一样吞了下去。

"那我去吧!"他回答道。

鸣海的眉头一下子舒展开来。

"我也有点儿担心。"

慎一和鸣海一起走出校门,走了一会儿,他们便分别了。慎一盯着脚下的柏油路,向"加多加多"走去,但他只是从"加多加多"的门前经过,然后就回到了空无一人的家里。他打算明天跟鸣海说"已经换过水了"。

可是,春也到底是怎么了?昨天他们分开的时候,他看起来并没有不舒服啊,难道他回家之后突然感冒了?如果真是这样的话,那就是说,慎一昨天向"寄居蟹神"许下的愿望真的实现了。难道这只是巧合?明天他也别来了吧,他就这样直接得什么重病吧……

慎一一动不动地坐在寂静无声的房间里,想了很久很久……

(七)

"我被车撞了。"

第二天早上,慎一刚进教室,就听见身后有人说话。

慎一一惊,回过头去,发现春也就站在自己的旁边。两个人之间只有三十厘米左右的距离,即使离得这么近,春也也没有看慎一。

"我的胳膊断了。"

春也的眼睛突然向下看去。他站得太近了,要追随他的视线,必须后退。

"你这是……"

春也的左臂被白布吊着。白布很薄,可以清楚地看到里面。他的胳膊肘到手腕缠着一圈圈的绷带,绷带里面嵌着石膏,绷带的边缘只露出手,手上粘着像是石膏渣一样的白色东西。他的手指尖黑黑的,脏兮兮的,他手上的皮肤十分干燥,指甲也很苍白,看起来像一只假手。

"前天,我在回家的路上一个人走着,突然从后面开过来一辆车,我完全没有注意到。"

春也淡淡地说着,像是在自言自语,没看慎一一眼。他那毫无表情的空洞的双眼,一直盯着慎一的胸口。

"路对面的海滩上,有几个大人在钓鱼。他们好像是钓到了大鱼,大声欢呼起来,兴奋地叫着。我想知道他们钓到了什么样的鱼,打算过去看一看。过马路的时候,我的身边响起了汽车喇叭的声音,还有刹车声……"

说到这里,春也用右手慢慢地摸了摸吊在脖子上的左臂。

"只有胳膊受伤,这可真是万幸啊!"

春也还是没有和慎一对视,春也此刻露出的笑容和令人恐惧的感觉一起深深地刻在慎一的心里,让他终生难忘。春也薄薄的嘴唇微微翘起,嘴唇里露出一点儿门牙,他目不转睛地瞪着一个空无一物的地方,就像眼珠的外皮脱落了似的,他的上眼睑突然动了一下。

"真好啊……你的愿望实现了!"

慎一觉得自己站在一个黑漆漆的深坑边缘,摇摇欲坠,就像是一堆堆在一起的啤酒箱一样。慎一确信,只要一个失误,自己瞬间就会被深坑一口吞没。春也轻轻地放下了抚摸左臂的右手。仅这一个动作,就让慎一的上身变得僵硬起来,随即这种僵硬感传到了双脚,慎一觉得自己更加摇摇欲坠了。他觉得仿佛有冷水从两只耳朵里灌进来,脑袋里一片冰冷,舌头像是被冻住了一样,说不出话来,就连吸进去的空气也呼不出来了,下巴开始发抖。慎一咬紧牙,但他的脸已经没了知觉,慎一也不知道自己到底有没有咬紧牙。

"这段时间,我就不上山了。我的胳膊都成这样了,让我上山,我也上不去了。"

春也的笑容只停留在嘴角,他低下头,凝视着自己的左臂。春也这个动作可能只有几秒,但慎一却觉得足足有几十秒。在这段漫长的时间里,慎一拼尽全力,让自己保持不动。

突然,春也脸上的表情消失了,就像被水冲走了一样,完全消失了。慎一完全猜不透他在想什么。这时,他才直视慎一。

"你讨厌跟我混在一起,对吧?"

如果那时候鸣海没有走进教室,如果慎一继续和春也对视,哪怕只有一小会儿,他身体里某个看不见的地方肯定就会当场坏掉——事后,慎一这么想。

"你怎么了?"

鸣海连包都没有放下,就在课桌之间穿行,以最短的距离走了过来。春也只看了鸣海一眼,就移开视线:

"你还是问慎一吧。"

慎一眼前只剩下像戴着能乐面具似的面无表情的春也,以及睁大眼睛满脸担忧的鸣海,其他什么也看不见了。

"你受伤了？骨折了？"

春也没有回答鸣海，一言不发地向教室门口走去。

"喂，富永春也！"

"我去上厕所。"

春也刚消失在走廊里，鸣海就问慎一：

"他的胳膊怎么了？"

慎一的脸又条件反射般吊了起来。他就这样一直吊着脸，把春也刚才说的交通事故原封不动地重复了一遍。除此之外，他还能做什么呢？鸣海听着慎一的描述，脸上露出了极度担忧的表情。

"他只伤到了胳膊，真是万幸啊……"鸣海回头看着教室门口，喃喃地说道，"汽车真是太可怕了！我得跟我爸爸说一说这件事！"

是春也不对，他应该查看路况，确认安全后，再过马路。这都怪他自己不小心。他当时可能是在想鸣海，也可能是在想下次要怎么赢慎一……春也走开后，慎一的恐惧感减少了一些，于是，这些思绪就像干冰的烟雾一样在他的心里弥漫开来，恐惧感也越来越淡。

在面对鸣海的时候，慎一逐渐意识到了自己对春也的怨恨和愤怒。不过，慎一知道，他不能把这些情绪表现出来。慎一清楚地记得，昨天春也没来上学而自己没有露出担心春也的表情时，鸣海的脸上那种一闪而过的表情。

"他说他的胳膊都那样了,暂时不能上山了。"

"这样最好,在胳膊养好之前,他应该好好休息。"

慎一以为鸣海要说寄居蟹宝宝的事,但是他等了一会儿,鸣海什么也没说。于是,慎一开口说:

"给凹坑换水的事怎么办呢?春也已经骨折了。"

"我也要上舞蹈课,不过也不是每天都上。"

两个人都闭上了嘴。过了一会儿,鸣海瞥了一下慎一:

"要不,今天咱们两个人去吧。今天我没有舞蹈课。"

慎一默默地点了点头,鸣海浅浅一笑,回到了自己的座位上。与此同时,春也回到了教室里,吉川老师也紧随其后,走进了教室,接着便开始上课了。

上课时,慎一的心就像水彩笔的洗笔筒一样变换着颜色。一开始是透明的,然后渐渐染成了晴朗的蓝色,那是和鸣海一起流着汗仰望的天空的颜色。接着,蓝色开始一点点地吸收别的颜色——树叶的绿色,泥土的褐色,膝盖的白色,太阳的黄色,最后变成了鲜艳得有些耀眼的橘色。

在那鲜艳的橘色之中,慎一幻想自己和鸣海并肩走着,两个人听着彼此的心跳。慎一的心像是被指尖连续敲打着一样,发出轻微的鸣响。

然而,当慎一无意中看向春也的座位时,所有的颜色瞬间都消失了。

这并不是因为春也在做什么。他只是安静地坐在椅子上,左臂用白布吊在脖子上，右手放在课桌上。那时，他能听到莳冈在教室后排座位上说话的声音。他的声音不是很大，还没大到需要吉川老师提醒的程度。慎一听不清他在说什么，也不知道他在跟谁说话……总之，在事故中胳膊骨折的春也的身影和莳冈的声音，两者重叠在一起，让慎一突然想到了一种可能。

"真好啊……你的愿望实现了。"

慎一的内心被春也看穿了，这是没办法的事。慎一清楚地知道，自己没能好好地隐藏自己内心的想法。春也说的这句话，是对慎一内心想法的一种报复——直到刚才，慎一一直是这么认为的。但是，真的是这样的吗？春也的报复，真的只有这一句话吗？

春也是不是像对莳冈那样，也对自己做了同样的事呢？

他是不是为了实现慎一的愿望，故意跑到汽车前面的呢？他是不是觉得，只有这样做，才是对慎一最大的报复呢？

一根长长的冰冷的针无声地刺进慎一的后背。这根针穿过了他的脖子的中心，刺到头颅深处。慎一无法呼吸，四肢僵硬，拿着自动铅笔的右手和放在课本上的左手渗出了汗。

是的……如果这是巧合，那也实在是太巧了！他以前为什么没有想到呢？在他祈祷让春也遭遇不幸之后，春也马上就碰巧遇到了交通事故，哪有这么巧的事呢？当然，这也不是完全没有可能，但是，和春也自己撞到车上相比，这种可能性要小得多。

那天，慎一再也没敢看春也，就连课间听到他和鸣海说话，慎一也没敢看。

最后一节课刚下课,春也的身影就从教室里消失了。

"富永春也说他要去医院。"

鸣海拿着包来到慎一的座位上。

"哎,上山之前,咱们可以先去一趟超市吗?我想买点儿零食。"

春也残酷的报复是成功的。

慎一怨恨春也,祈祷他遭遇不幸,而现在,慎一感到万分后悔,后悔得连呼吸都觉得痛苦。慎一觉得,春也的存在,对自己来说,比任何人、任何动物、任何事都要可怕!

慎一和鸣海去超市买了些曲奇饼干,然后一起上了山。他们给凹坑换了水,坐在岩石前吃曲奇饼干。当时自己说了什么,流露出了什么样的表情,慎一事后完全想不起来了,曲奇饼干的味道也忘记了。慎一甚至怀疑,那时自己到底有没有吃曲奇饼干。他唯一记得的是自己后背上的那种灼烧般的焦躁。鸣海的话比平时多,这一定不是因为她很开心,而是因为她觉得和慎一在一起太憋闷了。

"明天我有舞蹈课。"傍晚分别时,鸣海这样说道。

不过,这句话可能是骗人的。

那天他们没有烤寄居蟹。如果烤的话,闭上眼睛,双手合十的时候,鸣海一定会为春也祈祷吧。她一定会祈祷春也的胳膊快点儿好起来,然后再和他一起上山吧。

慎一回到家时,晚饭已经准备好了。

"后天是周六,我又要晚点儿回家了。"纯江一边草草地擦桌子,一边说道。

"这次也是聚餐吗?"

"不是,是要见一个人。"纯江看着自己的手回答道。

母亲是觉得总说同样的谎话不太好,还是准备告诉他真相了呢?纯江把抹布叠好,放在矮桌的一角,又晃了晃旁边的茶壶,查看里面还剩下多少茶水。她拿起茶壶往厨房走的时候,回头对慎一说:

"对不起,慎一,我会尽量早点儿回来的。"

"没事。"

慎一打开电视机,漫不经心地看着电视画面。

他觉得有什么东西正在渐渐靠近自己,将自己包围起来。

（八）

第二天是周五,时间的流逝变得相当奇怪。刚上课,下课铃就响了。他去了一趟厕所,课间休息就结束了。慎一以为下一节课是第四节课,结果看到分餐值日生已经开始穿围裙了。慎一和春也没有对视一眼,和鸣海也只是在最后一节课结束后简短地说了几句。

"那我放学后过去。"

"不好意思啊,让你一个人去。你明天告诉我寄居蟹宝宝们的情况吧!"

慎一背对着鸣海走出教室。回过神儿来时,他发现自己已经独自走在海边的路上了。

在此期间,他觉得那种被什么东西包围的感觉一直如影随形。

慎一拿着塑料袋,跨过护栏,来到海边。往礁石滩走的时候,他有种奇妙的感觉,分不清自己是在走还是在飘浮。他将塑料袋装满海水。在潮水坑的水面之下,粉红色的海葵随着水的波动摇晃着触手。

慎一捡起旁边一块尖尖的石头,用石头的尖角推着海葵,让它往旁边移动。这样重复数次之后,海葵七零八落,它那粉红色的碎片沉入水底。

慎一抬起头,温暖的风拂过他的脸颊和额头。海平线的附近漂浮着一艘渔船。乍看之下,它是静止的,但如果注视它一会儿,就能看出它在缓缓地向右移动。

他为什么总觉得那些事已经是很久以前的事了呢?放学后和春也一起来这里查看"黑洞",在"加多加多"的后面被啤酒箱"活埋",两个人一起放声大笑,和春也一起爬建长寺的后山,一起在八幡宫的人群中欣赏静之舞……

慎一站了起来,脱下鞋袜,卷起裤腿。在哪里呢?最后一次,他们将它放在哪里了呢？慎一一边回想，一边在沙滩上来回踱步，查看着水底。

慎一在一处阳光能照射到的地方找到了"黑洞"。它本来是放在礁石后面的，可能是被海水冲到了这里。慎一把它捞起来。透明的塑料瓶里满满当当的，慎一刚开始没看清楚，靠近一看，终于看清楚了。塑料瓶里有许多死掉的沙丁鱼，它们的身体破烂不堪，像做钓饵用的蚯蚓一样，互相挤压着纠缠在一起。

慎一把手伸进"黑洞"的洞口里，把倒着插进去的塑料瓶的前端拔了出来，沙丁鱼的尸体一股脑儿地都涌出来了。它们那滑溜溜的身体擦过慎一的右手后掉落在他的脚边，散发出臭鸡蛋的气味，在水里闪着白光。

不一会儿，所有沙丁鱼都漂上来了，它们的肚子朝上，随着海水的流动，一会儿聚集到一起，一会儿分开，慢慢地移动着。

被什么东西包围着……

那到底是什么东西呢？慎一说不清楚，只是觉得自己快要无法出去了，这种感觉在他的心里越来越强烈。如果要问他无法从哪里出去，他也只能回答是"这里"。而"这里"是一个他自己以前完全不知道的全新的世界，这里的时间也好，情感也罢，一切都是模糊的。

慎一觉得心里无比舒畅。

他的鼻子吸入了散落在水面上的沙丁鱼的臭味，它们虽然闻起来臭，但他并不讨厌这种味道。他还记得上小学后的第一个冬天,他因感冒而发了高烧,现在的感觉跟那时候很像。母亲在起居室里给他铺好了被褥,他躺在里面,全身无力,只是从微微睁开的眼皮缝隙中望着白色的天花板。

那时,他觉得整个世界都离自己很遥远,讨厌的事情,麻烦的事情,都与他无关。虽然当时他身体乏力,但不知为什么,只要这么一想,他就觉得自己随时可以跑起来,飞起来,跳起来,而且,比以前任何时候都要更快,更高,更强。

慎一觉得全身的皮肤都痒痒的,皮肉之间有什么东西在骚动着。他的体温虽然没有变化,但他的血液似乎已经沸腾了。慎一用力挥动右手,拍打着漂在水面上的沙丁鱼群。沙丁鱼的尸体已经软塌塌的了,它们在他的手指间破碎,尖锐的鱼刺触碰手指,在他的皮肤上留下滑溜溜的像色拉油一样的触感。

慎一在海水中搓了搓手,把它洗掉,然后回头向山上望去。

群山连绵,绿意正浓。山顶附近有一棵西蓝花形状的树,树的后面是浮着几缕薄云的万里晴空。这一切看起来就像一幅画,这幅画的前后仿佛什么都没有。

慎一从海水里走出来,湿着脚穿上了袜子和鞋。他拿起装着海水的塑料袋,再一次仰望那座山。他就这样一直仰望着那座山,走在熟悉的礁石滩上。慎一觉得不是自己在走向那座山,而是山在向自己靠近。

他跨过护栏,过了马路,来到了"加多加多"的后面。

慎一到达山顶后发现,虽然凹坑里的水已经温热了,但寄居蟹宝宝们依然很精神地游着。它们稍微变大了一些,颜色似乎也深了一点儿。慎一把凹坑里的水捧出来,轻轻地把海水倒了进去。

水底有几只寄居蟹在爬来爬去,其中也有寄居蟹宝宝的父母——那只母蟹和那只公蟹。慎一把手伸进水里,把那两只寄居蟹捏了起来,它们迅速地缩回螺壳里。

如果这两只寄居蟹没了,鸣海应该会难过吧。

慎一把这两只寄居蟹扔回水里。他抓了另外一只寄居蟹握在右拳里,绕到了岩石后面。他从岩石后面取出打火机,从口袋里拿出自己家的钥匙。

他从来没有一个人烤过寄居蟹。他自己能做好吗?慎一把寄居蟹放在钥匙孔里,右手将打火机点燃,靠近钥匙。这时,微风吹过,打火机的火苗摇晃着。慎一移动钥匙,把它放在倾斜的火苗顶端。可是,风改变了方向,火苗的顶端又动了。这样被迫玩了几次你追我赶的游戏之后,风突然变大,火苗被吹灭了。

慎一再次点燃了火,可火苗还是不停地晃动,在把寄居蟹的螺壳烤热之前就熄灭了。慎一正要放弃,却看见他的前方有一堆枯叶。它们可能是偶然被风吹过来的,许多褐色的叶子聚集在灌木丛的根部。

慎一拿着寄居蟹和打火机,向那里走去。他把脚伸进灌木丛里,把枯叶拢到跟前,然后他又把脚伸过去,又拢了一次。重复了许多次这样的动作后,慎一在岩石旁边堆出了一座小小的

"枯叶山"。

他点燃打火机,把靠近"山顶"的枯叶点着了。

火以惊人的速度,从最开始点着的叶子迅速燃烧到周围的叶子,然后蔓延到整座"枯叶山"。白烟升腾而起,从岩石的侧面向上爬去。打火机的火苗在白天的阳光下看不清楚,但枯叶燃起的火焰呈现出深橙色,他可以清楚地看到火焰伸出好几个尖头,像舌头一样不停地舔着空气。

枯叶"噼啪"作响,火焰平稳地燃烧着,烟笔直地上升。

慎一右手拿着放着寄居蟹的钥匙。火焰太大了,在钥匙上面烤寄居蟹肯定是不行的。慎一左思右想,最终把寄居蟹放在地上,使螺壳口朝向自己,再用打火机的底部推着寄居蟹,让它靠近"枯叶山"的边缘。这样的话,就只有螺壳的尖端变热,寄居蟹肯定会爬出来的。

他等了一会儿,螺壳微微动起来。不久,这只蟹钳粗壮的寄居蟹露出半个身子,又立即缩了回去。慎一的身体前倾,蹲在那里,右手摆好姿势,做好了随时抓住它的准备。它会朝慎一跑过来吗?它会知道前面有人,要往旁边逃跑吗?然而,这两种情况都不是。

寄居蟹从壳里迅速爬出来,突然转身跑了出去,像一个要逃进山里的逃兵。它摇晃着歪斜的身子,快速冲进枯叶之中。

"啊!"在慎一叫出声的时候,寄居蟹已经置身火焰之中了。

慎一看到寄居蟹好像飞了起来,虽然那高度并不算高。寄居蟹像蜘蛛一样,像被雷击中的人一样,在扭曲的变黑的叶子上,在熊熊燃烧的火焰中,全身痉挛着。它的两只蟹钳颤抖得厉害,看上去竟像有四只或六只蟹钳。

不一会儿,它那两只蟹钳的颤抖渐渐变慢,其他几只乱动的蟹腿也像慢镜头中的影像一样,放慢了动作,它们几乎同时变得僵硬,停止了颤抖,只有它那灰色的肚子还像青虫一样左右摇晃着。

慎一睁大双眼,凝视着寄居蟹,在不知不觉中,他的双手已经在胸前合十了。寄居蟹趴在那里,肚子摇晃着,摇晃着……突然,它的肚子爆开了,周围的火焰"啪"地变红了。与此同时,慎一闭上了眼睛。

火焰继续燃烧着,把他的额头都烤热了。寄居蟹就在那里,像一只小小的蝉蜕一样,在火焰之中变硬了。它应该比之前任何一只寄居蟹都要硬吧。在它被烧得焦黑、彻底消失之前,慎一许下了愿望。他把合在一起的双手紧紧贴在烤热的额头上,向"寄居蟹神"许了愿。

"我想待在这里,永远待在这里。"

"不想回去。"

过去的种种都在燃烧,它们在热气中融化,渐渐消失。抚摸着吊起来的左臂、在教室里注视自己的春也的眼睛,因为他没担心春也而责怪他的鸣海的目光,爷爷滑溜溜的塑料做的假腿,靠在副驾驶座上的母亲的侧脸,在病床上坐着的父亲的身影,爷爷突然翻开的下唇,和春也一起去听十王岩呻吟时的激动心情,在夜晚的桥上和鸣海偶遇,月光下鸣海那白皙的额头,乘着夜风飘向他的柔软香气……

在这些渐渐消失的同时,包围着慎一的东西无声地膨胀起来,填补着空隙。空隙被渐渐填满,他的呼吸变得轻松起来,仿佛缩紧的肺又恢复到了正常的大小。

他闭着眼睛,双手合十,像即将入眠一样,全身充满了轻柔的安宁。他觉得自己仿佛是在浑浊而温暖的水中过着平静生活的小生物,有种"在这里谁也找不到我"的轻飘飘的安全感。

(九)

"寄居蟹宝宝的身体很好哦!它们长大了一些,颜色更深了,它们的游泳技巧也提高了!"

第二天是周六。早上,慎一主动跟走进教室的春也说话,春也露出了惊讶的表情,然后点点头,扭开了脸。

"是啊,它们也出生很久了。"

"鸣海特别期待它们长大呢!前天,我们一起去的时候,鸣海一边吃零食,一边看着寄居蟹宝宝……啊,她来了!"

慎一在教室门口看到了鸣海,便走了过去,把凹坑的情况又跟她说了一遍。

"看来它们都长得很好啊!再长大一点儿,它们可能就需要螺壳了。咱们最好问一下春也该怎么办。"

慎一回头看向春也,同时春也的头动了一下,他的双眼隐藏在刘海儿后面。他一边保护着吊起来的左臂,一边用右手从包里取出课本和铅笔盒。慎一就这样看了他一会儿,发现春也不再看这边了。

"利根慎一,你今天去吗?我今天有舞蹈课……"

"去呀!我回家吃完饭就去。那是个消磨时间的好去处呢!下周一我再跟你说寄居蟹宝宝的情况。"

鸣海微笑着点了点头,但她的笑只停留在嘴角,两只眼睛里却浮现出疑惑。

"你要好好上课哦!可以的话,下次再让我看看。"

"什么啊?"

"跳舞啊!你上次跳得很好啊!"

什么都能说出来了,什么都能做出来了!以前总是因为一些小事就生气烦躁,而现在,那些惶惶不安、满腹怨气的日子,已经成为回忆了。慎一的身体和声音,听觉和视觉,仿佛已经不是他自己的了,他甚至觉得自己可以在成群飞舞的蚊子群里深呼吸了。

"你的手指好些了吗?"

慎一甚至去和莳冈搭话。

"多喝点儿牛奶,多吃点儿小鱼吧!"

莳冈似乎觉得被慎一搭话本身就是一种耻辱,他使劲儿鼓起了脸,本来就宽大的脸看起来更加宽大了。莳冈移开视线,一言不发地背过身去。他的卷发剪得很短,让后脑勺看起来像是假的,慎一本来想开个玩笑,"啪"地拍他一下,不过最终还是放弃了。

课间休息时,慎一上完厕所回来后,发现课桌抽屉里有一张叠起来的信纸。他早就料到今天会收到这张信纸。

慎一拉开椅子,坐了下来。他把信纸在课桌的桌面上摊开,手掌使劲儿擦着信纸,认真地把折痕压平。这张信纸可能是用剪刀从笔记本上剪下来的,纸的边缘有剪刀剪下后特有的锯齿。信纸中央的字依然写得很难看,上面只写了"去死"两个字。

慎一觉得从自己的鼻子和嘴里同时发出了某种声音,刚开始,他不知道那是什么声音,不过他马上意识到,是他自己不由自主地笑出了声。他不露声色地环顾四周,眼前是舞台布景般的教室,以及像木偶一样没有表情的同学们。慎一把这张称不上是信的纸攥成一团,往教室后面的垃圾桶里扔去,纸碰到了垃圾桶的边缘,掉在地上。慎一苦笑着走过去,将其捡起来。

放学后,慎一跟鸣海和春也轻声打了个招呼就离开了学校。

他跟鸣海说自己会去给凹坑换水,这是骗她的,慎一根本没打算上山。就算一两天不管,寄居蟹宝宝们应该也不会死。如果它们死了,他就说自己换过水了,但它们还是死了。他们又看不见,没有人知道真相。慎一觉得周围的空气变成了温热舒适的液体,自己的身体在这种液体中无比轻松。

回到家,慎一看到厨房里有味噌汤和炖鱼,还有纯江留下的字条,字条上面写着:"午饭是这些菜和电饭锅里的米饭。"晚饭好像是其他的食物,已经放在冰箱里了。慎一这才想起来,母亲说她今天又要晚点儿回来了。

慎一加热了一下味噌汤和炖鱼,吃完了午饭,然后躺在起居室里,看了一会儿电视。他看的电视频道一直在播放无聊的综合新闻节目,于是慎一换了一个频道,那个频道的新闻节目正好在报道职业棒球联赛的消息。

可是不知为什么,新闻主播像是在讲外语,不管慎一怎么盯着画面看,那些内容都无法进入他的脑袋。甚至在播放慎一喜欢的选手的采访时,他也完全听不懂那位选手在说什么。最后,慎一听烦了,便用脚关掉了电视机。

慎一平躺下来。他枕着双手,一动不动地盯着木制天花板,过了一会儿,竟觉得天花板在渐渐朝自己逼近。他抬起眉毛,重新看了看天花板。那只是他的错觉,天花板根本没有动。

时间流逝的反常仍在继续。慎一明明只是在看着天花板,等他回过神儿来,发现枕在头下的双手已经麻木了。他还是平躺着,把手放到胸前,抱起胳膊,继续望着天花板。

从窗帘的缝隙里照射进来的光线,每次看,其角度都会发生改变,光线越来越长。光线变得很长的时候,慎一的脚用力一蹬,他站起身来,出了家门,骑上自行车。当他刚要开始蹬自行车踏板时,突然想起自己忘带了一件重要的东西。于是,他返回家中,从房间的抽屉里取出了鸣海家的汽车钥匙。

慎一在小路上飞驰着,身边的风景淡淡地流动着,就像一台摄像机在径直向前移动一样。前后左右的景色都与他毫无关系,能这样想,让慎一感到很开心。慎一的嘴角泛着微笑,他的脚猛踩踏板。他骑到海边的那条路上,从"加多加多"的旁边经过,从仿佛飘浮在空中的那家餐厅的拐角处转了弯,径直向前骑去。

(十)

"纯江,这里不行啊!饭菜不行,太难吃了!"

第二天是周日。下午,慎一和纯江一起去了横滨的医院,看望昭三。

"不过,这只是暂时的呀。"

"昨天早上,小沙丁鱼萝卜泥里竟然有这么大一块萝卜!这萝卜泥根本就没有好好做嘛!"

昭三坐在病床上,用手指比画着。

"炒羊栖菜也是,没什么味道,也不放豆子。难道大城市的厨师做羊栖菜都不放豆子?"

"爸……"

纯江提醒他,帘子那边有人。昭三用鼻子哼了一声,扬起下巴。

"所有人都在抱怨这里的饭菜!大家都说,因为大医院没有真心为患者着想,所以根本做不出好吃的饭菜。不过,没有患者对医院的人明确地说过这些话,要是说了,把医生给惹生气了,看病的时候就……"

昭三皱着眉头,两只手的食指交叉在脸前比了一个"×"。

纯江不知所措地低下了头。昭三可能是意识到自己说得确实有点儿过了,便移开了视线。

"哎,慎一,你今天格外安静啊!"

"是吗?"

"这里虽然是医院,但是你不用这么安静啊!你不是来看望我的吗?多少说几句话啊!"

慎一笑着点点头。他只是在回想昨晚的事而已。

"爷爷,下次我给你买那个吧……就是那种沙丁鱼骨做的零食。有了零食,饭菜的事就能忍一忍了吧?"

"你说的是鱼骨仙贝吗?啊,你小子很细心嘛!吃了那些东西,这里也能快点儿康复吧。鱼骨仙贝里含钙嘛!"

昭三指了指头上被网帽压住的纱布,好像在炫耀似的。

"不过,很快就要到三伏天了,我应该不会在这里待到那个时候吧?我估计,三伏天的饭菜比现在的更难吃。"

昭三似乎是想寻求赞同,在说最后一句话的时候,转头面向旁边的帘子,却没有得到其他病人的回应。

"真想在夏天'哧溜、哧溜'地吃牡蛎啊!把它们冰得凉凉的,一边看新闻,一边吃。"

纯江的嘴角露出微笑,点了点头。拢在耳后的发丝滑到脸颊旁边,她又用指尖将其拢回耳后。今天母亲的这个动作和以前的完全不一样。或许,这只是慎一的错觉。

"哎,慎一,快坐下!那里有椅子。纯江也坐下吧!"

慎一和纯江打开了放在病床边的折叠椅,并排坐下。然后,昭三又抱怨了一会儿现在的医院,夸了一会儿以前的医院。他疑惑不解地问,自己为什么要住这么长时间的院。纯江用一些无关痛痒的话回答他。而此时,刚才回想的事又开始在慎一的脑海里盘旋。

昨晚,慎一再次潜入了鸣海的父亲的车里。

他这次的心情和上次的心情完全不一样。这一次,慎一完全不担心被鸣海的父亲发现,也不害怕车开到一个陌生的地方。总会有办法的——他脑海里的大部分空间都被这种念头所占据。

今天,母亲也一定会坐在副驾驶座上,他们两个人一定又会在海边的路上窃窃私语,接着,他们肯定还会发出那种黏糊糊的声音。慎一的脑海里想的全是这些。

果然不出所料。

汽车载着藏在后备厢里的慎一驶出公司的停车场,车在几个地方停了几次,每次停车,鸣海的父亲都会拿着包离开驾驶座。接着,他会在十几分钟或更短的时间内回来。慎一躺在后备厢里,闻着被油浸透的毛巾的气味,等待着母亲坐进车里。

傍晚时分，纯江坐上了这辆车的副驾驶座。由于引擎的声音太大，他还是听不清他们说了些什么，但是慎一觉得，这次他们两个人的话明显多了起来。

车又开了一会儿，停车的时候，太阳已经落山了。慎一迅速起了一下身，从后车窗向外看了一眼，确认了一下周围的环境。确认完，他立刻躺了回去。他不知道这里是不是他上次跟车来过的那个地方，但和上次一样，这次，他也看到了像深洞一样漆黑的海。

两个人的对话间隔渐渐变长，不一会儿，慎一就断断续续地听到了那种黏糊糊的声音。在慎一觉得差不多该停止的时候，那声音又持续了一会儿。

鸣海的父亲低声说了一句什么，但是母亲没有回应。他又用完全相同的语调说了一句，大概是重复了一遍刚才的话。慎一以为这次他也不会得到回应，但过了一会儿，慎一听到纯江小声地说了一句话，接着，两个人又说了几句话。

今天他们也会从车里出去吧？也会并肩在海边散步吧？

但是，引擎声突然响起。车稍微后退了一下，开到了路上。接着，车没有转弯，似乎是沿着海边的路一直向前开去。车要开到哪里去呢？慎一躺在后备厢里，越过后车窗，眺望着星空。

不久，车在一条路的拐角转弯了。然后，它便缓慢地前进着，车身摇晃了一下，接着，传来"嗵"的一声，他能感觉到车轮越过台阶时的震动。这时，慎一忽然看到后车窗外面有一座拱门，那拱门发出黄色的灯光。

一座建筑物的墙壁快速掠过后车窗,散落着星星的天空不见了,他的眼前突然一片漆黑,但是,马上又有荧光灯的白光刺痛了他的眼睛。车向前行驶,明亮的荧光灯从后车窗外面经过,使慎一感到头晕目眩。

车头转向右边,减速后停了下来,但马上又开始倒车。车的移动速度渐渐变慢,不一会儿便完全停下来了,接着,慎一听到了拉手刹的声音,车熄火了。

"咔嗒"的声音响了两次,他们大概是解开了安全带。

他们没有说话。两边的车门几乎同时打开,一扇车门先关上了,过了一小会儿,另一扇车门也关上了。"吧嗒"一声,所有的车门同时被锁上了。

为了慎重起见,慎一大概有一分钟没动。

过了一会儿,慎一觉得差不多了,便轻轻地起身,向车窗外看去。他发现这里是某个室内停车场。停车场里停放的车不多,空闲的车位挺多。停车场里没有那两个人的身影,慎一也没看到其他人。他的眼前有一个镶嵌着磨砂玻璃的门。鸣海的父亲和慎一的母亲就是从这里进去的吧。门上既没有按钮,也没有把手,这扇门看上去好像是一扇自动门。

慎一一边小心不让鞋踩在座位上,一边翻过了后座。他打开右侧的门锁,肩膀紧贴着车门,轻轻地推开它。车的周围飘散着汽车尾气的气味,以及笼罩在四周的冰冷的混凝土和灰尘的气味。这是哪里呢？他们打算在这里购物吗？

慎一确认周围没有人后便下了车。他原本打算从那扇磨砂玻璃门进去，但他担心自己打开门后发现有人在那里——母亲和鸣海的父亲可能会在那里。慎一决定先弄清楚这是哪里。他从停车场横穿过去，寻找通往外面的出入口。他的眼前突然出现了一个长方形的洞口，其宽度刚好能让两辆车交会驶过。洞的外面很黑，但能看见围墙和围墙边的植物。

慎一从这里穿过去，回过头去，仰头看了看自己刚刚走出的这座建筑。白墙上面，方形的窗户整齐地排列着。从窗户的数量来看，这好像是一栋五层的建筑。这里既不是商店，也不是餐厅……难道这是一栋公寓？

慎一沿着围墙，朝着能听见车来车往的声音的方向走去，那边好像是马路。前面有一座看上去有些俗气的拱门，那拱门上的灯正发着光，这应该就是刚才车穿过的那座拱门吧。发出黄色灯光的几个长方形逐个相连，每个长方形里都有一个红色的字，那些字连起来是"谢谢惠顾"。穿过拱门，慎一回头看去，拱门的另一边写着"欢迎光临"。

慎一在围墙的尽头看到了一条小路。他走到那里，又回头看了一眼身后。

啊，明白了！

慎一终于知道这座建筑是做什么用的了。

"纯江,有一件事……"

慎一的回忆突然被昭三的声音打断了。

爷爷没有看母亲,而是在看慎一。

"还有慎一……"

"什么事?"

"什么事啊,爷爷?"慎一问道。

但爷爷没有回答,而是对纯江说:

"我想跟慎一单独说说话,一小会儿就行……你好不容易来一趟……抱歉啊……"

"没关系!"

纯江语调上扬,似乎有些惊讶。她从折叠椅上站起来,离开了病床边,她的紧身裙里露出的穿着长筒袜的双腿,轻轻地碰了一下慎一的腿。她走出门口,回头看了一眼,和慎一的目光相遇后,她有些为难地微笑了一下,便消失在走廊里。她的脚步声越来越小。

"慎一……"

听到爷爷叫自己,慎一的视线回到昭三的身上。昭三的表情像是在看细小的文字,他眉头紧锁,目不转睛地看着慎一。他到底要说什么呢?慎一见他没有继续说下去的意思,刚想开口说话,却听到昭三说:

"你昨晚睡得好吗?"

慎一想起自己今天凌晨才睡着。

"挺好的！"

"是吗？"昭三只说了这两个字。

昨晚，慎一从那座建筑的大门出来之后，在海边的路上走了很久。他向着鸣海的父亲上班的地方走去，骑上自己放在那里的自行车，回到了空荡荡的家里。

在那段时间里，慎一一直在想象一个画面……

鸣海的父亲正在被一只形状怪异的螃蟹啃噬，他浑身是血，凄凉地死去……慎一的脑海里反复播放着这个画面。他走完了漫长而黑暗的夜路，一点儿也不觉得累。

"你没有什么事要跟我说吗？"昭三用和刚才一样的语气问道。

"没有啊！什么也没有！"

慎一笑着回答，但昭三的表情还是没有变化。

"我可不是今天才认识你……你跟我说说吧。"

"没有啊，我都说了没有！"

慎一咂了一下嘴，昭三的表情动摇了。他突然睁大双眼，噘起嘴唇，就好像孙子的脸上趴着一只小虫似的。

"是你想多了！爷爷，我的事，你也不了解呀！上次鸣海的事，你不也是不了解吗？就是因为不了解，你才变成这样的啊！"

慎一用下巴指了指昭三戴着网帽的头。

"那些事就不要说了。"

每次似笑非笑地说话时，慎一的心就一跳一跳地疼，就像猛地摇晃松动的乳牙一样。慎一和昭三对视着,等着昭三说话。慎一准备等爷爷说些什么,然后反驳回去,但是昭三突然做出了放弃的表情,目光落在白色的被子上。

"你的肚子里可不要长出奇怪的东西啊!"

昭三的声音听起来不像是对慎一说的,而像是对被子或是对被子上那布满皱纹的手说的。他的脑袋里明明长着正在膨胀的血块,还说这样的话。慎一觉得爷爷简直就像是在开玩笑,但他笑不出来。

"咱们的约定,你还记得吗?"

昭三又抬起头,他的目光和慎一的目光相遇。慎一想不起来那到底是什么约定,但他想尽快结束对话,就点了点头。

昭三似乎不相信他还记得,便继续说:

"如果你遇到解决不了的事一定要跟大人说,跟我说也行,跟你妈妈说也行。"

"我知道。"

慎一扬起嘴角,眯起眼睛,点了点头。昭三的视线在慎一的脸上停留了几秒,然后他也点了点头,看向别处。

"不知道你妈妈还在不在走廊里,我突然把她赶出去,真是过意不去啊!"

"我去叫她。"

慎一站了起来,走出病房。

他的脑海深处传来耳鸣似的声音。慎一觉得自己好像一直都能听见这声音。这是一种连续不断的金属声,声音的音调特别高,但它没有高低起伏,就像一根长长的针,在同样的高度一直持续下去……

纯江坐在走廊里的长椅上,她把两只手叠放在腿上,一动不动,她好像在想着什么,回忆着什么。慎一靠近她,她都没察觉。她应该能听到他的脚步声,但她并没有朝这边看。他又靠近了一点儿,她还是没发现他。他再近一点儿,她依然没发现他。

这时,慎一感觉到,那些包围着自己的东西突然变得稀薄,马上就要露出空隙。他在紧要关头意识到了这一点,立即停住了脚步。停下后,那些变稀薄的东西又慢慢地变厚了,严严实实地包围着他。

纯江抬起头,向这边看过来。

"爷爷说可以了。"

慎一笑着向纯江走去。

(十一)

凹坑里的寄居蟹宝宝们正在茁壮成长。

它们已经长到五毫米长了。它们快速地游动着,不时地在水底做出寻找什么东西的动作。慎一说,它们是在找藏身的螺壳吧。春也摇了摇头说,还早呢。

"它们只是在吃苔藓。"

春也似乎很后悔就这样跟慎一开口说话。他皱起眉头,移开视线。

那天,慎一和春也两个人一起上了山。他们已经好久没有一起上山了。

这是春也手臂骨折以来第一次上山。

最近,鸣海因为有舞蹈课,放学后常常一个人离开学校。不过,没有舞蹈课的时候,她就会和慎一一起上山,给凹坑换水,观察寄居蟹宝宝,吃点儿零食,一起度过傍晚的时光。

对那种情感上被层层青苔覆盖着的朦胧感觉,慎一已经习惯了,因此,即使和鸣海单独在一起时,他也不像以前那样心跳加速,不再看着她的某一个动作出神了。这让慎一轻松了许多,而鸣海和这样的慎一在一起,似乎也非常愉快。鸣海依然非常在意和她父亲约会的那个女人。有时候,她会焦急地说:"好想知道她是个什么样的人啊!"但慎一一直没有将事实告诉鸣海。

慎一的课桌抽屉里还是会出现那样的信,大概两天一次。那是用剪刀从笔记本上剪下来的纸,纸上总是毫无新意地写着"去死""别来学校了""杀人犯的孙子"等内容。慎一每次看见这种信,都会将其揉成一团扔进垃圾桶,而现在就连这样做,他都觉得麻烦,最近,他都是直接将信放在课桌抽屉里。

上课时,就算看到那些摞在一起的信,慎一也不会感到悲伤和懊恼。相反,他甚至为自己没有产生这些情绪而感到开心。

"起风了啊!"

慎一把脸转向春也,但春也没有说话。春也就像嘴里含着难以下咽的难吃的食物一样,喉咙用力绷紧,紧闭嘴唇,一动也不动地低头看着凹坑。

今天是慎一邀请春也一起来的。

"虽然你的胳膊骨折了,但是天天待在家里多无聊啊!和我一起上山吧!"

春也刚开始是拒绝的,说自己只靠一只手没办法上山。慎一不肯罢休,说没关系,不好走的地方,他会拉着春也的手往前走,或者从后边推着他往前走。然而,春也还是没有答应。

"你去那里时不用再叫我了,我不想去那个地方了。"

"那里让你觉得腻了吗?"

听到慎一这么问,春也想了一下,回答道:

"嗯,腻了。"

"腻了也没关系啊!就当你陪我去吧!今天鸣海好像有舞踊课,去不了了。"

春也那双藏在刘海儿后面的眼睛显得有些烦躁,他盯着慎一,没有动。其实,慎一邀请春也上山另有目的,但他信心十足,无论春也怎样盯着他的脸,他也绝对不会让春也看穿自己。

"就今天这一次,去吧!"

春也终于动摇了,勉强地点了点头。

于是,放学后,他们一起走出了学校。

在上山的过程中,春也始终没有让慎一帮忙,一次也没有。

无论慎一如何想帮他,他都用动作拒绝了。他全程靠自己来到了岩石边。他的全身都弄脏了,连左臂的绷带也沾上了土。

"这块岩石会不会叫呢?回想一下,咱们从来没有听到过这块岩石叫呢。"

春也点了点头,但动作幅度极小,不留心根本看不出来。

从刚才开始,慎一一直在寻找合适的时机说出某件事。

在什么时候、用什么样的方式说出来效果最好呢?是委婉地说出来好,还是直接嘲讽地说出来好呢?抑或是突然站起来盯着他,用食指指着他,冲他大吼?春也一直盯着凹坑不说话,一动不动。慎一终于忍不住了。

"喂,春也……"

慎一跟他说话,他也没反应。不过,这样反而更好。接下来从他的嘴里说出来的话,他恐怕想都想不到吧。正因为如此,他才能保持那样的态度。慎一觉得自己仿佛变成了一只螺壳,被打火机烤热肚子的寄居蟹马上就要从口中跳出来了。它正挥舞着锋利的蟹钳,赤条条地扑向春也。

不过,慎一还是重新考虑了一下,决定先给他亮一下蟹钳的尖头。

"你写那些信有意思吗?"

春也还是没有任何反应。

慎一的心里有些疑惑。他是在硬着头皮撑着,还是惊讶得不能动弹了呢?

过了很久，春也的脸才慢慢地转向这边，他突然看向慎一。当时春也的脸略微有些僵硬，这没有逃过慎一的眼睛。

"你说什么？"

"我是说那些信。"慎一面无表情地说道，他的脸上既没有愤怒，也没有笑容，"你对我做这些事，有意思吗？"

一阵风吹来，两个人的衬衫随风飘动。在慎一的视野的边缘，凹坑里的水泛起微波。他们对视着，谁也不说话。春也想要转开脸，慎一却想把他的视线拉回来，便继续说：

"你那么做，我觉得很恶心！"

慎一的语气里充满训诫，因为他觉得，这样才能伤他更深，才能让他感到羞愧。慎一感到一种残酷的兴奋，仿佛自己正在用锯子锯他的心。

他是什么时候发现真相的呢？

春也紧闭嘴唇。慎一注视着他的脸，回忆起来。

他好像一直知道写信的人是谁，又好像是最近刚刚发现写信的人是谁。那些信纸以前是用手从笔记本上撕下来的，后来是用剪刀从笔记本上剪下来的，慎一大概就是那时候发现的，因为信纸更换裁剪方式的时间和春也的胳膊受伤的时间是一致的。

确切地说，慎一不是那时候发现的，而是那时候确定的。慎一第一次怀疑春也是什么时候呢？他是从什么时候开始装作不知道而放任春也的呢？

267

不过,这些事已经无所谓了。现在,慎一只想对眼前的春也实施最残忍的报复。

"你总是做这样的事,不觉得羞耻吗?"慎一冷笑着说道。

他在等待春也恼羞成怒。春也会涨红脸并瞪着他,还是会脸色发青地移开视线,永远沉默下去呢?都不是。

春也面无表情地转过脸去,右手一下子伸进凹坑里。

"喂,春也……"

"哎,寄居蟹小的时候真好看啊!"

春也从水中抽回手,放在眼前仔细地看着。

"我从来没有这么仔细地看过它们呢!在以前的学校时,放学后,我也经常独自观察海水。我看到过许多寄居蟹宝宝,可是,不拿到眼前近距离观看还是不行啊!"

春也想转移话题,把那件事搪塞过去,慎一不允许他这么做!慎一深吸一口气,打算说一些更具攻击性的话,但春也继续说:

"你不觉得寄居蟹很不可思议吗?它们是什么时候开始需要螺壳的呢?它们幼小的时候,不是都没有螺壳吗?因为没有螺壳,所以,它们能够敏捷地游来游去,对吧?背上螺壳以后,虽然它们可能会更安全一些,但是它们就不能自由自在地游泳了。到底哪一种生活方式才更好呢?"

一只寄居蟹宝宝在春也的掌心里爬来爬去,它扭动着身子,到处寻找水源。春也把它拿到面前,目不转睛地看着它,但他的视线焦点是模糊的,仿佛在看某种非常遥远的东西。

"我小时候也是这样的。"

他到底想说什么?

"小时候的照片上的我没有伤痕,笑得特别开心。"

和这些事没关系,他们现在正在说信的事——那些春也塞进慎一课桌抽屉里的让人恶心的信的事!

"春也……"

慎一刚要说话,春也突然握紧右手。寄居蟹宝宝被他捏碎了。等他再次摊开手掌时,他的手里只剩下一些黑色的碎渣。

"以后不会了,"他的声音有些嘶哑,"你放心!"

春也还是没有把脸转向慎一,他又把右手伸进凹坑里。当他抽回手并摊开手时,他的掌心里有两只新的寄居蟹宝宝,它们挨在一起,扭动着身子。春也许久没有说话,只是用疲惫的双眼注视着寄居蟹宝宝。它们在他的掌心里笨拙地扭动着。

"所有的人都很讨厌,"过了一会儿,春也低声说道,"家里的人很讨厌,学校里的人也很讨厌,他们都不跟我说话!"

这些都是借口。家里的人可能确实很讨厌。但是在学校里,他可以跟慎一聊天儿呀!他们两个人的关系非常好呀!

慎一说了这些之后,过了一会儿,春也点点头。

"我很感激你,一直都很感激你!"

"那为什么……"

"我也不知道。"

春也握紧拳头,掌心里的两只寄居蟹宝宝粉身碎骨。

"我自己也不知道,我不知道自己为什么要往你的课桌抽屉里塞那样的信。我没骗你,我真的不知道!"

春也用指尖摆弄了一会儿破碎的寄居蟹宝宝,然后将手往吊在脖子上的白布上擦了擦。

"四年级开学的第一天,不是只有咱们俩背着书包去学校了吗?第二天,我就把书包换成了运动包,但你还是背着原来的书包。那时候,我不愿意在教室里让你看见我的运动包,也不愿意看到你故意不看我的运动包的样子,因为从一开始你就对我很好。"

寄居蟹宝宝变成了断断续续的黑线,残留在他那吊着手臂的白布上。

"我胳膊上的伤,其实不是事故造成的……"

他的声音异常空洞,他仿佛放弃了什么重要的东西。

"那是我爸打的。我说,我不想再当这个家的孩子了,然后我就被打了。太疼了,我当时以为我要死了。"

春也把手伸进凹坑里,又捉了一只新的寄居蟹宝宝。

"你心里想的事,我都知道。我知道你开始讨厌我了。那次我们在这里闭着眼睛、双手合十的时候,你是在祈祷让我遭遇不幸,对吧?我变成什么样都无所谓,但是,如果被你讨厌了,我就一无所有了。"

春也用鼻子深深地吸了一口气,仿佛要给身体换气一样。

"那时候我就在想,我要实现你的愿望。因此,我反抗了我爸,被他暴打了一顿。"

春也又攥紧了右手。

"不过,现在想想,这可能只是一个借口吧。也许,我只是想真真正正地反抗我爸一次,说出我一直想说的话吧。"

春也缓缓地摊开手,寄居蟹宝宝仍然在他的掌心里微微地动着。春也随意地把手往裤子上抹了抹。

"我爸总是做不好自己的工作。这是很久之前,我在半夜里听到他跟我妈说的……他们可能以为我睡着了,可是他们说话的声音那么大,谁还能呼呼大睡呢?"

春也像枯萎的植物一样弯着腰,手搭在凹坑的边缘。

"为什么这么糟糕呢?"

他一边用指尖无聊地弹着水面,一边喃喃自语。

"为什么一切都这么糟糕呢?"

突然,春也举起握紧的右手,似乎要打自己的脸,慎一不明白他要干什么。

"怎么办?我受够了!"

他的右手手背碰到了脸上。

这时,慎一才知道,春也是在擦眼泪。他把脸转向了另一边,慎一看不见他的眼睛。

慎一转过脸去。

被青苔覆盖的情感中,有什么在大声叫喊。可是,慎一不想听到这种叫喊。他下巴用力,紧闭双唇,盯着眼前的岩石,视线追随着岩石表面的曲线起伏着,他想把注意力集中在这件无聊的事情上。

慎一想恨春也。慎一认为,自己越恨他,未来想起现在对春也的报复,就会觉得越舒服,越痛快。然而,他的内心传来的那个叫喊声却渐渐加大了音量。虽然他听不清叫喊的内容,但那个声音以同样的音调在耳朵深处一遍又一遍地重复着。即使慎一不想听,也没有办法阻止。

一些影像在慎一的脑海中播放起来。在"加多加多"的后面,慎一被埋在啤酒箱下面,两个人笑得肚子痛。他和春也一起爬建长寺后山时看那些景色。两个人一起凝视着十王岩。春也从潮水坑里捡起五百日元硬币。两个人比赛似的跑向超市,一起买草莓。春也用剩下的零钱买了薯片……

春也用右臂使劲儿压着自己的脸,无声地哭泣,身体不时地抽动着,从手臂的空隙里传出轻微的不规则的呼吸声。

"为什么一切都这么糟糕呢?"

此刻,春也的话在慎一的心里不断地回响着,就像共鸣一样,慎一自己的声音不知不觉和春也的声音重合,然后,春也的声音又和慎一自己的声音重合……很快,慎一的心里被无数同样的声音挤满了,没有一点儿缝隙。这是怎么回事?我该怎么办?我们该怎么办?

这时,在他的视野的角落里,有个小东西在动。

慎一仔细一看,一只寄居蟹在凹坑边缘向上爬,它从水里露出了头。那是寄居蟹宝宝们的妈妈,那只白色的母寄居蟹。

慎一看着它。他知道,旁边的春也同样抬起了头,也在看着这只寄居蟹。

慎一感觉到,他们两个人之间有某种相通的东西。那种东西无法言说,却有着坚固而稳定的形状。

过了一会儿,慎一听到从自己的嘴里发出了声音,那声音好像是被谁抽出来的一样。

"咱们向'寄居蟹神'许愿吧!"

春也的头微微地动了一下。

慎一又说了一次,这次,他是按照自己的想法说出来的。

"咱们许愿吧!"

春也沉默了好久,终于回应:

"选哪一只呢?"

在慎一回答之前,春也说:

"你也有想要实现的愿望吗?"

慎一想要实现的愿望……

"我大概是知道的。"

他们谁都没有看对方的脸。

春也仍然看着凹坑边缘的寄居蟹,继续说:

"'寄居蟹神'肯定会帮我们实现愿望的,什么愿望都可以。"

什么愿望都可以……

"你先许吧,你的愿望实现以后,我再许。那时候我再说出我的愿望。"

春也低声嘟哝着,一字一句如毒液一般,穿过耳朵,渗透到慎一的内心深处。

"你害怕吗?"

这是个模糊的问题,但在两个人之间却有着清晰的含义。慎一挺起胸膛,动了动僵硬的下巴:

"我不害怕。"

他根本不害怕。他一旦害怕了,愿望就永远无法实现了。

在慎一的视野的边缘,春也迅速伸出胳膊,捉住那只白色的寄居蟹,慎一看过去时,他已经把寄居蟹紧紧握在手里,站了起来。

"开始吧!"

两个人绕到岩石后面。

他们沉默着,挨在一起,蹲了下来,用手挡住周围的风。慎一把寄居蟹放在钥匙上,春也将打火机的火苗靠近它。火苗被风吹灭了,春也马上又点燃了打火机。慎一用空闲的那只手挡着风,他的手几乎要碰到火苗了。

"你要许什么愿?"

慎一的愿望,想要"寄居蟹神"帮助他实现的愿望……

那些"寄居蟹神"可以实现的愿望……

"我的愿望是关于我妈妈的。"

慎一回答的时候,从白色螺壳的螺壳口里,灰色的蟹钳伴着微小的水滴迅速探了出来,又立即缩了回去。

"我的愿望是关于我妈妈和鸣海的爸爸的。"

春也拿着打火机的手,微微摇晃了一下,但他的脸没有转过来。慎一说话的时候,他没有开口,也没有点头,只是一动不动地用打火机的火苗烤着寄居蟹。

在海边的路上,慎一看到母亲坐在鸣海的父亲的车里,母亲变得和以前不一样了,她经常深夜才回家。鸣海的父亲工作的地点以及他所驾驶的车……这些场景最终都汇聚到了一点上。慎一将积压在心里的一切和盘托出。

鸣海以为丢失的车钥匙其实是在慎一的手里,他用这把车钥匙潜伏在鸣海的父亲的商务车后备厢里。他在后备厢里听到了什么,看到了什么,母亲和鸣海的父亲一起走入了一座什么样的建筑,那座建筑在什么地方……慎一的语速越来越快,他一边盯着眼前的火苗,一边诉说,几乎忘记了呼吸。

母亲总是在周六去和鸣海的父亲约会,他们这周可能还会见面,可能还会一起走进那座建筑。

两只蟹钳同时从螺壳口里伸出,母寄居蟹停止了动作,却又突然飞出。当它落在地面上时,慎一马上用左手盖住了它。母寄居蟹拼命横冲直撞,仿佛要将他手上的皮肤刺破。

它刚朝大拇指猛撞过去,又立即去攻击小指根部。它在这个由手构成的牢笼里东奔西逃,试图寻找出口。慎一慢慢握起了左手的手指,母寄居蟹失去了逃跑的空间,顿时暴跳如雷。

春也取出了藏在岩石凹坑里的黏土,从一大块黏土上揪下一小块,用灵巧的右手将其捏成了宝座。

"你想要什么呢?"

春也一边问,一边把做好的宝座放在地上。慎一捏起挥舞着八条腿的寄居蟹,把它牢牢地固定在宝座上。那只母寄居蟹就像疯了一样,一刻不停地挣扎着,它拼尽全身的力气,想从宝座上逃走。

"你想要'寄居蟹神'做什么呢?"

一个奇怪的瘤子般的疙瘩,从长出青苔的情感深处涌了上来。慎一咬紧牙,盯着挣扎的寄居蟹,屏住呼吸。

他不害怕,没什么可怕的。

一切都会好起来。

慎一对着宝座双手合十。他闭上了眼睛,缓缓地吸了一口气……

"请让鸣海的爸爸……"他说出了自己的愿望,"从这个世界上消失。"

刚才一直吹着的风突然停了。慎一、春也和宝座上的寄居蟹,整个世界只剩下这些,其他所有的生物仿佛都消失了,四周一片沉寂。慎一听见了自己的心跳。春也拿起打火机并点燃了它。慎一全身的血液仿佛都在倾听着这个声音。

"烧了啊!"

火焰中的母寄居蟹奋力挣扎着,想逃离这个地方。慎一微睁双眼,他觉得这只寄居蟹似乎长着一张人脸,它拼命地挥舞着两只蟹钳,用可怕的眼神瞪着他们。

它被橙色的火焰灼烧着,挣扎的动作幅度越来越大。但很快,它就像电池耗尽的机器一样,动作幅度渐渐变小。最后,它的身体完全不动了,只有蟹腿还在微弱地颤抖。

不久,它的腿也一动不动了。

慎一把已经发热的自己家的钥匙放进口袋里,把偷来的鸣海家的车钥匙拿了出来,放在地上。春也瞥了一眼那把钥匙,一声不响地站了起来。天空呈现出一种灰白的颜色,地面上的树叶阴影十分模糊,无法辨认。

两个人下了山。

慎一回到家后,纯江对他说,周六可能又要晚点儿回来了。

(十二)

周六的下午。

慎一独自坐在起居室里,看着薄薄的窗玻璃在风中颤抖。

厨房的锅里盛着纯江昨天晚上做好的咖喱。可是,放学回来的慎一却连锅盖都没打开。很奇怪,他一点儿也不觉得饿。他在起居室里坐了那么长时间,也没觉得饿。慎一甚至在想,自己是不是以后都不需要吃东西了。

昨晚做咖喱饭的时候,纯江打开水槽下面的橱柜,发现水果刀不见了。水果刀应该是和平时经常使用的多功能刀一起,插在橱柜内侧的刀架上的。

"慎一,你把水果刀拿走了吗?"

慎一摇摇头说:

"你是不是把它拿到医院去,给爷爷削苹果皮用了?"

"我没有印象了。"纯江笑着说道。

然后,纯江查看了所有橱柜,又看了看沥水篮,最后她来到起居室,坐在慎一的身边,注视着他的脸。

"你真的不知道?"

慎一觉得自己当时的演技实在是太精湛了。他绷着脸,瞪着眼,好像真的无话可说似的直视了纯江几秒,然后轻轻地咂了一下嘴。

"我不是说了我不知道吗?我拿它干什么?"

他就这样与纯江对视,没有移开视线。于是,纯江轻轻地点了点头,向慎一道了歉。

那天晚上,纯江又有好几次投来疑惑的目光,而慎一都表现得泰然自若。还有半天,只要把这半天忍过去就行了,以后一切都会好起来。"寄居蟹神"会帮自己实现愿望的。

厨房里的水果刀其实不是昨天晚上不见的,只是纯江发现水果刀不见的时间是昨天晚上而已。昨天早上,它就从刀架上消失了。慎一把它带到了学校,放学后,他一个人上山,将其放到了岩石后面,作为给"寄居蟹神"的供品。

当时,车钥匙还在那里。不过,现在车钥匙应该已经与水果刀一起消失了。它们应该已经被"寄居蟹神"拿走了。慎一这样坚信。

窗户上的玻璃又颤抖起来。

慎一看了一眼墙上的时钟,才刚过下午四点。今天的时间过得好快,他发了一会儿呆,就过去一两个小时了。今天,他早上仿佛刚出家门,班主任吉川老师就已经在指着挂在黑板上的挂图讲着什么了,他看了一会儿,就下课了。

同样的过程重复了四次,不知不觉中,就到了放学时间。今天是周六。从在山上烧"寄居蟹神"的那天到今天的这三天时间,一转眼就过去了。时间突然变慢,是从他回到家开始的。

快点儿……快点儿到晚上吧!

快点儿实现我的愿望吧!

可是,时钟的秒针转得格外慢,简直让人怀疑时钟是不是坏了。慎一越来越焦躁,渐渐地,他再也无法一动不动地坐在那里了。他将两只手往矮桌上一推,猛地站了起来。

那天以后,慎一和春也一句话也没说过。在教室里,他们甚至连看都不看对方一眼。但是,两个人从来没有像这三天一样互相想着对方的事。

今晚,如果慎一的愿望实现了,下次就是春也许愿了。下个周一再和春也一起上山吧。那个岩石的凹坑里还有几只寄居蟹,那些寄居蟹宝宝的爸爸应该也在那里,下次就和春也一起烤那只公寄居蟹吧。

把它放在宝座上,让春也许愿。春也的愿望会是什么呢?啊,慎一已经知道了,他的愿望肯定是关于他爸爸的。除了那个愿望,他想不出别的愿望了。

他不害怕,什么都不怕!

慎一离开起居室,走进他和纯江共用的房间。

他看着那扇垂下窗帘的朝西的窗户。再过多少个小时,才能从那个窗帘的缝隙里照进橘色的光呢?还有多长时间,西边的天空才能变成红色,就像自己在后备厢里第一次听到母亲声音时的那种红色?

慎一在榻榻米上躺下。左边的胸膛在"嗵、嗵、嗵"地响着。他明明是仰卧,为什么能在耳边听到自己的呼吸声呢?他的愿望马上就要实现了。一切都会好起来的。慎一望着天花板,发现从自己的腰部到后背有一种麻麻的感觉,仿佛有微弱的电流穿过身体。

他把脸转向一边,看见了那个白色的盒子。这个盒子是什么时候放在墙角的呢?是母亲放的吧?盒子里面是玻璃制作的棒球的球棒、手套和球组合造型的工艺品。慎一坐起来,以臀部为中心转动身体,用右脚的脚后跟向盒子猛砸过去。盒子里的玻璃似乎碎了,慎一的心里瞬间闪过一种用力撕咬般的快感。

肯定已经过去很久了。慎一这么想着,看了一眼纯江梳妆台上的小型时钟。他很失望,现在还不到四点半。从刚才到现在,连半小时都没过去。慎一开始怀疑,夜晚到底会不会来临。他用鼻子呼出长长的一口气,站了起来。

慎一拉开衣橱的拉门,衣橱的最上面那层叠放着两床被子。

他用双手摸了摸母亲的被子,把脸贴了上去,用鼻子和脸感受着棉花柔软的触感,深深地吸了一口气。母亲头发的香气在他的心里蔓延开来,这种香气也渗透在那辆商务车的副驾驶座上。慎一让自己的肺尽可能大地膨胀起来,他的喉咙甚至有些疼了。

他想让母亲的气味填满自己的全身,这口气呼出来后,他又赶紧把脸贴在被子上。这次,他吸得比刚才更慢。鼻子深处、咽喉、胸膛、腹部、后背,甚至是脚趾尖,他的整个身体都被母亲的气味填满了。他闭上眼睛,试着正常地呼吸。

他的脸紧紧地贴着被子,将所有的感觉都集中到这里,于是,他可以正常地呼吸了,那些气味遍及全身,不会漏掉。他的腰和腿仿佛都被棉花包裹着,比睡着的感觉还要舒服。慎一觉得自己终于可以忘记时间了。

在这样的感觉里,他的愿望就要实现了。

就要实现了……就要实现了……

慎一的眼前浮现出"寄居蟹神"的样子。它的样子如此清晰,比他出生以来看到过的任何事物的影像都要清晰。在静止的汽车后备厢里,"寄居蟹神"歪着肚子躺在那里,一动不动地屏住呼吸。光透过后车窗照在它湿润的灰色肚子上,那光是白色荧光灯的灯光。

车停在那座建筑的停车场里,那个拱门显得十分俗气。不久,鸣海的父亲和慎一的母亲回到了车里,跟出去时相比,他们的动作显得有些疲倦。他们低声说了一两句话,母亲倚在副驾驶座的靠背上,整理着有些凌乱的头发。

引擎启动了。躺在后备厢里的"寄居蟹神"的一侧身体感觉到了引擎的震动。汽车开始行驶。下一个停车的地方会是哪里呢?鸣海的父亲会在哪里让母亲从副驾驶座上下车呢?

不久,车开始减速,引擎没有熄火,车停了下来。几句简短的对话之后,母亲打开了副驾驶座旁边的车门。在这之前,也许能听到一两声那种黏糊糊的声音,潜伏在后备厢里的"寄居蟹神"可能也会听到那种声音。

母亲下了车,朝家的方向走去,家里有慎一在等她。她那纤细的背影在小路上越走越远。

车在夜色中再次启动,继续向前行驶。鸣海的父亲回想着什么,一脸满足地握着方向盘。他也许会不时地扬起嘴角吧。而在这张讨厌的面孔后面,"寄居蟹神"正在慢慢地起身。

"寄居蟹神"悄无声息地拖着冰冷的肚子,翻过后排座位。带着腥味的呼吸渐渐靠近驾驶座,而鸣海的父亲没有注意到它,他在看着前方的夜路,握着方向盘。他穿着衬衫,摘下了领带,"寄居蟹神"在他的背后,用那对突出来的眼睛目不转睛地看着他的脖子。

不一会儿，车快到红绿灯处了，鸣海的父亲的脚踩在刹车踏板上，车减速了。"寄居蟹神"似乎已经迫不及待了，它在驾驶座后面举起了右边的蟹钳。汽车还在继续减速，"寄居蟹神"的双眼兴奋地颤抖起来，看起来简直像膨胀到了原来的两倍大，它那像是由无数只触角组成的口部抽动着，发出了某种声音，那声音谁也听不见。周围没有其他车辆，车的周围连一个车灯都没有。

车在红绿灯处停了下来。鸣海的父亲正看着车窗外面。"寄居蟹神"对着他的脖子悄悄举起了蟹钳。突然，"寄居蟹神"像拧紧了全身的发条一样，瞬间，银色的蟹钳迅速画出一道弧线，锋利的刀尖把衬衫领子里露出的脖子一下子割断了，随着短促的叫声，鲜血四处飞溅……

慎一兴奋难耐，不禁叫出了声。

他的脸还紧紧贴在被子上，用含混不清的声音不断地叫着。他实在是太开心了！开心得受不了了！握紧的双拳微微颤抖，他不时伸开手指，然后又在胸前握在一起，他无数次地叫着。一种麻麻的舒适感传遍了身体的每个角落。

快了！马上就要实现了！不，也许已经实现了！时间又过去了多久？慎一的双拳在胸前颤抖着，他要去看看梳妆台上的时钟，确认一下几点了。慎一回过头，同时弯曲膝盖，向梳妆台上的时钟看去。然而，在看时钟的指针指向几点之前，镜子先闯入了眼帘。这是……

这是谁？

一个仿佛从未见过的表情怪异的少年正盯着慎一。

他那丑陋的脸狞笑着，嘴唇的缝隙中露出牙齿，牙齿之间拉着唾液丝，双眼圆睁着，黑眼珠的边缘几乎都露出来了。

除了这张脸，其他所有东西突然都从视野里消失了，就像某根线被切断了一样，慎一陷入了麻木。

紧接着，有个东西扑上来，紧紧地抓住了慎一的身体。

那是纯粹的恐惧。慎一的下巴微微颤抖着，从喉咙深处传出没有意义的叫声。而镜中的少年也颤抖着，张开的口中露出像深洞一样的喉咙。

慎一心中混乱不已。他想转开脸，却无论如何都做不到。他就这样与镜中的少年对视着，完全不能动弹。他的脉搏在剧烈跳动着，肺好像缩紧了一样，呼吸变得越来越浅，尖叫声在喉咙里急速膨胀，眼看着就要冲破喉咙跳出来了……

突然传来汽车引擎的声音，那声音就在门外。

那可能是鸣海的父亲的商务车！那辆车是送母亲回家的吧？慎一一惊，把注意力转移到门口的瞬间，镜中的少年也移开了视线。慎一转过身，一把推开半开着的推拉门，光着脚跑到了门外。天空已经被夕阳染成了橘色。夕阳下，一辆小货车停在邻居家的门前，那好像是一辆送快递的车，根本不是鸣海的父亲的商务车。

愿望不可能实现的，愿望不可能成真。现在，慎一的想法和刚才完全相反。然而,"寄居蟹神"的样子就像被塞在他的眼球里一样,依然清晰可见。慎一还能听到那种声音,那个时候的声音……

"你想要什么呢?"

不可能实现的!

"你想要'寄居蟹神'做什么呢?"

愿望不可能成真!

慎一感受到了自己的情感——在此之前被层层守护的情感,现在它在他的心中完全暴露出来了。它只被一层薄膜包裹着,鲜红如血,溃烂不堪。突然,它在慎一的身体里发出恐惧的尖叫声。那声音被无限放大,仿佛刺穿了慎一的耳朵。

慎一的口中也发出了尖叫声,好像在追赶那声音一样。那声音使看不见的薄膜生出一道裂痕,于是,一直被慎一苦苦压抑着的东西,瞬间撕开裂痕,翻滚着汹涌而出。

慎一还没来得及想,就跑进了家门。他的右手抓起自行车钥匙,立即跑了出去。他把自行车的车把猛地拉过来,用力调转车身,纵身跳上车座。天空越来越红,周围的景色已经暗下来。

慎一在夜色将至的小路上全力飞奔着,向春也家骑去。到了春也家门前,他把自行车就地放倒,跑上台阶。他跑到门牌上写着"富永"二字的门口,毫不犹豫地按下了门铃,但是门里没有任何回应。

他又按了一次,这次他没有等待回应就敲起了门。没有人回应他,也没有人给他开门。他看了看旁边的小窗,屋里一片漆黑。他抹去突然涌出的泪水,转身跑下台阶。

慎一扶起倒在地上的自行车,跨上去,又飞奔起来。他以最快的速度骑到了海边的那条路上。瞬间,一阵大风从海上吹来,他的身体被吹到了下风向,他急忙蹬地,在危急时刻调整好了姿势。路边的路灯已经亮了,但慎一还是在天空完全变黑之前赶到了"加多加多"那里。

耸立在眼前的山已经完全变成了阴影,让人不禁以为它是被剪成这种形状的黑色剪纸。慎一扔下自行车,跑到"加多加多"的后面,他穿过那个狭长的地方,进入树丛。慎一拼命向山上爬去,半张着的口中不断地发出没有意义的声音。风从脚下吹来时,仿佛要托起他的身体。每当这时,他便调整姿势,俯身前进。

山的那一边,太阳渐渐隐藏起来,夜晚从他的背后偷偷靠近,要把周围都染成一片黑暗。月亮没有升起来。也许,月亮已经升起来了,只是被云遮住了。渐渐地,慎一什么也看不见了。他注视着前方的路,山和树的轮廓好像是长着粗糙鳞片的巨大生物的后背。

好几次他都差点儿滑倒,他的手和胳膊肘擦破了皮。伤口有多大,有没有出血,他都不在意了。他不顾一切地手脚并用,向着那个地方前进。他气喘吁吁,无论如何吸气,都觉得空气不够。

慎一叫了无数次春也的名字。不知何时,泪水已经伴着滴落的汗水在鼻翼两侧流淌,止不住地流淌。他的背后吹来一阵更大的风,风声在耳朵里轰轰作响,汹涌起伏。风就这样直接吹上山坡。汹涌的风声从慎一的耳朵里消失的那一瞬间,那看不见的山顶上响起了低沉的呻吟声。

愿望不可能实现!

愿望不可能成真!

水果刀和车钥匙肯定还在那块岩石的后面!

他终于来到由树根组成的台阶旁,周围突然变得明亮起来。他回头看去,黄色的弯月在云间露出了脸。慎一走上台阶,来到了那个地方。月光下,数不清的白色野花闪烁着白光。

当他从那些花儿中间穿过时,又有一阵大风吹来。花儿们一齐倒下,叶子剧烈地颤抖着。岩石在呻吟,地面也在呻吟。那呻吟声从地底传来,穿过慎一的双腿,让他全身颤抖。

慎一不由自主地叫着,向岩石的后面跑去。

没有。

车钥匙和水果刀都不在这里。不过,也可能是因为这里太黑了,他没有看见。慎一匍匐在地,大口呼吸,在岩石周围仔细搜寻着。他的心脏就像一只想要逃出去的动物,它不断地用身体撞击着围栏,在他的胸膛里狂躁地翻腾。

月亮已经完全露出来了,照亮了地面,它像是想帮助慎一。哪里都没有,本来应该在这里的钥匙和刀,他都没有找到。那是什么?在月光的照耀下,慎一的眼睛突然发现地面上写着什么。

是字！很多字！那是……

地面上排列着无数的"权"字，像是用锋利的刀尖刻出来的。从左到右连续刻着，刻到一定的位置后，又从左开始往右刻。越到后面，字的右侧就变得越窄，那些像是在匆忙中写下的"权"字，左边的木字旁被"又"字勒得越来越紧。

慎一像踢了一下地面似的转过身，从岩石的后面跑了出来。他从山坡上跑下去的时候，被粗大的树根绊了一下。他踩空了，左肩撞到了树干上，这一撞让他的身体倒了下去。视野中的月亮旋转起来，紧接着，他的后背受到了硬物的撞击。随着一声嘶哑的短促叫声，肺里的空气从嘴里吐了出来。

慎一想要爬起来，但那一瞬间，从牙齿之间发出了叫喊声，他又趴在地上。后背的右侧、肩胛骨的下面那里像是被刀割一样疼，大概是他仰身倒下的时候，那里被石头的尖角扎到了。慎一咬紧牙关，额头抵着地面，等待最初的剧烈疼痛过去。然后，他发出更大的喊声，双手支撑着地面，直起了上身。

已经来不及了。

现在几点了？他从家里出来到现在，过去多长时间了？他的愿望要实现了……"寄居蟹神"要实现他的愿望了……覆盖在他头上的树枝，仿佛是夜空生出的无数道裂痕。

慎一像四足动物一样奋力一跳，努力站了起来。为了使自己不再双手着地，他抬起下巴，将全身的力气都集中到背上，从山坡上跑下去。疼痛好像在后面追着他一样，但他强迫自己忘记疼痛。

在下山的路上,他尽量摸索着避开树干和大块的岩石。月亮又被云遮住了,眼前广阔的大海像一个巨大的黑洞。风像墙壁一样从正面断断续续地逼近,发出惨叫般的声音,那声音被树枝撕碎,山上的树叶全都像妖怪一样齐声尖叫。慎一听不到自己的呼吸声和脚步声,也无法睁开眼睛。

慎一顾不上注意脚下的路,他有时因摔倒而跪在路上,双手着地,有时撞痛了肩膀,但他每次都忍住疼痛,拼命朝山下跑去。不一会儿,他就能从树丛的缝隙里看见海边道路上的路灯了。他终于来到了"加多加多"的后面。

他没有停下脚步,而是从"加多加多"的旁边穿过,直接走进停车场。他扶起倒在地上的自行车,顺势上了车。他感到呼吸困难。他的肺仿佛渐渐变白,他的肚子里塞满了冰块,那冰冷的感觉已经蔓延至他的全身,他的手脚失去了知觉。从海上吹来的狂风数次把自行车吹歪,但慎一依然不停地踩着自行车的踏板。

"寄居蟹神"。有着灰色的肚子、一动不动地潜伏在那里的"寄居蟹神"。它的右蟹钳反射着冰冷的月光,向不同方向突出的两只圆眼睛正在兴奋地动来动去,像是由无数只触角组成的口部不停地抽动着,它想要跟身在远方的慎一说:"我来帮你实现愿望。我马上就要实现你的愿望了!"

一辆车从前方驶来,从慎一的身旁经过。

那辆车刚才正好在两盏路灯之间,他只能看见车的两盏前照灯,看不清楚那是一辆什么样的车,但慎一的双手条件反射地握紧刹车把,车轮发出一声尖叫,自行车侧滑着停下了。慎一回头看去。

刚才那辆车在路灯下通过的一瞬间,慎一看见车顶带有行李架。不过,那真的是鸣海的父亲的车吗?那也许是一辆和他完全没有关系的车,只是车的外形和鸣海的父亲的车有些相似而已!不,那就是他的车的可能性要更大吧!

慎一没有时间犹豫,立刻调转自行车的车头,向那辆带有行李架的车追去。然而,红色的尾灯很快就把慎一甩在后面,他根本追不上那辆车。

慎一又懊悔,又害怕,他一边蹬着踏板,一边大声叫喊。可是,尾灯渐渐远去,终于消失在前方的黑暗中。而慎一依然骑着自行车向前飞奔。他的全身被风吹得瑟瑟发抖,但他还是用尽全力握着车把,用几乎失去知觉的双脚蹬着踏板。

慎一再次经过"加多加多"的门前,那辆车已经不见了。它已经转弯了吗?那辆车是和他完全没有关系的车吗?他再这么骑下去,就要骑到回家的那条小路上了。他应该在那里转弯回家,还是通过路口继续向前,去鸣海的父亲之前停车的那个地方或那座建筑所在的那个地方呢?

慎一不知道怎么办,他抬起下巴,盯着前方,忽然觉得脚下的踏板的阻力消失了,两只脚像踩着空气一样,不停地空转起来。

自行车的链条掉了。

慎一像要摔倒一样,两只脚踩在地上,下了自行车。他在踏板旁蹲下,把手伸向脱落的链条。就在这时,慎一发现,道路的前方似乎有什么东西。

他迅速看向前方。

那是汽车的尾灯。在前方很远的地方,有一盏小小的汽车的红色尾灯,它没有动。车停在那里!慎一扔下自行车,跑了起来。

他渐渐看清了红色的汽车尾灯。继续往前跑,他能看见一辆车停在道路左侧。旁边的路灯把车身及其周围照出模糊的白色光团。

那辆车的车顶有行李架,车的整体形状也跟鸣海的父亲的那辆商务车很像。慎一一边拼命呼吸,一边全力向前奔跑。车的左侧站着一个纤细的人影。

那是他的母亲!

母亲从副驾驶座旁边的门里出来,车里好像有人在叫她,她用一只手按着被风吹动的头发,把脸靠近车窗,正说着什么。

还来得及!

慎一拼命活动着马上就要瘫倒在地的身体,朝那辆车不停地跑着。母亲后退了一步,离开了车。车头向右转去,横在路上,停了一下,马上又慢慢地倒车。汽车前照灯射出来的灯光呈圆锥状,渐渐向慎一靠近。不一会儿,车调转了车头,准备往慎一这边开过来。

现在,只有鸣海的父亲坐在车里。不,车的后备厢里还有一个人!那是右蟹钳闪着白色寒光的"寄居蟹神"!

"停下!"慎一不顾一切地大声喊着,但狂风的咆哮声把他的声音淹没了。车渐渐加速,向这边开过来。"停下!"慎一又喊了一次,但还是没有任何效果。

"妈妈!"慎一的膝盖在颤抖,他紧握双拳,不停地喊着,"妈妈!"

"春也!"

车前灯迅速靠近,那辆车马上就要经过慎一身旁并消失在黑暗中了。

慎一知道,一旦前照灯从自己的旁边经过,一切就来不及了!

只有现在!

慎一闭上眼睛,他一边大声呼喊着,一边向越来越近的前照灯冲去。刹车声如惊叫般撕裂了空气,眼皮的外面有白光在闪烁。慎一受到了他从未感受过且从未想象过的撞击。大地仿佛从他的脚下消失了。

慎一不知道当时自己的眼睛是不是睁开的,一些光在他的眼中旋转,黑夜也在旋转。紧接着,他的全身再次感受到了猛烈撞击。

他好像听见了什么。

一个男人的声音响起。他在拼命喊着什么。还有其他的声音。

"慎一!"

是母亲。

"慎一!"

应该是母亲。

隐约的光回到了他的视野中,他却仍然看不清楚。放松下来的一瞬间,一切好像又要全部消失。他的身体没有感觉了。他明明被车撞得那么厉害,为什么身体没有感觉呢?海浪的声音从远处传来。他觉得自己被耀眼的白光笼罩着,这是车灯的光吗?

在白光上方很远的地方,有半个淡黄色的月亮,它像船一样漂浮在如水的夜空中央。他们的声音越来越小,仿佛要被关在外面一样。他的视野又变得模糊起来,白光和月亮都越来越远。眼前的一切就要完全消失了,就在这时……

慎一从跪在自己旁边的两个人的身后,看见了一个影子。

那个影子的动作生硬而笨拙。

他一边移动,一边后退。

他的手上有一个细长的三角形的东西,那东西反射着寒冷的月光。

293

最后,那个影子好像放弃了什么似的转过身去。

他生硬地走着,朝大海慢慢地走去。

这是慎一记得的最后一幕。

他的视野被黑暗彻底吞没了,说话声,其他的声音,全都消失了。

尾　声

"你喝大麦茶吗？"

纯江从纸袋里拿出水杯。慎一摇了摇头。

"我现在不想喝。"

纯江点点头，又把水杯放回脚边的纸袋里。那件事过去以后，母亲的表情和动作都变得特别疲惫，让人心疼。

明天，一切是会回到原来的样子，还是会一直像现在这样继续下去呢？

"咱们晚点了啊！不知道几点才能到……"

慎一含糊地回应着，看向窗外。开往电车站的公交车在海边的道路上行驶着，那片无边无际的大海正准备迎接慢慢靠近的暮色。

盛夏已经过去，炎热的天气却还在继续，沙滩和礁石仿佛都已经疲惫不堪，安安静静待在那里，对面车窗外的街景，也显得毫无活力。

"'七七'是什么意思?"慎一望着大海问道。

过了一会儿,他才得到回应。

"妈妈也不太懂这些规矩。"

"大家都不太懂吗?"

"不知道……"

就算大家不懂,也能做出煞有介事的表情吗?不管是对僧侣手上的动作,还是佛经的意思,大家都能做出十分了解的样子吗?在昭三的"七七"法事上,慎一环视着亲戚们的脸,觉得有一个湿乎乎的东西堵在他的喉咙里。

在只有亲属参加的守夜和告别仪式上,除了纯江以外,几乎没有人哭。只有在昭三瘦削的身体就要进入火化炉时,才有几个人抽抽搭搭地哭起来。在家里办"七七"法事时,已经没有人流泪了。亲戚们各自聊着家常和往事,他们说说笑笑,有时还拍拍对方的肩膀。只有在穿着袈裟的僧侣走进来时,他们才严肃起来,正襟危坐。

慎一没有哭。

就连昭三在医院咽气的时候,他都没有哭。这是因为他之前就听母亲委婉地说过爷爷剩下的时间不多了,还是因为爷爷临终前在病房里说的最后那些话一直在他的脑海中盘旋呢?

昭三是在横滨的医院里去世的,那是在漫长的梅雨季就要结束的时候。后来慎一回想起来,那天下了今年梅雨季的最后一场雨。从那天以后,每天都是晴天,不久,电视新闻就报道了梅雨季结束的新闻。

昭三脑中血块的膨胀速度比医生预想的还要快,在他去世之前的几天,血块好像就已经压迫大脑了。他有时会突然看向半空,视线游移,说不出话来,有时又突然说起一些莫名其妙的胡话。不过,直到生命的最后一刻,在意识清醒时,他还在担心尚未痊愈的慎一。

"我不是教过你吗?右看,左看,再右看,再过马路,这样才安全!"

他们跟昭三说,慎一是在过马路时被车撞的。那天晚上,慎一被救护车送到了医院,虽然他身受重伤,但没有骨折。医生检查了他的大脑,也没有发现异常。

"以后一定小心啊!"

"我知道。"

"我们约定好了啊!"

这句话让慎一的心隐隐作痛。他正想说些什么,坐在病床上的昭三可能是以为自己的责备吓到了慎一,便突然对他笑了起来,他的眼角清楚地刻满皱纹。在小学一年级的时候,慎一和父母一起来昭三家玩,当时他趴在榻榻米上,在纸上画了一张"爷爷的脸"。慎一觉得,现在爷爷的脸和那幅画上爷爷的脸十分相似。

慎一也冲爷爷笑了,而昭三的意识马上又模糊了,他眼神空洞地望着空无一物的地方,不再说话。他的脖子后侧有一块凸出来的像木节一样的骨头,他静静地低着头,仿佛是很久以前就生长在这里的一棵树。

最后一天,慎一坐在病床边,听着窗外的雨声,一直昏睡的昭三突然微微睁开了眼睛,说了一些奇怪的话。

他望着病房的天花板说:

"今天的月亮真亮啊!"

慎一追随昭三的目光向上看去,天花板上当然没有月亮。就连荧光灯,也没有安装在病床的正上方,昭三看着的地方只有又白又平的天花板。

"今天啊……慎一……"

昭三的声音里带着痰音,他好像要说什么,慎一站起身,将耳朵靠近他的嘴巴。可是,昭三好像不知道慎一在这里似的,他呼唤的也许是另一个慎一。

"今天的螃蟹可不能吃啊!"

"螃蟹?"

慎一的疑问声,昭三大概没有听到。

"月夜里的螃蟹不能吃,一点儿也不好吃。"

"为什么?"虽然慎一知道爷爷根本不会回答,但他还是忍不住问道,尽管爷爷并没有看着慎一,尽管爷爷连慎一在这里都不知道。

"老话就是这么说的。"

也许是因为昭三心里的慎一也问了同样的问题,所以他无意中回答了慎一的疑问。

"月光从上面照下来……在海底……有螃蟹的影子……"

从昭三的喉咙里传来的呼吸声,仿佛在拖着某种湿乎乎的东西。他的牙齿之间拉着唾液丝,像说梦话一样解释着:

"螃蟹觉得……自己的影子太丑了……就吓得缩成一团……所以,月夜里的螃蟹……"

昭三说到这里,便睡去了。他那干燥的嘴唇闭上了,只留了一点点缝隙,嘴边短短的白色胡须一根根清晰可见,慎一觉得爷爷的脸像是假的。几分钟后,在病房外面讨论完昭三病情的纯江和主治医生回来了,这时,昭三又睁开了眼睛,缓缓地抬起双手,抬到脸前的胳膊左右晃动着,好像从天花板上落下一张薄膜之类的东西,他想把它移开。

当天夜里,昭三死了。

这是我遭到的报应啊——鸣海来家里吃饭的那天晚上,昭三这样说过。临死之前,爷爷的脑海里会闪过这句话吗?也许,他已经没有意识了,无法想起任何事了。

昭三的遗体被火化后装进了白色的骨灰坛里。几天后,纯江在北方的娘家人打电话联系了她,让纯江和慎一回去生活,他们可以给纯江安排工作。这不是提议,而是纯江必须接受的命令,这从纯江接电话时的声音和表情就能看出来。

今天是暑假的最后一天,明天新学期就要开始了。

慎一即将去新学校上学。

昭三的房子还没有退租,纯江好像打算继续交房租,暂时将它保持原样。休息日的时候,纯江还会到这里来,打扫卫生,和亲戚们一起整理昭三的遗物。她在这里和娘家之间往返着。慎一觉得母亲打算慢慢地离开这座海边小城。当然,纯江没有明说,但慎一已经觉察到了,而纯江大概也觉察到了慎一的这种感觉。

那件事发生以后,鸣海的父亲和母亲谈过什么吗?有什么结论吗?难道什么结论都没有?慎一对此无从得知。就算知道,他又能怎样呢?

他们马上就要到站了。离开这座小城的时刻越来越近了。

慎一撞车时受的伤已经完全养好了,但是从那以后,在慎一心里的某个地方,总有无法消失的疼痛。也许,这就是用力拔出带倒刺的鱼钩时感觉到的疼痛吧。因为不想拔出鱼钩,害怕拔出鱼钩,所以鱼钩扎得越来越深,最后,只能拼上性命才能拔掉它,因此,拔掉它格外痛。也许慎一现在感受到的就是这种痛。

鸣海的父亲似乎没有跟女儿说慎一撞到自己的车上的事。鸣海在学校里见到慎一时表示,她非常担心遭遇交通事故的慎一,但是她没有提起自己的父亲。

公交车减速了,它在车站边停了下来。到站的提示广播声听不太清楚。伴随着广播声,公交车的前后车门都打开了。

"妈妈现在去买车票啊……"

"我在这里等你,看着行李。"

纯江拿着手提包,向车站窗口走去,慎一看着母亲的背影。

"利根慎一!"

突然,有人在慎一背后叫他的名字。

鸣海向他走来。他跟她说过今天下午自己就要离开这里了,但她是怎么知道他们坐的是这趟车呢?

"我一直在这里等你。"

在慎一开口问之前,鸣海就回答了他的疑问。越过她的肩膀,他看见一棵高大的银杏树周围摆着木质长椅,那些长椅在树干外围成了一个正方形,鸣海的公路自行车就放在旁边。

"你们来得很晚啊!"

"我们收拾东西花了很长时间。"

"电车快来了吗?"

鸣海看了看铁丝网那边的站台。

"不知道,我去问问。"

"我去那家店的后面等你。如果你有时间,就过来一下,一小会儿就行。如果你没时间,就直接上车走吧。"

鸣海说完,就朝着车站旁边的小饭店走去。

慎一跑到车站窗口时,纯江正好从售票员那里接过车票。慎一问了一下电车的出发时间和到达时间。他们乘坐的特快电车还有十五分钟左右到站。

"你可以先去站台等着我吗?"

"可以,可是……"

慎一刚要说"鸣海来了",又咽下了这句话。

"一个朋友来了。"

纯江点点头,看了看慎一的身后。慎一也回头看了一下,鸣海的身影已经不见了。

"你拿着自己的行李就行,我的行李一会儿我自己拿。"

慎一从纯江的手里接过电车的车票,回到公交车站上,抓起自己上学用的运动包,向小饭店走去。运动包鼓鼓的,里面装着课本和文具,还有在放暑假之前的"送别会"上同学们写给慎一的信。这些信,他一封都没看过,估计那些信都很让人扫兴吧。

慎一绕到那家店的后面,看见鸣海倚在刷着白漆的墙上。见慎一来了,她离开了墙,露出关心的微笑。

"时间来得及吗?"

"只待十分钟的话,应该没关系。"慎一对鸣海说道。

"上次你受的伤……"鸣海突然提起这件事,"是我爸爸的车撞的吧?"

慎一十分惊讶,看来鸣海的父亲跟她说了这件事。

关于这件事,她知道多少呢?

见慎一没有回答,鸣海又靠在墙上,看着慎一。

"我是在暑假结束后听说的。我爸爸告诉我,他不小心把车开到了人行道上,碰巧你在那里走路,就撞到了你。"

旁边灌木丛里的蟋蟀叫了起来。慎一听着蟋蟀的叫声,既

没有点头,也没有摇头,只是紧闭着双唇。鸣海看了一会儿慎一,接着问:

"这是真的吗?"

"不记得了。"慎一转开脸。

慎一能感觉到鸣海的眼睛还在盯着自己的脸。他听到一声短促的叹息,鸣海好像放弃了什么似的,继续说了下去,声音里带着平静的笑意:

"你很讨厌我爸爸,对吧?"

慎一不禁又看向鸣海。

"因此,你是故意往他的车上撞的吧?"

"你为什么这么想?"

"因为我爸爸的约会对象就是你妈妈,对吧?"

她的父亲跟她说过这些吗?他连这些都跟她说了吗?

见慎一沉默不语,鸣海微笑着继续说:

"算了,也没时间了。"

那笑容仿佛顷刻间就会崩塌。

"其实我一直都知道,我爸爸的约会对象是你妈妈。那次我不是问过你'你的家人周六都在干什么'吗?那时候,你说你妈妈在家,我知道那是骗人的,一看你的脸,我就知道了,但我假装不知道。"

慎一想问原因,但各种思绪堵住了他的喉咙,让他无法发出声音。不过,鸣海自己说出了答案。

"因为我觉得这样做比较成熟……"

鸣海说完,脸上的笑容消失了。

"我爸爸和你妈妈的事,我也想一直装作不知道。就算我爸爸喜欢上了一个女人,这也不是坏事,对吧?我妈妈都已经去世十年了。因此,我一直装作不知道,想等爸爸某一天跟我明说,我会支持他的。可是,到了你们要搬走的时候,我才知道,自己根本就不成熟。"

"为什么?"

慎一终于能发出声音了。

"因为我松了一口气。"

鸣海眯着眼睛笑了起来,与此同时,她的脸上流下了两行泪水。

"你要走了,虽然我觉得很遗憾,但当我想到你妈妈快要离开这里的时候,就觉得松了一口气。因为我觉得,你妈妈离开后,我爸爸又能回到我的身边了。"

鸣海说这些话的时候,眼睛虽然是笑着的,泪水却从眼睛里不断地涌出来。泪水顺着她的脸颊流下来,一半从下巴尖滴落,一半沿着脖子滑落,浸湿了T恤衫。

"变成熟真的很难啊!"

最后一句话,鸣海是哭着说出来的。

和鸣海的对话就到这里。两个人一起从小饭店的后面走到车站,慎一独自走向检票口。途中,慎一回头看去,只见鸣海浅浅笑着,向他轻轻挥手。慎一也朝她挥了挥手。特快电车就要到站了,车站上的人越来越多,鸣海和慎一之间有许多大人在来来往往,不一会儿,鸣海的身影就看不见了。

某座寺院响起了钟声。

慎一又背上了运动包,跟在四五个穿着西装的大人后面,通过了检票口。特快电车滑进站台时,站在站台边的纯江看到了慎一,她提着旅行包和纸袋,似乎松了一口气。

电车里不太拥挤,两个人可以并排坐在双人座上。慎一坐在靠窗的位置上,透过车窗,能看见安静地伏在暮色中的大海。

车门关闭,电车出发了。海仍在原处,只有眼前的街道不断地向右流淌。不久,海也开始慢慢移动起来,在暮色中渐渐隐去。

"这是朋友送给你的吗?"见慎一从包里拿出信封,纯江问道。

"嗯,是的。"

慎一说完后打开了信封,他避开纯江的视线,打开了信纸。他从"送别会"上同学送给他的信中选了两封,准备在电车上看。那两封信放在运动包里的物品的最上面。

鸣海的信就是写给即将转学的同学的信,内容中规中矩,没有什么特别的地方。这在他的预料之中,因此,他只看了两遍,就把它放回信封里。

春也的信稍长一些。信里写了他们一起在海边玩很开心,两个人用"黑洞"捉了各种各样的小生物很开心,在慎一家吃晚饭很开心……他的字写得一笔一画，一张信纸上竟然重复出现了五次"很开心"，可是，那座山和寄居蟹的事，他却只字未提。最后一句是嘱咐慎一好好养伤的话——"祝早日康复"，这句话看起来像是为了填补剩下的空白才加上去的。

自从那件事以后，慎一无数次想起那晚自己倒在路上看到的奇怪生物。

那个离去的影子就是春也——慎一起初坚信事实如此。可是后来，不知为什么，另一种奇怪的想法浮现了出来——那不是春也，而是他自己。最后他总是硬下结论来说服自己——其实自己什么也没看见，一切都是错觉。

那件事之后，慎一和春也在学校见面时虽然也说话，但都是一些简短的对话。他们就像事先约好一样，不管是慎一的伤，还是那天晚上的事，谁也没有提过。他们也不再一起度过放学后的时光了。

只有一次，慎一放学后正要离开学校，看到春也在校门口等他。他们像以前那样并肩走着，但两个人之间没有太多对话，只是一起走在海边的路上。

那天，春也突然说：

"我在岩石后面发现了一把刀。"

他的语气听起来像是在说一件十分平常的事。

"在你发生交通事故的那天，我一个人上了山。不知道为什么，我发现岩石后面有一把刀。"

慎一无法回话，只是默默地走在春也旁边。

"我觉得自己真是发现了一个好东西，就拿着那把刀回家了。我干了自己一直想干的事。"

"一直……想干的事？"

"我想杀了我爸，很早以前，我就这么想了。"

慎一不禁停下脚步。春也拉了一下慎一的衬衫，让他继续在自己的身边走。

"不要紧，不用做出这种表情。我要是真把我爸杀了，我现在就不能在这里了，对吧？"

春也望向天空，仿佛在回忆着什么。他继续说：

"我爸下班回来的时候，我拿着捡来的刀突然向他扑过去，大声喊：'我要杀了你！我受够了！'我原本是真的打算杀了他。可是你猜，我爸那时候是怎么做的？"

慎一没有回答，只是等春也说下去。

"他竟然笑了。他的脸在颤抖，牙齿'咯吱、咯吱'地响，笑得特别让人恶心。然后他说了这样的话：'哎呀，你这小子，还当真了啊！我打你、踢你，你都当真了啊？那都是跟你闹着玩呢！'看到我爸那样，我突然觉得，怎么样都无所谓了。"

春也说，他当时就把刀刃弄坏了，第二天就把它当成不可燃垃圾扔了。

"从那以后，他就特别怕我，就算跟我对视，他也会露出不自然的笑容。他大概再也不会对我拳打脚踢了吧。我觉得永远都

307

不会了。"

春也抬起下巴,眺望天空,伸了一个大大的懒腰。

他沉默了好久,终于开口说:

"大人也很软弱啊!"

他的声音里满是无奈和悲伤。

"我一直想跟我爸说,振作点儿!我真想臭骂他一顿!现在我还是有点儿怕他,以后我一定会说的,我一定会狠狠骂他一顿的!"

春也说这些话的时候,一直仰望着天空,没有看慎一。

这也是他和春也的最后一次长谈。

春也拿着慎一放在岩石后面的水果刀,向他的父亲扑去。这件事是发生在慎一撞到鸣海的父亲的车上之前,还是在那之后呢?关键的地方,春也没说。如果是在那之前,那么,慎一那天晚上看到的在黑暗的道路上离去的影子,就是他自己的幻觉;如果是在那之后,则那个影子应该就是春也,可以推测,他回家后可能发生了他所说的这件事。

然而,即使慎一弄清楚了这些事,也没有任何意义了。

窗外的天空渐渐暗了下来,慎一旁边的车窗透出了一块长方形的夜晚的天空。他看了一会儿自己映在车窗玻璃上的脸,闭上了眼睛。在上电车之前,某个寺院的钟声伴着空洞的回音,在他的耳际再次响起。那是大部分寺院都会响起的再寻常不过的钟声,而现在,在慎一耳际响起的这种声音,像是拖着长音的痛哭声。

他的眼里莫名地涌出泪水。

不知不觉中,慎一已经在低声哭泣了。

纯江抱住慎一,把自己的头靠在他的头上,像孩子一样,说了许多"对不起"。

然而,慎一心里想说的话,却一句都说不出来。他只能不停地摇头……